«PANDORA»

DANIELLE STEEL

NON È MAI TROPPO TARDI

Traduzione di Francesca Moratti

Sperling & Kupfer

Pubblicato per

Sperling & Kupfer

da Mondadori Libri S.p.A.

ISBN 978-88-200-8003-7

I Edizione luglio 2024

Anno 2024-2025-2026 - Edizione 1 2 3 4 5 6 7 8 9 10

Ai miei adorati figli,
Beatrix, Trevor, Todd, Nick, Samantha,
Victoria, Vanessa, Maxx e Zara.
Vi auguro che i vostri sogni si avverino
e che vi portino gioia, amore e soddisfazione.
Vi auguro di essere sempre al sicuro e amati.
Con tutto il mio cuore e il mio amore,
sempre e per sempre.

Mamma/d.s.

Uno

KEZIA Cooper Hobson si imbarcò su un volo di prima classe da San Francisco a New York, con quattro grosse valigie contenenti le ultime cose che voleva portare con sé. Qualche settimana prima aveva fatto spedire tutto il resto: i vestiti, gli oggetti con valore affettivo, i documenti e le cose a cui teneva di più. I mobili e le opere d'arte sarebbero arrivati alla fine di agosto. Durante l'ultimo mese a San Francisco aveva alloggiato al Ritz-Carlton, mentre concludeva la vendita della sua casa di Pacific Heights e delle quote della società di venture capital che aveva ereditato dal marito Andrew Hobson quando, cinque anni prima, era morto di Covid dopo un viaggio di lavoro in Cina.

Andrew aveva vent'anni più di Kezia, all'epoca settantacinque, era vitale, in salute e attivo, un bell'uomo di successo e dall'aspetto giovanile. Il virus lo aveva colpito con violenza ed era morto in cinque giorni. Era una persona meravigliosa, proveniente da una famiglia di sani princìpi del Midwest. Si era trasferito sulla costa occidentale per frequentare l'università e il master in Economia a Stanford, aveva fondato un'azienda all'avanguardia a San Francisco e si era stabilito lì.

Andrew Hobson era stato una delle leggende delle prime società di venture capital, oltre che un pioniere negli investimenti in high-tech e biotecnologie. L'azienda che aveva inizialmente fondato con due soci era stata comprata da una più recente e più grande, poiché i suoi soci erano più anziani di lui e avevano superato gli ottant'anni. Uno era malato e l'altro era ansioso di ritirarsi a vita privata, perciò l'offerta di acquisto era arrivata al momento giusto. Inoltre, dalla scomparsa di Andrew, con la sua straordinaria energia e le continue idee innovative e audaci, la Weintraub, Mills and Hobson aveva perso la propria anima.

Originaria di una cittadina del Vermont, figlia unica di un medico di famiglia vedovo e appassionato del proprio lavoro, Kezia aveva condotto una vita entusiasmante insieme al marito. Lo aveva conosciuto andando a San Francisco ad assistere a un convegno sull'high-tech applicata alla medicina; dopo poco tempo si erano sposati, quando lei aveva trentacinque anni. I vent'anni del loro matrimonio erano stati straordinari e felicissimi. Andrew aveva condiviso con lei e le aveva insegnato cose che altrimenti non avrebbe mai sperimentato.

San Francisco, relativamente piccola, culturalmente vivace e con delle buone scuole, era stato il luogo perfetto in cui far crescere le loro due figlie, mentre Andrew portava avanti la sua fiorente attività imprenditoriale, con importanti investimenti in Asia.

Una volta rimasta vedova, a cinquantacinque anni, però, a Kezia San Francisco cominciò ad andare stretta e si sentiva sola. Nella cerchia di persone che frequentava erano tutti sposati, molti con donne più giovani – ormai anche più giovani di lei – e con loro si sentiva fuori posto. Le sue figlie, Kate e Felicity, erano andate sulla costa orientale per frequentare l'università e non erano più tornate perché ormai amavano New York, perciò Kezia si spostava di frequente per andare a trovarle. San Francisco era una città troppo provinciale, che non offriva più nulla di interessante a una donna single come lei. Anche i comitati dell'opera e del balletto di cui aveva fatto parte per anni l'avevano stancata e iniziava a temere di invecchiare senza che niente cambiasse nella sua vita per i successivi quarant'anni.

A fronte degli agi che Andrew le aveva garantito, Kezia si era sentita in dovere di impegnarsi nella sua azienda, perciò da quando lui era scomparso sedeva nel consiglio di amministrazione, tuttavia, l'inaspettata offerta di acquisto era stata un sollievo sia per i soci sia per lei. L'aveva spinta a riconsiderare la propria esistenza e a decidere come e dove desiderava trascorrerla. Era arrivato il momento di lasciarsi alle spalle il passato e andare avanti. In autunno avrebbe compiuto sessant'anni: era tempo di rimettersi in gioco.

Una volta presa la decisione, vendette rapidamente la casa e, con due figlie che vivevano a New York, fu quella la destinazione più naturale anche per lei, dove contava di ritrovare la vita di cui aveva bisogno e che desiderava. Nella Grande Mela la figlia minore, Felicity, aveva una carriera in rapida ascesa; la maggiore, Kate, abitava nel

West Village, passava parte del tempo in una casa in Vermont vicino alla cittadina in cui lei e la madre erano nate e stava tentando di scrivere un libro.

Kezia era entusiasta per il trasferimento e durante il viaggio in aereo era di ottimo umore. Da quando aveva scelto di lasciare San Francisco, il tempo era passato in fretta e lei pensava solo a ciò che la aspettava a destinazione.

Era ancora una splendida donna, che dimostrava una decina di anni in meno. Alta e magra, in forma, aveva un viso molto bello, capelli biondi e occhi azzurri. La decisione di trasferirsi a New York l'aveva rivitalizzata. Da quando Andrew non c'era più, la gente l'aveva dimenticata, ma lei non era affatto pronta a rinunciare a vivere e chiudersi in casa. A New York c'era tutta la vitalità e l'energia di cui aveva tanto bisogno, inoltre sarebbe stata vicina alle figlie. L'unico rimpianto che aveva era quello di non essersi decisa prima a fare il grande salto.

Era l'ultima settimana di giugno e il clima era mite. Il venerdì pomeriggio, quando arrivò, l'aeroporto era affollato. Le figlie erano fuori città. Felicity era a Parigi per quindici giorni, per la settimana della moda. A ventitré anni, era una modella di eccezionale successo e negli ultimi tre era comparsa sulle copertine delle riviste di tutto il mondo. Quando il padre era morto aveva diciotto anni e si era iscritta alla University of Southern California, a Los Angeles, come lui avrebbe voluto. Tuttavia, lo studio non era mai stato il suo forte e dopo due anni si ritirò, quando venne scoperta dal proprietario di una delle principali agenzie di modelle di New York. Entro sei mesi le sue foto erano sulle copertine di *Vogue*, *Harper's Bazaar*, *Elle*, *L'Officiel* ed era conosciuta ovunque come il nuovo volto più straordinario che si vedesse da anni.

Felicity aveva una ferrea etica del lavoro, lo prendeva seriamente e si impegnava a fondo, motivo per cui la madre era orgogliosa del suo successo. Con i suoi guadagni aveva comprato un appartamento a Tribeca un anno prima e conduceva una vita che la maggior parte delle sue coetanee – e non solo – poteva soltanto sognare. Aveva imparato a riconoscere gli uomini che inseguivano le modelle solo per divertirsi, per pavoneggiarsi agli eventi mondani, o per potersi vantare di essere usciti con lei, e in genere frequentava uomini più grandi. Da un anno stava insieme a Blake White, un trentanovenne amante del jet-set e consulente finanziario per clienti illustri alla Goldman Sachs. Anche Blake proveniva da una famiglia molto agiata, aveva diversi amici e clienti influenti e gli piaceva uscire con le belle ragazze. In Felicity, però, vedeva qualcosa di diverso e di più profondo, che non aveva mai trovato in altre ragazze. Malgrado il successo e il denaro ereditato dal padre, Felicity aveva valori solidi, legami famigliari forti, era intelligente e più giudiziosa di molte sue coetanee. Il successo non le aveva dato alla testa ed era allegra e divertente. Blake era stato sposato con una donna dell'alta società con la quale era cresciuto. Era divorziato e aveva un figlio di sei anni, Alex, che stava con loro a weekend alterni e avrebbe passato con il padre il mese di agosto.

A Felicity piaceva trascorrere il tempo con Alex, che le voleva bene. Lei si comportava più come una sorella maggiore, anziché assumere un ruolo materno, cosa che Blake apprezzava. Non aveva secondi fini, si considerava troppo giovane per sposarsi e non desiderava avere presto dei figli suoi. Per Blake, dopo anni in cui aveva frequentato donne determinate a farsi portare all'altare, stare con Felicity era una boccata d'aria fresca, oltre che un grande sollievo. Lei non tentava di ingraziarsi Alex per fare colpo sul padre, semplicemente si divertiva con il bambino. Era innamorata di Blake, ma amava anche il proprio lavoro. Si riteneva fortunata che negli ultimi tre anni la sua carriera fosse decollata e la facesse guadagnare tanto, oltre a offrirle grandi opportunità. Blake trovava ironico che la sua unica storia seria dopo il divorzio fosse con una donna che non voleva sposarsi e non intendeva prendere in considerazione l'ipotesi per almeno altri dieci anni.

Kezia sapeva che Felicity sarebbe rimasta a Parigi tutta la settimana per farsi prendere le misure nelle varie case di moda per le quali avrebbe sfilato. Chanel e Dior l'avevano ingaggiata come una delle loro modelle di punta. Avrebbe trascorso il weekend a Saint-Tropez nella casa di alcuni amici di Blake, il quale l'aveva raggiunta per stare con lei e assistere alle sfilate la settimana successiva. Kezia era impaziente che la figlia vedesse il suo appartamento nuovo, una volta tornata a New York. Si era impegnata al massimo per renderlo bellissimo.

L'appartamento occupava la metà di un attico in un palazzo recente di sessanta piani sulla Cinquantacinquesima Strada, tra la Quinta Avenue e Madison Avenue. Superava di due piani qualunque edificio nelle vicinanze e offriva una vista a centottanta gradi sulla città. Durante gli ultimi mesi, Kezia aveva ordinato mobili e tappezzerie con l'aiuto di un'arredatrice d'interni newyorchese e il risultato finale sarebbe stato estremamente confortevole ed elegante. Aveva messo in un magazzino alcuni dei loro vecchi mobili, per tenerli da parte per le figlie, molti li aveva venduti e si era fatta spedire soltanto i suoi pezzi preferiti, tra cui la maggior parte delle opere d'arte. Era un nuovo mondo, una nuova vita, una nuova casa.

Aveva preso a noleggio il minimo indispensabile da una ditta di allestimenti che le aveva consigliato l'arredatrice: un letto, diverse cassettiere e una poltrona per la camera, due divani per l'ampio soggiorno, alcune poltroncine nel caso in cui avesse avuto ospiti, un tavolino da caffè e, in cucina, un tavolo con le sedie. Non aveva bisogno di altro, in attesa che arrivassero i suoi mobili, alla fine di agosto.

Non aveva ancora fatto programmi per l'estate. Era impaziente di trascorrere quei due mesi esplorando nuovi negozi e ristoranti, oltre che musei poco conosciuti. Le figlie erano stupite del fatto che sarebbe rimasta in città, ma lei le aveva rassicurate che il caldo e i turisti non le avrebbero dato fastidio. Aveva intenzione di ambientarsi e vivere pienamente New York entro la fine dell'estate.

Felicity aveva preso in affitto una casa a Southampton per giugno, luglio e agosto, da dove lei e Blake avrebbero fatto i pendolari quando dovevano lavorare. Era sempre affettuosa e disponibile, e desiderava che la mamma andasse a trovarla là. Insieme si divertivano, andavano in cerca di piccole avventure oppure improvvisavano una serata quando Felicity era libera.

Kate, invece, era una persona più complicata. Anche lei aveva una bellezza che colpiva come quella della sorella minore, ma era più severa, intensa e cupa. Aveva capelli castano scuro, grandi occhi marroni e lineamenti delicati. Era più bassa di Felicity, la quale aveva una statura sopra la media e somigliava molto alla mamma, con capelli biondi e occhi azzurri. I primi anni di Kate erano stati profondamente diversi da quelli di Felicity, eppure era stata altrettanto fortunata della sorella, forse anche di più.

Kezia era cresciuta nella cittadina del Vermont dove il padre faceva il medico di famiglia. La madre era morta per un tumore al seno quando lei aveva tre anni, e non aveva ricordi di lei, benché il padre gliene parlasse costantemente, in termini entusiastici. La moglie era un'infermiera e avevano lavorato insieme. Thornton Cooper era stato un padre affettuoso e attento, aveva dato alla figlia un'infanzia felice e condiviso con lei la propria dedizione e passione per la medicina. Kezia aveva frequentato l'Università del Vermont per rimanere vicino a casa, si era laureata in Scienze e poi era entrata nella scuola per infermieri di Boston, per diventare infermiera professionale e lavorare nell'ambulatorio paterno. Era il sogno della vita di entrambi.

Poco dopo avere iniziato la scuola per infermieri, aveva scoperto di essere incinta di un ragazzo con cui aveva avuto una storia quell'estate, Reed Phillips. Nessuno dei due la considerava una relazione a lungo termine, era un'avventura estiva che entrambi sapevano non poteva durare. Lui studiava Medicina al Dartmouth College ed era stato accettato per il tirocinio a Los Angeles. Aveva un lavoro stagionale in un piccolo albergo in Vermont, dove aveva conosciuto Kezia.

Quando lei tornò a Boston dopo l'estate e scoprì la gravidanza non fu una buona notizia per nessuno dei due. Procedevano in direzioni diverse, sulle due coste opposte del Paese. Quando Kezia lo chiamò per comunicarglielo, lui la raggiunse. Aveva tre anni più di lei, era immerso negli studi e pianificava di trasferirsi a Los Angeles per il tirocinio. Kezia gli piaceva molto ma non era innamorato, come lei, d'altra parte. Le disse chiaramente che nella sua vita non c'era spazio per una moglie e un figlio. Il suo grande sogno era di andare in Africa e lavorare per Medici Senza Frontiere. Avevano in comune la passione per la medicina, tuttavia le loro strade non erano destinate a incontrarsi. Lei desiderava affiancare il padre in una cittadina di campagna del Vermont, mentre lui sognava di svolgere la sua professione nei Paesi più poveri, dall'altra parte del globo.

Reed le disse con molta franchezza che non voleva entrare in alcun modo nella vita del bambino. L'avrebbe aiutata a provvedere economicamente a lui, se necessario, ma niente di più. Essere padre era l'ultima cosa che desiderava e glielo confessò con sincerità. Dopo quell'incontro, Kezia riferì al padre cos'era successo e gli propose di lasciare la scuola per infermieri. Aveva una borsa di studio che copriva parte della retta, mentre lui provvedeva al resto. Come sempre, il padre fu affettuoso, comprensivo e generoso. Il parto era previsto per la fine del semestre primaverile e Thornton insistette affinché la figlia proseguisse gli studi, stesse con il bambino durante l'estate e poi lo lasciasse con lui in autunno per tornare a studiare. Si sarebbe preso cura del piccolo con l'aiuto di una babysitter della zona, mentre Kezia sarebbe tornata da Boston nei weekend per stare con il figlio. Sarebbe stato impegnativo per entrambi, ma ne valeva la pena. Avrebbe fatto qualsiasi cosa per lei. Sorprendentemente, tutto andò secondo i piani e Reed si attenne all'accordo.

Nacque una bambina, che Kezia chiamò come sua madre, Kate Morgan Cooper. Nel frattempo, Reed stava iniziando il tirocinio a Los Angeles e non andò mai a vedere la bambina. Appena era nata, lui aveva spedito a Kezia i documenti di rinuncia alla responsabilità genitoriale. Si era offerto di pagarle gli alimenti per la piccola, ma Kezia rifiutò. Non voleva ricevere denaro da lui, se non desiderava alcun coinvolgimento con la bambina. Firmarono i documenti quando Kate aveva meno di un mese, e lui uscì per sempre dalla sua vita senza esserci mai entrato. Fino ai dodici anni, gli unici genitori che Kate conobbe furono la mamma e il nonno, nella cittadina in cui Kezia era cresciuta.

Quando chiedeva come mai gli altri bambini avevano un papà e lei no, la madre le diceva semplicemente che era andata così. Le aveva spiegato che suo padre era un medico e lavorava in Africa, perciò non potevano stare insieme. Quelle informazioni erano sufficienti finché Kate era bambina, mentre le avrebbe rivelato in un secondo momento che il padre aveva sposato una dottoressa che a sua volta lavorava per Medici Senza Frontiere. Lo aveva saputo per caso quando aveva incontrato un medico che lo conosceva perché avevano studiato insieme. Dopo la firma dei documenti di rinuncia, Kezia non aveva più avuto notizie da Reed. Lei aveva desiderato ugualmente far nascere sua figlia, a maggior ragione per farsi perdonare di non averle dato un padre. E Thornton era stato bravissimo con entrambe.

Kate aveva avuto un'infanzia serena, era in salute e adorata dalla mamma e dal nonno. A Kezia piaceva lavorare come infermiera nell'ambulatorio del padre. Nessun ragazzo della loro cittadina aveva mai suscitato il suo interesse e ben pochi sarebbero stati disposti a frequentare o sposare una donna con una figlia. Come spesso succedeva nelle piccole comunità di provincia, qualcuno addirittura criticava il fatto che non avesse sposato il padre della bambina.

Era stato il padre a insistere affinché Kezia partecipasse al convegno medico organizzato a San Francisco, per aggiornarsi sulle nuove tecnologie. Dapprima lei era incerta, ma lui l'aveva convinta che le avrebbe fatto bene partire. Quel weekend, Thornton portò Kate in campeggio: aveva dodici anni e le piaceva dormire in tenda e pescare con il nonno. Era l'unica vita che conosceva. Aveva un carattere serio e introverso, e teneva un diario. Da grande voleva diventare una scrittrice, inventava in continuazione delle storie o scribacchiava sul diario, dichiarando che un giorno avrebbe scritto un libro.

«Se è quello che vuoi, lo farai» le aveva detto il nonno. «Anche io ho sempre voluto fare il dottore.»

Su Kate, invece, la medicina non esercitava alcun fascino.

Al convegno di San Francisco, Kezia conobbe Andrew Hobson, che aveva fatto ingenti investimenti in diverse delle tecnologie presentate quel giorno e, poiché abitava in città, era andato ad assistere. La invitò a cena, poi anche a pranzo prima che lei ripartisse. Era l'uomo più gentile che Kezia avesse incontrato. Aveva vent'anni più di lei, era vedovo e non aveva figli. Nei sei mesi successivi, Andrew era andato in aereo in Vermont ogni volta che poteva, per trascorrere del tempo con lei e Kate. Lui e il padre di Kezia, che erano abbastanza vicini per età, divennero buoni amici. Entrambi erano brave persone e si stimavano a vicenda.

Sei mesi dopo essersi conosciuti, Andrew e Kezia si sposarono nella piccola chiesa della cittadina natale di lei. Per Kezia, allontanarsi dal padre fu una decisione straziante e sapeva che per lui non sarebbe stato facile. Tuttavia, Thornton desiderava la felicità della figlia più della propria. In effetti, tutti gli volevano bene proprio perché era una persona così generosa. Ci teneva che Kezia avesse una vita migliore di quella che la loro cittadina poteva offrirle. Lei e Andrew Hobson si amavano, inoltre lui rappresentava una preziosa opportunità di emancipazione.

Kate e Kezia si trasferirono a San Francisco con Andrew. Lui comprò una casa abbastanza grande in modo che potessero avere altri figli, inoltre chiese di adottare Kate entro pochi mesi dal matrimonio. Fin dall'inizio, aveva trattato la bambina come se fosse figlia sua. Due anni dopo nacque Felicity, e Andrew non fece mai differenze tra le due. Lo dimostrò la sua eredità: divise equamente i beni tra la moglie e le figlie, e a queste ultime lasciò fondi fiduciari di pari entità.

Quando nacque Felicity, Kate aveva quattordici anni. La trattava quasi come se fosse figlia sua, la teneva in braccio, le cambiava il pannolino, le dava la pappa, come a una bambola vivente che aveva atteso da sempre. Quando però Kate compì vent'anni e Felicity fu cresciuta, Kezia si accorse che la primogenita aveva iniziato a guardare la sorella con occhi diversi, come un'intrusa intenzionata a sottrarle le attenzioni e il tempo dei genitori.

Felicity era una bimba incantevole e gioiosa, alla quale era facile voler bene e con cui era bello trascorrere il tempo. Invece, il lato cupo e pensieroso di Kate si accentuava con il passare degli anni. A volte Kezia si domandava se il padre biologico avesse una personalità simile, ma non lo aveva conosciuto abbastanza a fondo da saperlo. Quando Kate compì ventun anni, Kezia ritenne giusto metterla al corrente dei dettagli della sua storia. Le raccontò dell'avventura estiva che aveva portato alla sua nascita e che Reed aveva scelto di rinunciare alla paternità. Le spiegò chiaramente che non era stata una decisione sua, ma di lui soltanto.

La verità ebbe un impatto dirompente su Kate, sebbene il padre biologico non l'avesse nemmeno mai vista. Kezia tentò di spiegarle che era lui a non essersi dimostrato all'altezza, non certo Kate. Non si sentiva pronto a fare il genitore, indipendentemente da quanto lei fosse adorabile, e la madre le assicurò che lo era, infatti era stata la gioia della sua vita e di quella del nonno.

Purtroppo, l'anno seguente al matrimonio di Kezia e Andrew, a suo padre fu diagnosticata la leucemia. Morì tre mesi più tardi. Kezia era riuscita a trascorrere con lui il suo ultimo mese di vita, mentre Kate era andata a dirgli addio prima che morisse. Per entrambe fu una perdita dolorosissima. Andrew stette loro molto vicino e poco dopo venne concepita Felicity, che per Kezia fu di grande consolazione.

Kate fu depressa per mesi dopo avere appreso le circostanze della propria nascita. Aveva pensato di scrivere una lettera al padre biologico, chiedendogli di spiegarle come mai aveva rinunciato a lei, ma non lo fece. In quel periodo scriveva più che mai e le sue storie erano sempre cupe e tristi. La sua visione della vita era focalizzata sulla perdita e il rifiuto, mentre non prendeva in considerazione il fatto che Andrew l'avesse accolta senza riserve dal momento in cui l'aveva adottata, anzi, anche prima. Nella mente di Kate, Reed Phillips rimaneva un mistero e una sorta di spettro minaccioso, che metteva in secondo piano l'affetto incondizionato che aveva ricevuto da Andrew e dal nonno.

In quegli anni, Kate ebbe una serie di storie sentimentali infelici, sempre con uomini che per un motivo o per l'altro la respingevano, quasi come se lei stessa volesse replicare le circostanze che l'avevano vista venire al mondo e provare a scrivere un finale diverso. Ma il finale era sempre identico.

Kate aveva trentadue anni quando Andrew morì, perciò ereditò subito una grande quantità di denaro. Felicity invece ne aveva diciotto e avrebbe dovuto aspettare di compierne venticinque, trenta e trentacinque affinché il fondo fiduciario iniziasse a liquidarle progressivamente la sua parte di eredità. Kate ne ricevette due terzi immediatamente, poiché trentadue anni era considerata un'età responsabile, secondo le volontà di Andrew. Malgrado ciò, viveva in modo relativamente frugale e comprò una casetta in Vermont, poco più di una baita, a pochi chilometri da dove aveva vissuto per dodici anni insieme al nonno e alla madre. Kate era sempre in lutto per qualcosa – una storia d'amore finita, il padre o il nonno – e guardava perennemente al passato. Felicity, invece, guardava al futuro con entusiasmo e si aspettava sempre che le accadessero cose belle. Non c'erano fantasmi nella sua vita.

«Ovvio» disse Kate in tono sarcastico alla madre, un giorno in cui ne stavano parlando. «Suo padre non l'ha abbandonata.»

«Andrew ha scelto di essere tuo padre» le fece notare Kezia. «Ti ha voluto bene dal momento in cui ti ha conosciuta e poi ti ha reso figlia sua, esattamente come Felicity, da quando è nata. Lui non ti ha mai considerata una figlia di serie b: per quale motivo dovresti farlo tu?»

«Perché è quello che sono» insistette lei. «Uno scarto.»

«Chi ha perso di più è Reed Phillips, non tu.»

Andrew era mille volte migliore di Reed. Kezia non aveva mai sottolineato che l'amore del padre adottivo di Kate era accompagnato da un enorme lascito finanziario che le avrebbe dato sicurezza economica e libertà per tutta la vita, oltre alla possibilità di fare qualunque cosa avesse desiderato; non era un dettaglio trascurabile, eppure a

Kate non sembrava importare. Per lei, il rifiuto del padre biologico aveva più importanza dell'affetto e dell'eredità di Andrew. Era il suo atteggiamento verso la vita: aveva sempre dato più peso a ciò che le mancava, anziché alle cose belle che aveva.

Kate aveva continuato a tenere il diario; il suo attuale compagno, Jack Turner, era uno scrittore in crisi a cui sembrava piacere di più essere in crisi che scrivere. Da quel punto di vista era simile a Kate. Kezia lo considerava fastidioso e pomposo, sempre impegnato a pontificare su qualcosa. Si erano conosciuti a un laboratorio di scrittura. Era stato insegnante di inglese in un collegio prestigioso, poi aveva smesso per dare lezioni private e provare a scrivere un romanzo. Non ci era ancora riuscito, ma Kate era convinta che avesse talento. Era cresciuto e aveva frequentato l'università a Boston. Aveva pubblicato alcuni racconti e insegnato scrittura creativa in uno dei tanti laboratori che venivano organizzati in Vermont. Proveniva da una famiglia di insegnanti, il padre era docente di Letteratura inglese ad Harvard, ma Kezia riteneva che a Jack mancasse l'ambizione ed era meno sicura della figlia riguardo al suo talento di scrittore. Di aspetto gradevole, non era particolarmente bello, aveva capelli scuri brizzolati e occhi marroni.

Kate aveva già trentasette anni e stava con Jack da quattro; il tempo sembrava sfuggirle tra le dita. Quando Andrew era morto, cinque anni prima, aveva iniziato a scrivere un romanzo, ma non lo aveva ancora finito, e continuava a trascorrere le estati in Vermont, dove frequentava laboratori di scrittura con il compagno. Lui aveva quarantadue anni e non faceva cenno al matrimonio. I suoi genitori avevano divorziato quando era piccolo. Jack e Kate parlavano più dei romanzi che non avevano ancora scritto che dei programmi per il futuro. La loro vita era eternamente in sospeso, in attesa che il romanzo del secolo che ciascuno aveva in mente si scrivesse da solo. Tre anni prima, quando stavano insieme da uno, Jack si era trasferito da lei, lasciando il suo monolocale al quinto piano senza ascensore in un edificio trasandato sulla Bowery. Kate, con discrezione e per tacito accordo, lo manteneva. Le sembrava indelicato sollevare l'argomento, inoltre poteva permetterselo, ma a Kezia non pareva una ragione valida. Jack non guadagnava abbastanza per mantenersi da solo e Kate insisteva che era uno scrittore brillante, ma la madre non ne era convinta. Il suo talento sembrava piuttosto quello di attaccarsi alle persone giuste e vivere grazie a loro; Kate non pareva perdutamente innamorata di lui, ma il loro atteggiamento verso la vita era simile. Lui era sufficientemente brillante e educato. La loro relazione era confortevole, benché lui fosse più un'abitudine che una passione. Kezia non era sicura che Kate si sarebbe mai sposata e avrebbe avuto figli, ma se lo avesse fatto sperava che non fosse con Jack. Kate stava ancora curando la profonda ferita interiore di essere stata abbandonata dal padre naturale.

Usava in maniera oculata il denaro che Andrew le aveva lasciato e non era una spendacciona. Nella sua casetta in Vermont c'era spazio a malapena per loro due e il suo appartamento nel West Village era un comodo loft, ma dentro ogni cosa era di seconda mano.

Al contrario, il grande appartamento di Felicity a Tribeca con vista sul fiume Hudson era spettacolare e molto chic. Lei e Blake si spostavano tra l'appartamento di lei e quello di lui, altrettanto bello, alcuni isolati più avanti, sempre a Tribeca.

Spesso Kezia si domandava per quale ragione Kate portasse avanti la storia con Jack. Sembrava infruttuosa e insoddisfacente, tuttavia probabilmente appagava il bisogno di Kate di stare con qualcuno che, come lei, era costantemente in lotta per trovare sé stesso. Kezia non aveva più speranze per Jack, ma ne aveva ancora per Kate. Si diceva che la figlia maggiore era un fiore tardivo, però man mano che gli anni passavano le sue speranze si affievolivano. Non aveva mai incontrato l'uomo giusto. Era più facile stare con uno come Jack, che non aveva avuto successo nella vita, anziché con qualcuno che lo aveva avuto e accanto al quale si sentisse inadeguata. Con quello che le aveva lasciato Andrew, poteva passare il resto della vita a tentare di scrivere il romanzo del secolo, e poco importava se non ci fosse mai riuscita.

Felicity, invece, non era ancora entrata in possesso della sua eredità e viveva in maniera lussuosa grazie ai propri guadagni come modella. Kate era sempre critica al riguardo e diceva che i suoi compensi erano esagerati, dato che il lavoro della sorella non richiedeva un cervello. Però richiedeva eleganza e stile, tanta energia, perseveranza e un atteggiamento positivo verso la vita, tutte qualità che Felicity possedeva, insieme alla bellezza. La verità era che lei era appagata e felice, al contrario di Kate, cosa che addolorava profondamente Kezia. L'unica che poteva cambiare quella situazione, però, era proprio Kate.

Kezia aveva prenotato una macchina con autista per farsi portare in città dall'aeroporto Kennedy. Essendo un monovolume, l'autista riuscì a farci stare le sue quattro grosse valigie. Kezia sorrise mentre dal sedile posteriore osservava la periferia di Manhattan scorrere oltre i finestrini.

Questa è casa mia ora, ricordò a sé stessa, soddisfatta. Indossava jeans e una maglietta, un blazer nero, mocassini e una borsa Kelly di Hermès. Era chic in maniera naturale. I capelli biondi erano raccolti in una lunga coda di cavallo e alcune ciocche sciolte svolazzavano nella brezza che entrava dal finestrino. Era entusiasta di rivedere il suo appartamento nuovo. Per comprare i mobili e ordinare i tappeti si era basata sulle fotografie e sulle planimetrie. Era impaziente di vedere il risultato finale, ma doveva aspettare due mesi. Nel frattempo, non le dispiaceva l'idea di abitare nell'appartamento scarsamente arredato con mobili a noleggio e non le avrebbe dato fastidio vivere per un po' tra gli scatoloni.

Non vedeva l'ora di mostrare l'appartamento alle figlie. Lo aveva acquistato durante una visita lampo a New York in un weekend. L'agente immobiliare newyorkese che aveva incaricato – una donna – le aveva consigliato di aggiudicarselo prima che lo facesse qualcun altro. Era uno dei due migliori appartamenti del palazzo, a un indirizzo prestigioso. Quando aveva firmato l'atto di acquisto, Kate si trovava in Vermont per l'ennesimo laboratorio di scrittura e Felicity era a Milano per Gucci. Kezia aveva avuto l'impressione di fare un salto nel vuoto quando lo aveva visitato da sola e aveva detto che lo avrebbe comprato. Significava iniziare una vita completamente nuova; il perfetto antidoto al compimento dei sessant'anni. Ancora non le sembrava vero di avere quell'età. Certe persone a sessant'anni andavano in pensione, ma lei non lavorava da quando ne aveva trentacinque. A volte le mancava fare l'infermiera, ma quella era un'altra vita. Per amore e nostalgia del padre aveva continuato a rinnovare la propria licenza da infermiera, ma non esercitava la professione da venticinque anni, praticamente un'eternità.

Stava scendendo la sera quando arrivò alla sua nuova casa. La Quinta Avenue era affollata, così come le vie laterali. Trovò gradevole essere circondata da quel rumore e da quell'attività, che comunque dal sessantesimo piano non avrebbe sentito. La vista si estendeva a entrambi i fiumi e comprendeva l'Empire State Building. L'agente immobiliare le aveva nominato diverse persone famose che abitavano nel palazzo: due senatori e una deputata, un celebre scrittore e vari attori. In particolare, l'attore premio Oscar Sam Stewart possedeva l'altra metà dell'attico. Ciascuno di loro due aveva il proprio ascensore privato, perciò non si sarebbero incontrati né avrebbero visto altri residenti. La privacy era totale. Una siepe separava la terrazza di Kezia da quella di lui, e l'agente immobiliare le aveva assicurato che il suo vicino era notoriamente silenzioso, oltre che assente per la maggior parte del tempo.

Kezia ricordava che due anni prima sua moglie, un'attrice altrettanto famosa, era morta in un incidente di elicottero durante le riprese di un film. A Hollywood erano considerati una leggenda, una coppia straordinariamente felice con un matrimonio solido che era finito in tragedia. Kezia aveva visto la maggior parte dei film di Sam Stewart, che era un bravissimo attore e un uomo di notevole bellezza. L'agente immobiliare le aveva confidato che viveva come un recluso, perciò presumibilmente non avrebbe dato delle feste in terrazza che l'avrebbero potuta disturbare. La donna le aveva anche detto che aveva un'importante collezione di opere d'arte, che lei però non aveva mai visto, dato che Stewart non era un suo cliente.

L'amministratore del palazzo aveva una busta per Kezia con dentro le chiavi e un biglietto. La ditta di noleggio aveva recapitato i mobili il giorno precedente. Lei aveva ingaggiato un'impresa di pulizie finché avesse trovato una domestica, poiché nell'appartamento non c'era ancora nulla di valore. Aveva intenzione di cucinare da sé oppure prendere del cibo da asporto. Era del tutto soddisfatta di rimanere sola a casa durante l'estate, senza che nessuno si preoccupasse per lei. Le piaceva essere indipendente, dopo essere stata sola per cinque anni.

Quando aveva venduto la casa di San Francisco, era stato triste separarsi dai suoi collaboratori, alcuni dei quali erano stati con lei durante tutti gli anni del suo matrimonio e per i cinque successivi. Però avevano la loro vita e le loro famiglie lì, perciò non avrebbero potuto seguirla. Per lei andava bene così, avrebbe iniziato da capo.

Salirono in ascensore, con un facchino che spingeva un carrello su cui aveva caricato i bagagli. Nel palazzo c'erano il servizio di portineria, gli uscieri e gli addetti alla sicurezza, la palestra, la piscina, un giardino pensile e una lavanderia a secco.

La porta dell'appartamento si aprì, l'allarme non era inserito. Kezia diede la mancia al facchino, poi andò subito in terrazza e guardò verso il centro città, a sud, dove abitavano le figlie e dove prima dell'11 settembre c'erano le Torri Gemelle del World Trade Center. Il sole stava tramontando alla sua destra, incendiando il cielo. Le vetrate dei palazzi sotto di lei brillavano come diamanti. Era il perfetto benvenuto alla sua nuova vita a New York, che appariva elettrizzante e meravigliosa. Con il sorriso sulle labbra, rimase in piedi per un po', poi si sedette su una sedia a sdraio, piena di gioia. Era uno di quei rari momenti in cui tutto sembra trovare il suo posto, creando un'armonia perfetta. Non avrebbe potuto essere meglio. Benvenuta a New York, sussurrò a sé stessa, mentre sentiva di amare già quella città.

Due

Il sabato mattina Kezia dormì fino a tardi; quando si alzò era una giornata magnifica e la temperatura stava diventando più tiepida. Ancora in pigiama, si preparò un caffè con la macchinetta che le aveva gentilmente lasciato l'agente immobiliare, insieme ad alcune stoviglie, poi andò a sedersi su una sdraio in terrazza. Così in alto, aveva l'impressione di volare. Chiuse gli occhi per qualche istante. Le sembrava ancora strano che quella fosse casa sua; le pareva piuttosto una vacanza, forse perché non erano ancora arrivate le sue cose, perciò non era circondata da oggetti familiari che le dessero la sensazione della normalità. Attorno a lei tutto era nuovo, e l'appartamento era vuoto. Le stanze erano così ampie che i pochi mobili noleggiati vi si perdevano. Senza quadri alle pareti, inoltre, la casa sembrava ancora più grande. Comunque era certa che, una volta arrivato e sistemato tutto, quell'impressione si sarebbe attenuata.

Fece la doccia, poi tirò fuori da una valigia dei jeans scoloriti, una camicia bianca e un paio di sandali. Scese nella lobby con il suo ascensore privato, uscì e si diresse a est verso la Seconda Avenue, dove sapeva che c'erano dei supermercati e una ferramenta per comprare alcune cose che le servivano.

Impiegò due ore e si fece recapitare a casa gli acquisti, poi tornò a piedi in Madison Avenue e girovagò verso nord per guardare i negozi degli stilisti famosi. Infine, quando raggiunse la Settantanovesima Strada, si avviò verso Central Park, che essendo sabato era affollato. C'erano bambini che giocavano a palla, coppie sdraiate su coperte stese sull'erba, ciclisti e persone che andavano in skateboard. Per Kezia, a New York c'era sempre un'atmosfera di festa.

Era il weekend precedente a quello del Quattro Luglio, quando si sarebbe ufficialmente aperta la stagione estiva. Un mese prima, il Memorial Day aveva inaugurato il periodo di festeggiamenti, ma finalmente il clima era ideale e lei immaginava che anche le spiagge fossero piene di gente. Sarebbe stata un'estate calda quindi Felicity si sarebbe goduta la casa a Southampton una volta rientrata da Parigi.

Si sedette su una panchina e si guardò intorno per un po', sorridendo alla vista dei bambini che si accalcavano intorno a un venditore di gelati. Le tornò in mente quando Felicity era piccola e Kate, adolescente, era orgogliosa di lei. Era diventata gelosa più tardi e non aveva mai smesso. Le dava fastidio ogni colpo di fortuna che capitava alla sorella minore... e gliene erano capitati tanti. Negli ultimi anni, il successo di Felicity faceva sentire Kate ancora peggio per il romanzo che non aveva ancora scritto. Felicity andava avanti per la sua strada e le opportunità sembravano pioverle addosso.

Pareva che incontrasse un uomo fantastico dopo l'altro, mentre Kate trovava immancabilmente quelli sbagliati e poi ci rimaneva insieme. La visione positiva della vita che aveva Felicity e la sua esuberante giovinezza sembravano attrarre cose belle nella sua esistenza, e la gente pareva impaziente di sommergerla di preziose occasioni. Kate era molto dura e apertamente critica nei confronti di Felicity, che tuttavia non se la prendeva, proseguendo tranquilla verso la successiva vittoria, copertina o storia d'amore. Era di indole buona e notevolmente tollerante nei confronti della sorella maggiore, alla quale non restituiva mai le critiche.

Dopo essere rimasta seduta al sole per un'oretta, Kezia si incamminò lentamente attraverso il parco verso casa, in modo da arrivare all'orario stabilito per la consegna dei suoi acquisti, percorrendo la Quinta Avenue e soffermandosi a guardare le vetrine dei negozi. Poco dopo che fu rientrata arrivò il fattorino, e dopo aver sistemato tutto negli armadietti si sedette in terrazza per il resto del pomeriggio.

Le sembrò di udire qualcosa al di là della siepe divisoria. Sentì qualcuno che innaffiava con la pompa e dedusse che fosse un giardiniere, dato che non sapeva se il suo vicino fosse in casa o meno.

Quella sera guardò un film e andò a letto presto. Tutto era fresco, pulito e nuovo, e non si sentiva sola. Le pareti erano state tinteggiate con i colori che aveva scelto, un avorio caldo e intenso in soggiorno e un giallo chiarissimo in camera da letto, che riteneva avrebbero rallegrato le buie giornate d'inverno.

* * *

La domenica mattina fu svegliata presto da Kate. Guardò l'orologio strizzando gli occhi: erano appena passate le otto. Kate era una persona mattiniera e pensava che anche il resto del mondo dovesse esserlo.

«Sei sveglia?» le chiese la figlia, che sembrava occupata e piena di energia.

Con il telefono in mano, Kezia si girò sulla schiena e guardò il soffitto.

«Adesso lo sono. Com'è stato il laboratorio?» le domandò. Aveva perso il conto di quanti ne aveva fatti: di sicuro decine, forse centinaia.

«È stato fantastico. Stamattina abbiamo la colazione conclusiva, poi rientriamo in città. Dovrei arrivare verso le sei.»

«Vuoi venire a vedere l'appartamento?» la invitò Kezia sorridendo.

Sebbene Kate non fosse una persona semplice, Kezia le voleva bene e non la vedeva da oltre un mese, dalla sua ultima visita a New York per incontrare l'arredatrice.

«È per questo che ho chiamato» replicò Kate, in tono secco.

«Perfetto, passa appena arrivi in città, ti aspetto. Ci sarà anche Jack?»

«No, mi accompagna e basta. Sta lavorando a un racconto che ha cominciato qui e vuole concluderlo finché ha freschi in mente i commenti emersi in questi giorni. Prenderò un taxi per tornare a casa.»

«Vieni quando vuoi, oggi non devo uscire.»

Era un'altra giornata splendida perciò Kezia voleva stare

in terrazza a prendere il sole, dato che era pallida a causa del clima rigido e della nebbia estiva di San Francisco.

«D'accordo, mamma, a più tardi.»

Kezia se la prese comoda sistemando piccole cose in casa, come lo specchio ingranditore del bagno. Ce n'era uno incorporato nella toeletta che si era fatta fare, ma non lo avrebbe avuto prima di due mesi. Il giorno precedente aveva comprato alcuni piccoli elettrodomestici per la cucina, un frullatore e un tostapane, oltre a delle posate e a un servizio di piatti bianchi e bicchieri. C'era anche un microonde integrato. Aveva preso dei tappetini antiscivolo per la doccia e per la vasca da bagno e altri oggetti utili.

Pranzò tardi, poi si addormentò mentre leggeva al sole, con addosso degli shorts di jeans rosa e una maglietta. Alle sei e mezzo il portiere la chiamò per dirle che Kate Hobson stava salendo da lei e un attimo dopo sentì suonare il campanello.

Kezia le aprì con un grande sorriso e la abbracciò. Kate era sempre un po' rigida, a differenza di Felicity, che stringeva sempre forte la mamma e che sembrava una cucciolona affettuosa. Kate si sciolse rapidamente dall'abbraccio e si guardò intorno. Aveva capelli castano scuro lunghi e lisci; i suoi occhi scuri scandagliarono ogni dettaglio dell'ingresso e poi dell'ampio soggiorno, da dove si apprezzava la vista sulla città.

«Wow, fa girare la testa» commentò. «È un panorama notevole. Meno male che Jack non è venuto: soffre di vertigini e ha paura dell'altezza.»

Jack aveva un sacco di fissazioni, che Kezia trovava

irritanti, mentre a Kate facevano tenerezza. Con lui era sorprendentemente tollerante, molto più che con i propri famigliari.

«Sembra di stare in aereo, anziché sulla cima di un palazzo» osservò Kezia.

Offrì alla figlia un bicchiere di vino e le fece fare il giro dell'appartamento, spiegandole cosa aveva progettato per ciascuna stanza. Era evidente quanto ne fosse entusiasta.

«Be', non ti sei certo trattenuta. Ti serve davvero tutto questo spazio?» le domandò con una nota di disapprovazione nella voce. Kate era sempre molto critica verso chi non badava a spese. Era perennemente in jeans, vecchie felpe dell'Università di New York o vestiti di seconda mano, per questo si considerava virtuosa. Il suo loft nel West Village si trovava in un edificio piuttosto trasandato e non ristrutturato.

«È stata una vera occasione, più unica che rara» le disse la madre, usando le parole dell'agente immobiliare. «E poi mi piace molto, mi sembra di stare in cielo. Vieni a vedere la terrazza.»

Kate la seguì fuori e si sedettero sulle sdraio a sorseggiare il vino.

«È molto grazioso» ammise la figlia.

Per qualche minuto non disse niente, fissando il bicchiere. Poi si voltò verso la madre, la quale notò che aveva l'espressione che assumeva quando era in vena di litigare. Però non c'era niente per cui litigare, era una normale visita in una domenica sera, per vedere la casa nuova.

«Sono contenta di averla vista. Volevo venire a trovarti prima di partire; vado via martedì.»

«Anch'io sono contenta che tu sia venuta. Torni in Vermont? Un altro laboratorio?»

Durante i mesi estivi ne organizzavano uno dopo l'altro, la maggior parte dei quali in New England. Erano una sorta di campo estivo per adulti, o per aspiranti scrittori che perlopiù non avevano mai scritto nulla di rilevante, né pubblicato niente, come Kate e Jack.

«No» dichiarò la figlia in tono combattivo, di cui la madre non capì la ragione. «Vado in Africa.»

«In Africa?» fece Kezia, stupita, sapendo che Kate non era una assidua viaggiatrice e detestava volare. «Per un laboratorio di scrittura?»

Felicity prendeva in continuazione voli per ogni destinazione del mondo, mentre Kate no, e quello era un viaggio molto lungo.

«Jack ha un cugino a Johannesburg e vuole andare a trovarlo. Poi andremo in una delle zone più remote per una sorta di missione speciale.»

Era una cosa insolita per lei e Kezia era sempre più incuriosita. «Avete amici laggiù?»

Kate fece cenno di no e rimase in silenzio per qualche istante.

«Ho una nuova psicologa» riprese, fissando il bicchiere con aria assorta. Dopo tornò a guardare la madre e proseguì: «Ritiene che io abbia bisogno di incontrare mio padre, dato che con lui non ho mai chiuso la partita».

D'altro canto, per come erano andate le cose, non aveva nemmeno avuto modo di aprirla, la partita. Reed Phillips non aveva mai fatto parte della vita di Kate, per sua stessa scelta.

«La psicologa ritiene che questo potrebbe aprirmi una porta, oppure darmi una volta per tutte la libertà di voltare pagina» continuò Kate.

A Kezia sembrava un'idea assurda, dato che Reed aveva rinunciato a lei trentasette anni prima, ma non lo disse.

«Pensa che la mia scrittura resterà bloccata finché non lo incontro e non gli chiedo direttamente quello che ho bisogno di sapere.»

«Sai dove si trova?» indagò Kezia, sbalordita.

Lei non aveva idea di dove fosse, né desiderava saperlo. Kate invece si era sempre fatta domande su di lui e sul perché l'avesse abbandonata. Non aveva mai considerato esaustive le spiegazioni della madre ed era sicura che ci fosse altro, qualche oscuro segreto che Kezia non le rivelava.

In realtà l'argomentazione di Reed era stata inequivocabile: a quell'epoca della sua vita non voleva essere vincolato a una donna e a un figlio. Inoltre non voleva sposarsi. Desiderava a ogni costo realizzare i propri sogni e ci era riuscito. Kate sarebbe stata un ingombro, esattamente ciò che lui non voleva.

«Sì» rispose Kate. «L'ho trovato tramite Medici Senza Frontiere, è stato facile. Ha fondato e dirige un piccolo ospedale in una zona remota del Mozambico. Posso andarci in macchina da Johannesburg.»

Kezia era sempre più sconcertata. «Lo hai contattato?» domandò, con un tono più freddo di quanto avesse voluto, ma per lei era stata una sorpresa sgradita. Non aveva più pensato a lui e le dava fastidio che la figlia lo avesse fatto.

«Gli ho mandato un'e-mail e ha risposto subito. Gli

ho detto che volevo incontrarlo e parlargli. Ci ha invitati ad andare e stare da lui. Non mi fermerò a lungo, voglio solo parlargli di persona e non in videochiamata. Voglio sedermi di fronte a lui, dire quello che ho da dire e sentire cosa risponde. La sua e-mail era molto gentile. È sposato con una dottoressa sudafricana che lavora nell'ospedale con lui e hanno un figlio, che studia Medicina in Inghilterra. Se tutto va liscio, posso fermarmi a trovare il mio fratellastro durante il viaggio di ritorno.»

Sembrava una riunione di famiglia, e a Kezia non fece piacere che si riferisse a lui come al suo fratellastro. La curiosità della figlia nei confronti del padre le era sembrata sleale, dopo tutto ciò che Andrew aveva fatto per lei. Kate poteva permettersi di non lavorare e indugiare nella sua passione per la scrittura da quindici anni, da quando aveva finito il college alla Columbia. Andrew l'aveva sempre incoraggiata e dopo la sua morte, grazie alla prima parte di eredità, Kate aveva potuto continuare a scrivere senza doversi trovare un impiego.

Reed non aveva mai fatto nulla per sua figlia, non le aveva nemmeno spedito un biglietto di auguri per il compleanno o per Natale. Non era neanche stato abbastanza curioso nei suoi confonti da farsi vivo con lei per conoscerla. Lei invece non aveva smesso di fantasticare su di lui, tanto che stava per andare dall'altra parte del mondo per vederlo.

«Quanto starete via?» le domandò Kezia senza aggiungere commenti.

Kate sapeva come la pensava la madre, e che non voleva avere niente a che fare con lui.

Lei invece voleva vederlo almeno una volta. Se si fosse rivelato una persona orribile, sarebbe stata l'ultima. Se la visita fosse andata male, sarebbe subito tornata indietro, come le aveva suggerito la psicologa. Le aveva anche detto che era orgogliosa di lei per avere preso la decisione anziché rimandare, come in genere accadeva quando doveva fare delle scelte importanti. Quella era stata la prima volta: aveva atteso a lungo e dopo aver deciso non voleva rimandare. Aveva chiesto a Jack di accompagnarla, avrebbe pagato tutto lei. Lui guadagnava ben poco con i racconti e i saggi, oltre alle lezioni private, quindi non poteva permettersi di spendere per un viaggio simile.

Kezia non domandò nulla al riguardo. Immaginava già la risposta, ma Kate era adulta e poteva gestire il proprio denaro come riteneva opportuno. Kezia pensava però che fosse un peccato che sprecasse degli anni con un simile scansafatiche, inoltre era certa che Andrew non avrebbe approvato. Suo marito aveva lavorato duramente per raggiungere il successo; Jack invece, da quello che poteva vedere, non sembrava apportare alcun beneficio nella vita di Kate. Kezia non aveva mai capito cosa ci trovasse in lui. Era intelligente ma privo di reali ambizioni. Si limitava a parlare del libro che un giorno avrebbe scritto, proprio come Kate, ma nessuno dei due faceva qualcosa al riguardo, eccetto partecipare ai laboratori di scrittura. Quello era un argomento delicato tra Kate e la madre, e il suo padre biologico era un altro. Lui almeno aveva inseguito i suoi sogni. Kezia si domandava se si fosse mai pentito di avere abbandonato la figlia, esattamente ciò che voleva scoprire Kate. Andare a incontrarlo, per chiedergli per quale motivo aveva rinunciato a lei, sarebbe stata la cosa più coraggiosa che avesse mai fatto.

«Torneremo dopo circa una settimana» le rispose in tono pacato. «Faremo tappa a Johannesburg per vedere il cugino di Jack, poi staremo con i Phillips per il tempo che ci sembrerà adeguato. È gentile da parte di Jack venire con me, sono piuttosto agitata» le confidò.

Kezia la vide vulnerabile e fu dispiaciuta per lei. Si chiese se fosse una decisione saggia. Reed avrebbe potuto respingerla di nuovo, oppure essere sgradevole con lei, o magari a sua moglie avrebbe dato fastidio che si fosse presentata lì. Kezia sapeva meglio di chiunque altro che, sotto la facciata spigolosa, Kate era delicata e fragile, e attaccava per ferire gli altri prima di rimanere ferita. Quella consapevolezza non facilitava il rapporto con lei, ma almeno spiegava molte cose. Le sue battute taglienti non erano casuali come potevano apparire, erano piuttosto un'autodifesa.

«È stata un'idea tua o della psicologa?» le domandò la madre.

«Che differenza fa?» ribatté lei, lanciandole il suo tipico sguardo ostile.

«Era solo per curiosità. Ti ha davvero turbato così tanto per tutti questi anni?»

A Kezia sembrava una cosa triste e uno spreco di tempo andare dall'altra parte del mondo per vedere un uomo che l'aveva tagliata fuori dalla propria vita quasi quarant'anni prima. Se anche se ne fosse pentito, non avrebbe fatto differenza, ormai. Kate non ne avrebbe tratto alcun beneficio: non avrebbero riavuto indietro il tempo perduto e Reed non si sarebbe trasformato come per magia in un padre.

«A volte mi turba, non sempre» ammise Kate. «Non penso a lui tutto il tempo. Voglio soltanto vederlo, anche un'unica volta. Tu sai chi era tuo padre, che tipo di persona era; io non lo so.»

Messa in quei termini, la vicenda assumeva un qualche senso anche per Kezia, ma non a sufficienza. Magari se lui avesse abitato a Pittsburgh o a Chicago sarebbe stato più accettabile, ma andare in Africa era un viaggio assurdamente lungo solo per sapere quali motivazioni avesse avuto trentasette anni addietro. All'epoca le aveva espresse chiaramente e a quanto pareva aveva realizzato la sua missione di fare il medico in Africa. Aveva sessantatré anni e probabilmente era un uomo molto diverso da quello che era stato all'epoca della nascita di Kate. Aveva una vita alle spalle, una moglie e un figlio. Kate aveva un fratellastro: a Kezia sembrava tutto molto irreale.

«Ultimamente per me scrivere è stato più arduo del solito e la psicologa ritiene possa essere colpa delle questioni irrisolte del mio passato. So quello che voglio scrivere, lo sento nella testa, ma non riesco a metterlo nero su bianco» le spiegò. «Anche Jack pensa che sia una buona idea» concluse, e la madre non si sorprese.

«Spero che tu trovi le risposte di cui hai bisogno» le disse in tono pacato.

«So che la consideri una follia, e che l'affetto di Andrew avrebbe dovuto bastarmi. Gli volevo bene, però non era il mio vero padre, indipendentemente da quanti soldi mi ha lasciato. Mi sento in colpa a spenderli perché non ero figlia sua, come Felicity. Io ero un di più, probabilmente l'ha fatto per te.»

«L'ha fatto perché ti voleva bene» la corresse Kezia. «Per quale motivo non riesci ad accettarlo?»

«Non lo so. È quello che voglio scoprire.»

«Allora forse devi proprio andarci» concluse Kezia con un sospiro.

Kate sceglieva sempre la strada più difficile allo scopo di punire sé stessa e gli altri. Non riusciva ad accettarsi per quella che era e per ciò che aveva. Kezia si domandò se dopo avere incontrato Reed avrebbe smesso di sprecare il suo tempo con uomini come Jack Turner. In quel caso, ne sarebbe valsa la pena.

Kate rimase dalla madre un'altra mezz'ora. Era andata a trovarla per informarla del suo viaggio imminente, non per vedere l'appartamento.

«Speravo che per il Quattro Luglio saresti venuta a cena e a vedere i fuochi d'artificio con me, se fossi stata in città» le disse la madre prima di salutarla.

«Saranno fantastici da qui, mi dispiace perdermeli.»

Kate aveva cose più importanti da fare e Felicity sarebbe rimasta a Parigi dopo le sfilate, mentre nel weekend avrebbe alloggiato all'Hotel du Cap-Eden-Roc, a Cap d'Antibes, con Blake e alcuni amici di lui dell'alta società. Le due sorelle non avrebbero potuto essere più diverse.

Kezia abbracciò la figlia e, dopo essere rimasta sola, rifletté sul viaggio che stava per intraprendere. Sarebbe stato una sorta di pellegrinaggio e tutto ciò che poteva sperare era che trovasse ciò che stava cercando, per migliorare non soltanto la sua scrittura, ma la sua esistenza. Se ci fosse riuscita, si sarebbe goduta di più la vita e avrebbe permesso a sé stessa di trovare un uomo degno di lei; qualcuno diverso da Jack e da coloro che lo avevano preceduto, i quali, in un modo o in un altro, erano sempre dei perdenti, perché in fondo era la stessa Kate a sentirsi tale.

Felicity chiamò la madre da Parigi il lunedì mattina. Kezia, contenta di sentirla, la informò del viaggio della sorella.

«È strano» commentò Felicity.

«Concordo» disse la madre. «Ma l'ha sempre tormentata il fatto che suo padre l'abbia abbandonata e che non lo abbia mai conosciuto. Il rifiuto di un genitore è una questione molto seria.»

«Però ha avuto papà, da quando vi siete sposati» puntualizzò Felicity.

«È quello che le dico sempre, ma lei non si sente pienamente sua figlia. Le sembra che tu sia la figlia vera e lei quella falsa... È complicato» spiegò Kezia alla secondogenita, che di rado guardava sotto la superficie. «Com'è andata a Saint-Tropez?» chiese poi, cambiando argomento.

«È stato fantastico. Abbiamo incontrato tanti nostri conoscenti. Questo weekend, dopo le sfilate, andremo a Cap d'Antibes. Sei sicura che nel fine settimana non vuoi usare la casa che ho preso in affitto a Southampton?» le propose di nuovo Felicity.

«Ti ringrazio, ma resterò in città per vedere i fuochi dalla terrazza. Mi piacerebbe andarci con te quando tornerai a casa.»

Chiacchierarono ancora qualche minuto, poi Felicity la dovette salutare. Quella sera avrebbe sfilato per Dior e doveva presentarsi entro mezz'ora per il trucco e l'acconciatura, poi per la prova generale. Prendeva le cose seriamente, da vera professionista. A Kezia piaceva vedere la figlia alle sfilate, dove appariva sicura di sé e controllata, e avrebbe desiderato che Kate avesse un po' di quella fiducia. Magari l'avrebbe avuta dopo aver conosciuto Reed Phillips. Forse la sua psicologa aveva ragione: incontrarlo era ciò di cui aveva bisogno per liberarsi dei vecchi fantasmi, rifletté, sperandoci ardentemente. Per Kate il bicchiere era sempre mezzo vuoto, mentre Felicity trovava sempre qualcosa per cui essere contenta. Si godeva la vita, e la sua carriera era al culmine, benché sapesse di non poter sfilare per sempre. Inoltre, lei e Blake White stavano bene insieme, malgrado i sedici anni di differenza, che alla sua età erano parecchi.

Anche se erano adulte, Kezia si preoccupava per entrambe le figlie. Ma Felicity le dava meno pensiero, da bambina era sempre contenta e una volta cresciuta aveva mantenuto l'ottimismo e la gioia di vivere.

Quella sera, Kezia riparlò con Kate; era la vigilia della partenza e la trovò impegnata nei preparativi. Doveva comprare alcune cose per il periodo che avrebbero trascorso in Mozambico. Non aveva avuto il tempo di tornare a trovarla e le disse che era troppo occupata perché la madre andasse da lei. Kezia ebbe l'impressione che volesse evitarla, ma non se la prese.

L'indomani, sulla strada verso l'aeroporto, Kate le inviò un messaggio. Era entusiasta di partire ed era certa che i misteri che la vita le aveva riservato fino a quel momento sarebbero stati svelati.

Non era sicura di cosa volesse ottenere da Reed Phillips, forse delle scuse, o magari l'ammissione che aveva fatto un terribile errore a rinunciare a lei e che se ne era pentito per tutta la vita. Ma questo era fuori dalle sue aspettative; più realisticamente, sperava che fosse una persona gentile, e di essere contenta di averlo conosciuto e di essere sua figlia. Nelle e-mail le era sembrato cordiale e le aveva detto di essere impaziente di mostrarle il suo ospedale. Se fosse rimasta colpita da ciò che lui faceva per la popolazione locale, avrebbe potuto fare una donazione dopo essere ripartita e sostenere così l'attività del padre. Forse il viaggio avrebbe sbloccato la sua scrittura, permettendole di completare il libro a cui stava lavorando con estrema difficoltà da tanto tempo.

Mentre l'aereo decollava, Jack le stava raccontando di suo cugino Chad di Johannesburg e di quanto le sarebbe piaciuto. Lavorava in banca ed era un tipo in gamba, molto divertente, anche se gli piaceva un po' troppo il whiskey. Aveva quarantaquattro anni, due più di Jack, non si era mai sposato e passava da una fidanzata all'altra.

Quel viaggio aveva l'aria di una grande avventura. Kate si voltò a guardare Jack e si domandò se le avrebbe mai chiesto di sposarlo. Diceva sempre che non poteva farlo finché non fosse stato in grado di mantenere una moglie e dei figli, cosa che sembrava sempre più improbabile. Avevano in comune la scrittura, inoltre lui le dava conforto quando veniva assalita dai dubbi e temeva che non sarebbe mai stata in grado di scrivere un libro. Jack teneva lontani i demoni della solitudine e per il momento le bastava. A Kate non piaceva guardare troppo avanti nel futuro, si accontentava di vivere giorno per giorno senza che succedesse nulla di brutto.

Mentre New York diventava sempre più piccola sotto di loro, chiuse gli occhi e provò a immaginare come sarebbe stato incontrare il padre. Aveva visto una sua foto online: era alto e di bell'aspetto, con capelli radi e bianchi; accanto a lui c'era una donna piccola di statura, anche lei con i capelli bianchi. Non riusciva a immaginare sua madre insieme a lui, ma non aveva importanza: sua madre o sua sorella non c'entravano, loro si somigliavano, era lei l'intrusa. Forse avrebbe scoperto di essere simile al padre naturale. A trentasette anni, desiderava trovare una persona con cui aveva qualcosa in comune, qualcuno che fosse come lei, anche con tutte le sue paure e insicurezze. Con la madre e la sorella si sentiva diversa.

Mentre scivolava nel sonno, sognando del padre mai conosciuto, Jack stava ancora parlando del cugino, con una coppa di champagne in mano.

Tre

La mattina in cui l'aereo di Kate decollò per Johannesburg, all'aeroporto Kennedy di New York atterrò un volo low-cost proveniente da Houston, pieno zeppo di viaggiatori che si affrettavano al ritiro bagagli o si dirigevano verso le uscite trascinando i trolley. Tra loro c'era un gruppo di otto giovani uomini che portavano cappelli da cowboy, alcuni stivali da rodeo, altri sneaker e qualcuno anfibi. Indossavano jeans e giubbotti che sembravano avanzi di magazzino dell'esercito. Avevano fra i venti e i trent'anni, e l'aria sicura. Erano di buonumore e allegri, perfino chiassosi, si spintonavano, si prendevano per i fondelli e fischiavano a delle ragazze che flitravano con loro. Pareva che si sentissero i padroni del mondo, mentre si infilavano quattro in un taxi e quattro in un altro. Avevano degli zaini e sembravano un po' dei teppisti. Durante il volo avevano bevuto ma non erano ubriachi; erano eccitati di trovarsi a New York.

Si accordarono di incontrarsi a Times Square. Tre di

loro dissero di non essere mai stati in città, due dichiararono di voler trovare delle donne. Sembravano i classici ragazzi di campagna arrivati nella metropoli, però non ne erano intimiditi e il loro entusiasmo era contagioso.

La grande avventura era iniziata. Quel viaggio era stato pianificato per due anni ed erano arrivati con tre giorni d'anticipo per divertirsi un po'. Avevano intenzione di godersi pienamente le delizie della città, le donne, i bar, i luoghi di interesse, i suoni e gli odori. Erano a New York per una vacanza che avevano atteso a lungo e che non avrebbero mai dimenticato.

Mentre i due taxi partivano dall'aeroporto diretti a Manhattan, i ragazzi si fischiavano l'un l'altro dai finestrini, poi le due auto con a bordo otto cowboy di Houston scomparvero nel traffico. Avevano a disposizione tre giorni per divertirsi e non avrebbero sprecato neanche un minuto. Dopo, avevano del lavoro da fare.

Uno dei quattro accese uno spinello; il tassista sorrise e non protestò. Se lo passarono di mano in mano. Era forte, l'erba era arrivata a Houston direttamente dal Messico, roba di prima qualità; era facile procurarsela in Texas. Era stato detto loro di non portare droga a bordo rischiando di essere beccati, ma all'aeroporto non erano in servizio i cani molecolari per fiutarla, ed era più semplice portarsela che tentare di procurarsela a New York. Faceva parte del divertimento per i giorni liberi, per trovare sollievo dalla pressione degli incarichi che erano stati loro assegnati. Ciascuno era un esperto nel suo campo, anche se guardandoli non si sarebbe detto. Parevano un manipolo di giovani spensierati, una squadra di qualche sport, dei banali cowboy texani.

Prima di raggiungere Manhattan stavano già ridendo per effetto dello spinello. Erano pronti a conquistare la città. Quelli sarebbero stati i tre giorni migliori della loro vita.

Il martedì sera tardi, Kezia ricevette un messaggio di Kate, che era appena arrivata. A Johannesburg era mercoledì mattina. Il volo era andato bene e il cugino di Jack era andato a prenderli in aeroporto, ma non avevano ancora avuto il tempo di visitare la città. Avrebbero trascorso due giorni con Chad, che aveva preso ferie per stare con loro. Avevano in programma di lasciare Johannesburg il venerdì all'alba, per il lungo tragitto in macchina fino in Mozambico, attraverso il Parco nazionale Kruger, per arrivare all'ospedale di Reed a Tomanini all'ora di cena.

Kezia era impaziente di sapere di più riguardo a quella parte del viaggio.

Lungo la Quinta Avenue c'era una sfilata per il Quattro Luglio, perciò il traffico era bloccato. Kezia non doveva andare da nessuna parte, quindi rimase tranquilla nel suo attico. Era tutto chiuso per la festività e voleva evitare la folla che gironzolava per le strade durante e dopo la parata. Con le figlie fuori città, non c'era nessuno che volesse incontrare. Non si era ancora fatta sentire con i suoi amici di New York, comunque era certa che sarebbero stati via in quei giorni. Era arrivata da una settimana esatta e si era sistemata nell'appartamento, dove si sentiva già a casa.

Quella di San Francisco era magnificamente arredata, piena di pregiate opere d'arte e di tesori che lei e Andrew avevano raccolto durante i viaggi, molti dei quali si era fatta spedire a New York. Era entusiasta all'idea di trasformare l'attico in una sorta di casa-museo e ricevere lì le persone. Nell'attesa che arrivasse tutto, si godeva le ampie stanze semivuote e il senso di libertà che le infondevano. Desiderava che tutto fosse nuovo e diverso rispetto alla vecchia casa. Per lei era una sorta di rinascita; con il trasferimento a New York aveva reinventato sé stessa, e l'attico rappresentava una grossa parte del rinnovamento.

Quella sera guardò alcune puntate di una serie televisiva che le piaceva, gustandosi anche un bicchiere di vino. In genere non beveva da sola, ma c'era aria di festa ed era in attesa dei fuochi artificiali, che sarebbero iniziati appena fosse diventato buio. In tutta la città, la gente stava aspettando sui tetti. Kezia era certa che sarebbe stato uno spettacolo; da New York non si aspettava niente di meno.

Alle nove andò in terrazza e si sedette su una sdraio sotto il cielo stellato. Era una notte tiepida, indossava i jeans e una maglietta. Sulla terrazza c'erano delle piante ornamentali, ma intendeva metterne altre. Una siepe molto fitta, alta quasi tre metri, divideva l'attico da quello accanto e impediva la vista dall'altra parte. Mentre si sedeva le era sembrato di sentire un rumore di là, ma pensò di esserselo immaginato, dato che per tutta la settimana dall'altro appartamento non erano giunti segnali che fosse abitato. Evidentemente Sam Stewart non c'era e lei era sola in cima al palazzo, a sessanta piani da terra, nel cielo di New York. Seduta ad aspettare i fuochi sopra l'East River, aveva l'impressione di poter stendere il braccio e toccare le stelle.

I fuochi d'artificio iniziarono mezz'ora dopo con tre gigantesche palle di rosso, bianco e blu, seguite da un enorme globo di quelle che sembravano stelle cadenti. Ci furono cinque forti botti di fila, poi una sorta di boato alla sua destra. Si voltò e vide una sfera arancione a ovest; mentre i fuochi continuavano alla sua sinistra, non capì se si trattasse di un secondo spettacolo in un'altra zona. Li stava ammirando entrambi quando notò una grande spirale di fumo nero levarsi sopra la sfera arancione, che non era ancora svanita. Si stava domandando cosa fosse, quando udì altri due boati, l'uno dopo l'altro, e una seconda sfera arancione comparve davanti a lei, poi una terza più a sud. All'improvviso, si rese conto che non si trattava di fuochi artificiali. Parevano piuttosto delle esplosioni, ma sembrava una cosa impossibile mentre sopra l'East River continuava la pioggia di luci multicolore.

Un brivido di paura le corse lungo la schiena e le tornò alla mente il ricordo di tanti anni addietro, quell'orribile giorno di settembre del 2001 in cui le Torri Gemelle del World Trade Center furono colpite da due aeroplani di linea. Non è possibile, pensò. Eppure le sfere arancioni crescevano sempre più, circondate dal fumo; pochi minuti dopo lo spettacolo pirotecnico si interruppe. Mentre guardava inorridita le tre sfere arancioni che salivano verso il cielo, sentì qualcuno che gridava: «Oddio» al di là della siepe, e capì di non essere sola a osservare quelle scene sconvolgenti. Più in basso vide altre persone sui tetti, alcune gesticolavano freneticamente, e si sentì invadere dalla paura. Poi si udì l'ululato delle sirene risuonare ovunque. Di colpo si ritrovò a temere che si trattasse di un attacco missilistico, che fosse scoppiata una guerra. Avrebbe voluto correre dentro e accendere il televisore, ma era pietrificata.

«Ehi!» la chiamò qualcuno al di là della siepe. «Sta guardando anche lei?»

Impiegò qualche istante per riuscire a parlare. «Sì» rispose. «Cos'è? Una specie di attacco nucleare, forse?»

«Non lo so... Esplosioni di qualche tipo.»

Poi tacquero, osservando le sfere arancioni che diventavano sempre più grandi. Quella più vicina sembrava nei pressi dell'Empire State Building, venti isolati a sud del loro palazzo. Era illuminato di rosso, bianco e blu, ma mentre guardavano le luci si spensero e in quel momento compresero che una delle esplosioni era avvenuta proprio là.

«Oddio...» mormorò Kezia, tremando.

«Non so se riesco a spostare questa cosa» disse la voce al di là della siepe. «Posso passarci attraverso?»

Lei vide i rami fremere come se qualcuno stesse spingendo. Si spostarono di pochi centimetri e comparve un uomo con una camicia blu fuori dai jeans, alto e con i capelli neri. Lo riconobbe anche nel buio, era Sam Stewart.

«Non sapevo che lei ci fosse.» Era sorpresa e non le venne in mente altro da dire.

«Sono qui da poche settimane» replicò lui, guardando

verso l'Empire State Building, in parte oscurato dal fumo che si levava a ondate.

«Cosa pensa che sia accaduto?» gli chiese, guardando a sua volta.

«Credo che qualcuno abbia messo una bomba, anzi molte bombe.»

Kezia si domandò se ce ne sarebbero state altre e se anche il loro palazzo sarebbe stato colpito.

«Crede che dobbiamo lasciare l'edificio?»

Sam fece cenno di no, poi disse: «Vuole venire di là e vedere cosa dicono alla tv?»

Lei annuì e lo seguì attraverso il passaggio nella siepe. La porta scorrevole di vetro del soggiorno era aperta e lei entrò mentre Sam accendeva un enorme schermo che occupava gran parte della parete. Sembrava una sala cinematografica. Rimasero in piedi a fissare lo schermo diviso in tre parti e ad ascoltare l'annunciatore che descriveva febbrilmente quello che stava accadendo, mentre nella parte bassa scorrevano le ultime notizie. Le immagini mostravano l'Empire State Building con una palla di fiamme al centro, mentre nella seconda porzione dello schermo c'era un gruppo di edifici, tre dei quali stavano bruciando.

«Cos'è?» gli chiese Kezia, che non riconosceva il luogo.

«Credo sia l'Hudson Yards.»

Le notizie che scorrevano in basso lo confermarono. Era un vasto complesso di bellissimi edifici moderni costruiti una dozzina di anni prima sopra binari ferroviari interrati, che si estendeva per cinque isolati vicino al fiume Hudson nel West Side: il fiore all'occhiello dell'architettura newyorchese più recente.

Udirono diverse altre esplosioni assordanti, come in stereofonia, sia dal televisore sia da fuori.

La terza immagine di fiamme e devastazione era quella del nuovo World Trade Center, costruito per rimpiazzare le Torri Gemelle. Il giornalista disse che si presumeva trattarsi di un attacco terroristico. Gli edifici intorno a quelli che stavano bruciando erano stati evacuati e la gente si riversava nelle strade piangendo, gridando e correndo per mettersi al sicuro, mentre orde di vigili del fuoco, poliziotti e paramedici penetravano a fatica negli edifici per salvare quante più persone possibile.

Era un nuovo 11 settembre, moltiplicato per tre. Il danno era meno impressionante di quello causato dall'impatto degli aerei sulle torri, tuttavia era molto grave; le esplosioni avevano seriamente danneggiato gli edifici, mentre gli incendi che ne erano derivati stavano devastando ciò che era rimasto. In tutti e tre i siti erano state fatte esplodere delle bombe.

Lo speaker disse che fino a quel momento nessun gruppo terroristico aveva rivendicato l'attentato. Qualche minuto dopo, sullo schermo comparve il capo della polizia, che invitò le persone a rimanere in casa, a non farsi prendere dal panico se abitavano lontano dalle zone in cui infuriavano gli incendi e a non tentare di raggiungere i luoghi colpiti. Tutti coloro che abitavano nelle vicinanze, invece, dovevano lasciare le loro case indossando una mascherina, se ce l'avevano, e allontanarsi il più possibile e in fretta dagli edifici in fiamme. Il fumo trasportato dal vento era compatto e intenso, tanto che Kezia e Sam ne sentivano l'odore dalla terrazza; sembrava che l'intera città stesse bruciando. Nella notte si udivano ululare le sirene dei mezzi di soccorso che venivano inviati ai tre luoghi colpiti.

Kezia si sedette su un divano di pelle nero, continuando a fissare lo schermo, e Sam Stewart le passò un bicchiere d'acqua. Ne bevve un sorso, lo posò e lo ringraziò.

«Io sono Sam» si presentò lui con espressione seria, guardandola con i suoi profondi occhi blu.

All'interno lo vedeva meglio e notò che non si faceva la barba da diversi giorni.

«Piacere, Kezia» fece lei. «Abito qui accanto, sono la sua nuova vicina.»

«L'avevo immaginato. A meno che lei si sia introdotta in casa con la forza per vedere i fuochi» disse lui con un lieve sorriso. Poi tornò serio e aggiunse: «Non avrei mai pensato che una cosa del genere potesse succedere di nuovo».

Erano passati tanti anni, ma le immagini dell'11 settembre erano ancora vivide nella sua mente. All'epoca aveva un appartamento in centro, non lontano dalle Torri Gemelle. Dopo l'attentato lo aveva venduto e si era trasferito nella parte residenziale della città, e aveva abitato nel Dakota Building finché era stato costruito il palazzo dove attualmente vivevano.

«Ai tempi dell'11 settembre, mio figlio aveva nove anni: non lo ha mai dimenticato e nemmeno io. Mia moglie era in California; ho portato mio figlio a casa di un amico nella zona residenziale, credevo che saremmo stati colpiti ancora. Continuavo ad aspettarmi che risuccedesse, ma non è stato così.»

«Crede che stanotte ci saranno altre esplosioni?»

«Non saprei, dipende da chi è stato. Mi domando se succederà anche in altre città.»

In televisione avevano detto che c'era allerta sulla costa occidentale e a Chicago, e si temeva che potesse accadere qualcosa là alle nove o alle dieci, ora locale, quando sarebbero dovuti iniziare per loro i fuochi d'artificio. L'annunciatore aveva riferito che in altre città l'ente per la gestione delle emergenze, la polizia e squadre di artificieri stavano perlustrando ogni angolo in cerca di eventuali ordigni, e che gli spettacoli pirotecnici erano stati annullati in tutta la nazione.

Da subito era stato evidente che i responsabili avevano colpito tre edifici iconici: uno era il simbolo di New York, gli altri due erano nuove costruzioni di cui la città andava orgogliosa. Perciò, in tutto il Paese, palazzi con caratteristiche e importanza simili furono scandagliati per individuare eventuali bombe.

In televisione si vedevano persone ferite che venivano caricate sulle ambulanze e cadaveri coperti da teli cerati. Avevano iniziato ad arrivare i giornalisti delle varie testate, ma furono tenuti lontani dal centro della scena per non aumentare ulteriormente la confusione. Tutti gli ospedali della città si stavano preparando ad accogliere le vittime. Fecero vedere le immagini strazianti di un vigile del fuoco che correva con in braccio una bambina ustionata che chiamava la mamma urlando, mentre i paramedici la caricavano su un'ambulanza.

«È tremendo» mormorò Sam passandosi una mano tra i capelli.

Kezia stava tremando mentre dicevano che tutto il personale medico fuori servizio era invitato a presentarsi al proprio ospedale. Le fiamme provocate dalle esplosioni erano ancora fuori controllo e ci si aspettava migliaia di vittime. La città era invasa dal fumo, che si propagava al di là dei fiumi.

«Ci si sente così inutili, vero?» proseguì Sam. Non si conoscevano, ma assistere insieme a quella carneficina aveva creato un legame immediato tra loro. «Mi domando chi diavolo abbia fatto una cosa del genere.»

L'Empire State Building era adibito a uffici, perciò gli unici presenti all'interno erano i turisti sui ponti di osservazione. Anche il World Trade Center ospitava uffici. L'Hudson Yards, invece, comprendeva uffici e appartamenti, alberghi e uno dei più grandi centri commmerciali del mondo, una suggestiva mescolanza di edifici costruita nell'arco di tredici anni, un gioiello di architettura. Si trovava a sud-ovest rispetto a loro e Sam immaginava che la maggior parte delle vittime si sarebbe registrata lì.

I telegiornali trasmettevano scene raccapriccianti da tutti e tre i siti colpiti, con centinaia di vigili del fuoco, agenti di polizia e paramedici. Dava l'impressione di un caos organizzato, con i feriti e i corpi senza vita che i soccoritori portavano fuori più velocemente possibile. Kezia notò che i cadaveri coperti dai teli erano ovunque sul luogo del disastro e venivano spostati più in fretta possibile.

Un'ora più tardi, Sam e Kezia erano ancora come ipnotizzati e a malapena parlavano, quando il sindaco e il capo della polizia riapparvero in tv e chiesero che tutto il personale medico, anche chi stava ancora studiando o era in pensione, si presentasse negli ospedali e sui luoghi colpiti. Seguì l'elenco degli ospedali che avevano bisogno di supporto, e dissero che erano richiesti anche paramedici qualificati.

Kezia guardò Sam con espressione seria.

«Io sono un'infermiera. Non esercito da venticinque anni, ma la mia licenza è ancora valida. Crede che debba andare?»

«Penso che non importi da quanto tempo non esercita. Competenze come quelle non si perdono. Lei vuole andare?»

Kezia fece cenno di sì, mentre continuavano a guardare le scene provenienti dall'Hudson Yards. In due degli edifici residenziali erano state piazzate delle bombe, e un numero impressionante di persone erano rimaste ferite e uccise. Lungo le strade circostanti, per interi isolati, le barelle erano allineate per terra in attesa delle ambulanze, mentre infermieri, medici e paramedici lavoravano senza sosta.

«Sento che dovrei andare e fare quello che posso.»

«Anch'io mi sento così, ma almeno lei sa cosa fare. Se lei va, verrò anch'io» disse Sam, e lei annuì. «Sembra un brutto film. Detesto i film sui disastri, perché sono sempre tremendamente realistici» commentò Sam.

Kezia sorrise, pensando che quello era uno strano modo di conoscere una star. Lui però non si comportava come un divo, reagiva come una persona normale di fronte alla tragedia cui stavano assistendo, inoltre diverse volte lo aveva visto asciugarsi le lacrime sulle guance mentre un corpo veniva coperto o un bambino salvato, o una mamma o un papà gridavano il nome dei figli.

Kezia si alzò dal divano. «Credo che ci andrò» disse.

Erano le undici e mezzo e la scena del disastro era sempre più terribile, via via che i corpi senza vita venivano estratti dagli edifici dell'Hudson Yards. I vetri di tutte le finestre erano scoppiati a causa del calore.

«Non si senta in dovere di venire con me. Cercherò un taxi, oppure vado a piedi, non è molto lontano. Saranno grossomodo venticinque isolati da qui.»

«Non dovrebbe andare da sola. Poi magari hanno bisogno di due braccia in più. Non posso rimanere qui seduto a guardarlo in tv.»

Erano le stesse sensazioni che provava lei e si augurò di non essere troppo arrugginita per essere utile; tuttavia, anche persone comuni e non addestrate potevano aiutare in un disastro di quelle proporzioni.

In altre parti del Paese le persone erano inchiodate ai televisori domandandosi se la loro città sarebbe stata il prossimo obiettivo. Stando alle notizie, però, fino a quel momento sembrava che soltanto New York fosse stata colpita.

«Vado a vestirmi» gli disse, pensando a cosa indossare per lavorare in quelle circostanze. Mentre si dirigeva verso la propria terrazza, si voltò di nuovo verso Sam. «Mettiti qualcosa con le maniche lunghe e magari anche un giubbotto; dei guanti e scarpe robuste» aggiunse in tono pratico, passando a dargli del tu.

«Grazie» replicò lui.

Lei si allontanò e dopo pochi minuti tornò indossando un giubbetto di jeans sopra alla maglietta e degli scarponcini da trekking. Aveva preso un paio di guanti di pelle e in vita aveva un marsupio con dentro la carta d'identità, qualche banconota, il cellulare, le chiavi e una fotocopia della licenza da infermiera.

Con espressione seria e in silenzio, scesero nella lobby con l'ascensore di Sam, che aveva seguito il consiglio di Kezia e aveva indossato una giacca mimetica che metteva quando doveva presentarsi sul set al mattino presto.

«Da dove ti sei trasferita?» le chiese.

«Da San Francisco» rispose lei affrettandosi verso la porta d'uscita. Il personale della sicurezza al completo era nella lobby, preparato a ogni evenienza, e si salutarono con un cenno del capo.

«È una bella città» commentò Sam uscendo in strada, dove l'odore di fumo era ancora più intenso. Parlavano per non farsi prendere dal panico. «Qualche volta ci sono andato per lavoro. Sei nata là?»

Era incuriosito da lei e si era stupito quando aveva saputo che aveva fatto l'infermiera. Si aspettava che l'acquirente dell'appartamento accanto al suo, nell'attico, sarebbe stato una persona viziata e sofisticata, invece Kezia pareva genuina ed era colpito dal fatto che volesse rendersi utile e non fosse spaventata di andare sui luoghi delle esplosioni.

«Sono originaria del Vermont e ho vissuto a San Francisco per venticinque anni: era tempo di cambiare.»

Parlare della vita normale la aiutava a mantenere la calma, a non pensare all'enormità di ciò che era successo e al fatto che sarebbero potute scoppiare altre bombe. Fu grata che le sue figlie si trovassero all'estero.

«Io mi sono trasferito qui da Los Angeles per lo stesso motivo, venticinque anni fa» le disse Sam, agitato quanto lei. «Ho comprato questo appartamento due anni fa. Ero qui all'epoca dell'11 settembre e sono qui adesso. Mio figlio abita in centro, ma per fortuna è fuori città con la fidanzata per il weekend.»

Con un fischio chiamò un taxi di passaggio, che fece una brusca virata per farli salire.

«Anch'io ho due figlie che vivono qui, ma sono entrambe via» gli disse Kezia.

Aveva intenzione di chiamarle per dire che stava bene, ma in Francia era ancora presto, e non aveva un numero telefonico per comunicare con Kate in Africa. A quel punto avrebbe dovuto essere con il padre e probabilmente da quelle parti non aveva un cellulare attivo. Le avrebbe mandato un messaggio al numero abituale, sperando che prima o poi lo ricevesse. In taxi tirò fuori il telefono, ma non c'era segnale. Lo disse a Sam, che controllò il proprio e constatò la stessa cosa.

Sam disse al tassista dove volevano andare e l'uomo spiegò che non poteva avvicinarsi molto a quella zona: poteva procedere fino a una decina di isolati dai luoghi colpiti, poi avrebbero dovuto continuare a piedi.

«Va bene» gli rispose Sam, informandolo che i loro cellulari non prendevano.

«Vorrei proprio sapere quale governo o i bastardi di quale nazione sono responsabili di tutto questo» sibilò il tassista, mentre un muscolo guizzò nella mascella contratta. Continuava a pensare ai bambini che aveva visto in televisione e alle sacche con i cadaveri accatastate. «E comunque, qualunque sia il motivo che li fa incazzare, che senso ha una cosa del genere? È assurdo, feriscono e uccidono degli innocenti.»

Il tassista li lasciò a dodici isolati dall'ingresso principale dell'Hudson Yards. Sam gli diede una grossa mancia, e l'uomo lo guardò meglio.

«Lei è...» balbettò, stupito.

«Già. Grazie per averci portato qui in tempo record.»

«Mi dispiace non potervi accompagnare più avanti.»

«Qui è sufficiente.»

Si incamminarono verso ovest, poi a sud attraverso Chelsea. L'odore di fumo era opprimente e le strade erano bloccate dai veicoli di emergenza, però nessuno li fermò. La gente correva e gridava. Quando mancava un isolato, c'era un cordone della polizia e un operatore del pronto soccorso disse loro che potevano oltrepassarlo soltanto gli agenti e il personale medico.

«Sono un'infermiera» lo informò Kezia.

«Fa parte di una squadra di soccorso?» le domandò lui facendo cenno verso gli edifici in fiamme al di là del blocco stradale.

«Sono venuta a dare una mano» rispose lei. «Dove devo andare?»

«Due isolati più avanti ci sono due basi operative di raccolta per i volontari» le spiegò indicando la direzione.

«Anch'io sono venuto per aiutare» intervenne Sam, in tono grave.

«Vada con lei» gli disse l'operatore, poi rispose a una

chiamata sulla radio, in cui gli chiedevano dove fossero le nuove ambulanze.

Percorsero i due isolati in pochi minuti, zigzagando tra auto della polizia e mezzi dei vigili del fuoco, e raggiunsero una grande base operativa dove i soccoritori potevano bere acqua e riposare un po'. Kezia si fece largo tra la folla verso un uomo con un portablocco in mano e uno stetoscopio intorno al collo, che sembrava il responsabile. Dalla sua uniforme capì che era un paramedico e gli disse di essere un'infermiera. Senza farle ulteriori domande, l'uomo le diede una fascia da mettere al braccio con una croce rossa sopra, e ne diede una anche a Sam. Non lo riconobbe e per lui fu un sollievo.

«Però non esercito più la professione» precisò Kezia rivolta al paramedico.

«Abbiamo bisogno di lei ugualmente» replicò lui, indicandole un gruppo di personale medico che attendeva che i vigili del fuoco portassero fuori dall'edificio altre persone. In quella zona il calore era insopportabile. Quando li raggiunsero, Kezia venne assegnata a un gruppetto che aspettava i feriti gravi per il triage. Un secondo gruppo attendeva i feriti in grado di camminare. Sam spiegò che non faceva parte del personale medico ma desiderava rendersi utile.

«Ci servi anche tu, amico. Mi spiace, ma abbiamo bisogno di aiuto per spostare le sacche dei cadaveri.»

Sam andò dove il paramedico gli aveva indicato, unendosi a un gruppo di volontari civili e operatori dell'ente per la gestione delle emergenze. C'erano delle cataste di corpi chiusi in sacche nere con la zip. Con tutto il rispetto possibile, Sam da un lato e un altro volontario che reggeva l'estremità opposta, le spostavano una alla volta più lontano, dove non avrebbero intralciato le operazioni di soccorso. Era un lavoro penoso. Quell'evento era scioccante per tutti e le persone facevano qualunque cosa per aiutare.

Sam lavorò ininterrottamente per tre ore, poi si fermò qualche minuto per prendere una bottiglia d'acqua dai rifornimenti alla base operativa dei volontari. Da lontano scorse Kezia che correva accanto a una lettiga reggendo una sacca per la flebo, mentre tentavano di salvare la vita dell'uomo steso sopra. Non la rivide più, finché tornò per prendere un'altra bottiglia d'acqua, mentre il sole stava sorgendo. Erano lì da più di sei ore, gli incendi erano ancora fuori controllo e il calore e il fumo erano soffocanti.

Le bombe erano state potenziate dall'aggiunta di esplosivi e il capo dei vigili del fuoco dichiarò che avrebbero bruciato per giorni. Quella notte avevano perso molti pompieri, il bilancio provvisorio delle vittime era di oltre mille, due degli edifici residenziali erano crollati e metà centro commerciale e un'enorme scultura stavano bruciando. I vigili del fuoco scavavano per liberare persone intrappolate sotto le macerie; ne avevano già estratte molte, gravemente ustionate.

«Come sta andando?» chiese Sam a Kezia quando la vide.

Aveva il viso sporco di fuliggine e indossava dei guanti chirurgici, poiché aveva perso i suoi nel caos di quella notte.

«Le ustioni che stiamo vedendo sono impressionanti,

e anche le ferite. La polizia dice che le bombe erano piene di rottami metallici per provocare il massimo danno possibile. Sembra di essere su un campo di battaglia. Quello che mi addolora di più sono i bambini.»

«Anche a me» confermò Sam con le lacrime agli occhi.

Aveva trasportato numerose piccole sacche, leggere come piume. A molte non era stato possibile assegnare un nome; sarebbero state identificate in seguito, da genitori straziati dal dolore, se erano ancora vivi, oppure da parenti o amici. Erano state portate in un magazzino adibito a obitorio più a sud. Gli operatori del pronto soccorso e dell'ente per la gestione delle emergenze dissero che era quasi pieno e ne avrebbero usato un secondo, e forse anche degli altri, prima che tutto fosse finito.

L'ente per la gestione delle emergenze rese noto che si trattava di bombe costruite in modo assai inusuale, probabilmente fatte in casa, però con competenze militari. Avevano coinvolto degli esperti dell'esercito, secondo i quali gli effetti erano molto simili a quelli delle bombe che l'esercito degli Stati Uniti aveva utilizzato in Iraq. Si domandavano se potesse trattarsi di qualche veterano dell'esercito che era passato dall'altra parte ed era diventato un dissidente dopo essere tornato dalla guerra. Mentre gli incendi continuavano a infuriare, le squadre di artificieri stavano raccogliendo tutte le informazioni che potevano.

Un'ora dopo che Sam e Kezia erano tornati ai rispettivi compiti, parte del centro commerciale collassò. Dentro non c'era nessuno, ma i danni economici erano astronomici. Le perdite finanziarie provocate quella notte erano dell'ordine di miliardi di dollari e ancora non avevano potuto essere valutate con precisione. Per non parlare della perdita di vite umane, che erano migliaia.

Alle nove del mattino dissero a Sam che poteva andare a casa, ringraziandolo per l'aiuto. Quella notte aveva pianto più di una volta. Dopo essere stato congedato, con la faccia coperta di fuliggine e sporcizia, andò a cercare Kezia. Aveva fatto un lavoro estenuante per nove ore di fila. Impiegò mezz'ora per trovarla, ma non voleva andare via senza averle fatto sapere che tornava a casa. La individuò seduta sul cordolo del marciapiede per la prima volta dopo ore. A quel punto, tutti i feriti che avevano trovato fino a quel momento erano stati trasportati nei vari ospedali. Chi stava bene era andato a casa di parenti o amici, qualcuno in albergo. Almeno, non c'erano state altre esplosioni.

La città era nel caos e il sindaco aveva dichiarato lo stato di emergenza. Ordinò che tutte le attività rimanessero chiuse, compresi negozi e ristoranti, vietò gli incontri pubblici e proibì ai cittadini di uscire per strada, nel caso in cui quel giorno ci fosse stata un'altra ondata di esplosioni.

Kezia alzò lo sguardo e vide Sam, devastato per ciò a cui aveva dovuto assistere.

«Tu rimani?» le chiese.

Lei guardò l'operatrice del pronto soccorso che era stata la sua responsabile nelle ultime ore. I volontari venivano spostati e impiegati a seconda delle loro capacità. Kezia non aveva perso le sue competenze infermieristiche, le aveva recuperate immediatamente ed era stata assegnata ad alcuni dei feriti più gravi.

«Puoi andare, Kezia» le disse in tono gentile la donna. Era un'infermiera più anziana, dell'ospedale dell'Università di New York, che era rientrata da una vacanza dopo aver visto le notizie in televisione. «Sei stata in piedi tutta la notte. Per il momento siamo coperti» concluse.

«Posso andare a casa a darmi una ripulita e tornare più tardi, se serve» si offrì lei.

«Ti do un numero di telefono: chiama dopo per controllare. Penso che stiano ancora portando via le persone dal centro città. Entro stasera dovremmo aver liberato la maggior parte della zona» le spiegò la donna.

Avrebbero cercato persone vive intrappolate sotto le macerie per almeno altre ventiquattro o quarantotto ore, poi sarebbero stati soltanto cadaveri.

Ogni cosa si era svolta con grande efficienza, con i vigili del fuoco, l'ente per la gestione delle emergenze, il servizio di pronto soccorso, le équipe inviate dagli ospedali e i volontari come Sam, che avevano fatto sì che il personale specializzato potesse occuparsi delle questioni prettamente mediche. L'operatrice del pronto soccorso scrisse il numero su un foglietto e Kezia lo mise in tasca; era una linea diretta per i volontari.

«Vengo con te» disse a Sam.

Era consapevole di aver raggiunto il limite e di avere bisogno di dormire un paio d'ore prima di tornare per fare un altro turno.

Sam sembrava altrettanto stanco mentre uscivano dalla zona colpita e si dirigevano a casa. Molti veicoli di emergenza erano ancora lì, e dovettero camminare per dieci isolati prima di trovare un taxi. Kezia sarebbe riuscita ad arrivare a piedi fino a casa, se necessario, però era esausta.

Si vedeva che Sam aveva passato una notte dura e Kezia glielo disse, ammirata dal suo coraggio.

«Non tanto dura quanto quella delle vittime» replicò lui. «Mi distrugge vedere persone innocenti colpite in quel modo. Spero che catturino i bastardi che lo hanno fatto.»

«Lo spero anch'io» disse lei, con voce stanca.

Guardò l'orologio: voleva mettersi in contatto con le ragazze. Scrisse a Kate un breve messaggio, che partì, mentre per la Francia non riusciva a prendere la linea, e lo disse a Sam.

«Forse hanno anche abbattuto i ripetitori» ipotizzò lui. «Sono telefonate locali?»

«No, in Africa e in Francia.»

«Dove sono le tue figlie?» domandò lui, sorpreso.

«Una è nel Sud della Francia, l'altra in Mozambico.»

«Per un safari?»

«No, per trovare un parente. Non riesco a contattare nessuna delle due.»

«Le linee verranno ripristinate presto. Dopotutto, questo non è l'11 settembre» la rassicurò.

«Stanotte sembrava che lo fosse...» mormorò lei, posando la testa sul sedile.

«Correvi su e giù senza sosta ogni volta che ti ho vista» le disse, ammirato.

«Anche tu.»

Lo aveva visto spostare le sacche dei cadaveri per tutta

la notte, un lavoro massacrante per il corpo ed estenuante a livello emotivo.

«Grazie per essere venuto con me» aggiunse Kezia.

«Ci sarei andato anche se tu non lo avessi fatto» disse lui. «Sono contento che siamo andati tutti e due. Non so tu, ma molti di noi conducono delle vite inutili. Il mio lavoro sembra un gioco in confronto a una cosa come questa; è imbarazzante. Stanotte almeno ho potuto rendermi utile» le confidò. «Come mai hai smesso di fare l'infermiera?» le chiese poi, incuriosito. «Sembri brava.»

«È un lavoro che mi piace. Mio padre era un medico di famiglia, ho lavorato con lui per diversi anni, finché mi sono sposata e trasferita a San Francisco. Mio marito provvedeva a tutto e viaggiavamo molto; il lavoro di infermiera non si confaceva alla nostra vita.»

«Tuo marito era medico?»

«No, però faceva parte del consiglio di amministrazione di alcune grandi aziende del settore medicale, case farmaceutiche e simili.»

«Sei divorziata?»

«Vedova» replicò lei con semplicità.

«Il che è un inferno che gli altri non possono immaginare, vero? Se hai avuto un buon matrimonio» disse lui a bassa voce.

«Noi lo abbiamo avuto. Ha preso il Covid durante un viaggio in Cina ed è morto in cinque giorni.»

«Ricordo perfettamente quell'anno. Noi in realtà abbiamo trascorso un bel periodo in famiglia, al riparo. Ma ha complicato la vita di tutti per due anni. Poi è diventato meno pericoloso di quanto fosse al principio» commentò Sam.

«I virus si comportano così» confermò lei.

«Quando tornano le tue figlie?»

«Quella che è in Francia torna la settimana prossima. L'altra, dall'Africa, non lo so per certo. Prendermi cura dei feriti mi ha fatto sentire meno inutile. Avevo scordato quella sensazione.»

«Tornerai a fare l'infermiera?»

Kezia ci rifletté un momento prima di rispondere. «È passato tanto tempo. Credo che sia troppo tardi, inoltre dovrei tornare a studiare per aggiornarmi. Di certo le ragazze rimarrebbero sorprese.»

«Non è mai troppo tardi per fare quello che ti piace. A me piace il mio lavoro, dà molte soddisfazioni. Anch'io ho perso mia moglie. Ho comprato l'attico dopo la sua morte; non riuscivo più a stare nel nostro appartamento, continuavo a cercarla ogni volta che aprivo la porta. Alla fine ho deciso di trasferirmi e questo mi ha aiutato a farmene una ragione. Adesso sono convinto che la vita delle persone vada come deve andare, che le cose accadano quando devono accadere.»

«Io non ero preparata alla scomparsa di mio marito» gli disse Kezia. «È stata una cosa improvvisa. Mi manca ancora e sono passati cinque anni. Alla fine ci si abitua.»

«Per me ne sono passati due: sto appena iniziando a capire come fare ad andare avanti. Il primo anno è stato durissimo. Una grande parte di te se ne va con loro.»

Kezia lo comprendeva bene e annuì.

Nel frattempo erano arrivati al loro palazzo, si salutarono e presero ciascuno il proprio ascensore. Kezia entrò in casa barcollando dalla stanchezza. Tutto ciò che desiderava era dormire qualche ora; più tardi, se avessero avuto ancora bisogno di aiuto, sarebbe tornata laggiù.

Uscì un momento in terrazza e guardò il guscio carbonizzato dell'Empire State Building nella piena luce del giorno. Era una visione scioccante. Udì un rumore alle sue spalle, si voltò e vide Sam sbucare con cautela attraverso la parte di siepe che aveva spostato la notte precedente.

«Se torni là fammelo sapere, verrò con te. Non ho il tuo numero» le disse.

Lei gli si avvicinò. «Dimmi il tuo: ti faccio uno squillo così hai il mio.»

Digitò il numero che lui le dettava, inviò la chiamata poi chiuse.

«Non sapevo se volevi darmelo» aggiunse lui con aria timida.

«Certo che sì» lo rassicurò lei.

Avevano attraversato insieme una nottata durissima, guardando in faccia la morte, e ciò aveva creato un legame tra loro.

«Ho bisogno di dormire un po', poi se vorranno tornerò» concluse Kezia.

«Credo che vorranno» disse lui con un sorriso. «È stato un piacere conoscerti, Kezia.»

«Grazie, Sam.»

Kezia rientrò in casa sorridendo. Ogni volta che gli parlava, si scordava che Sam era un attore famoso. Andò in camera, si stese sul letto con ancora addosso i vestiti e gli scarponcini e si addormentò immediatamente.

Quattro

QUANDO Kezia si svegliò, a mezzogiorno, tutta indolenzita e con addosso i vestiti della notte precedente, New York era stata messa sotto coprifuoco, come l'intera nazione. In tutto il Paese le città erano in allerta terrorismo. Finché nessuno rivendicava l'attentato, non era chiaro chi fosse il nemico, né se intendeva colpire ancora.

Fece una doccia, indossò l'accappatoio e accese il televisore per sentire le notizie mentre preparava il caffè. Non si era resa conto dello sforzo fisico compiuto, correndo da un ferito all'altro e aiutando a caricarli sulle barelle mentre cercava di dare loro conforto. Si sentiva come se avesse fatto una maratona o fosse stata picchiata. Rimase stupita nel vedere in televisione che tutte le principali città degli Stati Uniti erano state blindate, così come gli aeroporti. I voli internazionali per gli Stati Uniti erano stati cancellati e gli aerei che erano in viaggio al momento degli attacchi erano stati reindirizzati in Canada e in Messico, oppure erano rientrati negli aeroporti di partenza. Nessuno sarebbe entrato o uscito dal Paese finché gli esecutori non fossero stati trovati e il governo o gruppo terrorista responsabile fosse stato identificato. I notiziari riferirono che i servizi segreti stavano seguendo diverse piste, ma non erano ancora giunti ad alcuna conclusione.

Nelle tre esplosioni avevano perso la vita più di quattromila persone, la maggior parte delle quali all'Hudson Yards quando i due giganteschi edifici residenziali erano esplosi, un terzo aveva preso fuoco insieme al centro commerciale, i treni della stazione interrata erano stati schiacciati sotto il peso delle strutture crollate e metà del centro commerciale era stato distrutto.

Altre tremila persone erano rimaste gravemente ferite, e diverse centinaia in maniera più lieve. Le innumerevoli macchine parcheggiate vicino ai luoghi colpiti avevano fatto aumentare ulteriormente il numero delle vittime.

A ogni ospedale della città venivano inviati più feriti di quanti potesse accogliere in condizioni normali. Sanitari e persone comuni erano accorsi a centinaia per aiutare i soccorritori e le forze dell'ordine. Medici e operatori sanitari volontari erano arrivati in auto dal New Jersey e dal Connecticut. Il conduttore televisivo disse che si stava prendendo in considerazione la legge marziale, anche se la decisione non era ancora definita. Agli abitanti di tutte le principali città, specialmente quelle con edifici o monumenti di particolare rilevanza storica o simbolica, fu chiesto di restare in casa, inoltre furono annullati gli eventi per festeggiare il weekend dell'Indipendenza. Le forze armate erano pronte per un eventuale attacco nucleare. Poiché non sapevano chi c'era dietro agli attentati, stavano valutando tutte le eventualità. Di sicuro l'attacco era opera di cittadini stranieri, ma ancora non si sapeva di quale nazionalità.

Le conseguenze di quell'avvenimento erano molto serie e facevano riflettere. Era di gran lunga il peggiore e più distruttivo attacco di sempre sul suolo americano. Furono adottate misure di sicurezza per proteggere le stazioni radio e televisive in caso di un attacco nemico o di un golpe militare da parte di una nazione ostile. I servizi segreti e il Pentagono stavano lavorando strenuamente per scoprire i responsabili. Nel frattempo, il bilancio delle vittime continuava a salire.

Il notiziario mostrava la massiccia presenza di militari in tutte le principali città, per proteggere i monumenti e le persone. Gran parte dei ponti erano stati chiusi, gli edifici federali erano sotto stretta sorveglianza e i parchi statali e nazionali erano stati interdetti al pubblico. Quella mattina si sarebbero riuniti il presidente e il governo, e in serata la nazione avrebbe ricevuto direttive da un bunker sotterraneo in una località segreta. L'America si stava preparando per un altro attacco letale.

Dopo aver visto il notiziario, Kezia tentò di nuovo di contattare Felicity, ma non ci riuscì. Le linee erano intasate, ma almeno la figlia era al sicuro in Francia, con Blake, che si sarebbe preso cura di lei finché non avessero potuto rientrare negli Stati Uniti. Neanche Kate, in Africa con Jack, era raggiungibile telefonicamente.

Per Felicity c'erano posti peggiori in cui rimanere bloccata rispetto all'Hotel du Cap nel Sud della Francia, l'albergo più lussuoso del mondo. Kezia non era preoccupata per lei; le dispiaceva solo non poter rassicurare le figlie che stava bene, ma non c'era modo di rimediare, per il momento.

Inviò loro messaggi ed e-mail per informarle che era sana e salva, augurandosi che prima o poi li ricevessero; era tutto ciò che poteva fare.

Felicity aveva provato ripetutamente a telefonare alla mamma, senza successo. Gli Stati Uniti sembravano tagliati fuori dal mondo, con le frontiere chiuse e senza accesso telefonico.

Blake tornò in camera dal soggiorno della suite.

«Hai trovato tua mamma?» le chiese.

Lei scosse la testa con le lacrime agli occhi.

«Sono sicuro che sta bene. La città è blindata, starà in casa» le disse abbracciandola con tenerezza.

«E cosa succede se bombardano New York, o se c'è una guerra e non possiamo tornare a casa?»

«Non credo che accadrà. Entro un paio di giorni riusciremo a metterci in contatto con lei.»

Lei si augurò che avesse ragione. «Tu hai sentito Jen?»

La sua ex moglie e il figlio erano negli Hamptons con degli amici per il weekend del Quattro Luglio. Jen era una persona responsabile e una brava mamma. Blake sapeva che Alex era in buone mani, inoltre era sollevato che fossero fuori città. L'appartamento di Jen si trovava nell'Upper East Side, perciò quando sarebbero potuti rientrare a New York sarebbero stati comunque lontani dalle zone colpite.

Dopo quei giorni di vacanza, Jen sarebbe andata con Alex dai suoi genitori a Greenwich, in Connecticut, per il mese di luglio. E in agosto Alex sarebbe stato con il padre e Felicity negli Hamptons, lontano dalla tragedia conseguente all'attacco terroristico.

Blake e la sua ex moglie erano dei bravi genitori: Alex sarebbe stato al sicuro con entrambi. Si erano impegnati ad avere un rapporto civile e rispettoso malgrado il divorzio e Jen non aveva espresso obiezioni riguardo a Felicity. D'altra parte, anche lei aveva un compagno, il loro era stato un divorzio relativamente amichevole e Blake era stato generoso con lei. Lui desiderava avere altri figli, ma Felicity era troppo giovane per prendere in considerazione l'ipotesi, perciò se voleva stare con lei doveva aspettare.

Blake era il minore di quattro figli. I due fratelli e la sorella erano sposati e avevano bambini, e lui vedeva loro e i genitori regolarmente. Aveva frequentato l'Università di Yale e la Harvard Business School; suo padre aveva lavorato nel settore degli investimenti, come lui, ottenendo risultati importanti. Anche i fratelli avevano delle buone professioni, mentre la sorella, che era laureata in Legge, stava a casa con i tre figli. Erano una famiglia di persone di successo ma molto unite; Felicity li aveva conosciuti e andava d'accordo con loro. Tutti i fratelli ritenevano che lei fosse fantastica ma troppo giovane, perciò consideravano improbabile che la relazione durasse. Felicity aveva ai suoi piedi qualunque uomo conoscesse, però era fedele al compagno e molto innamorata.

Anche Blake aveva provato inutilmente a chiamare i famigliari, ma era meno preoccupato di Felicity, che aveva un forte legame con la mamma.

La consolò con gentilezza, poi la convinse ad andare in spiaggia. Conosceva bene l'albergo, era un ospite abituale, e Felicity ci era già stata una volta con lui dopo le sfilate di Parigi. A Blake piaceva passare del tempo in Francia e in Italia. La sua famiglia aveva una grande casa delle vacanze nel Maine, dove lui aveva trascorso le estati da ragazzo, ma aveva gusti più sofisticati dei fratelli maggiori e preferiva fare le vacanze in Europa.

La sistemazione all'Hotel du Cap era perfetta per loro. La spiaggia disponeva di capanne private dotate di ogni comfort, così potevano prendere il sole in relax senza che nessuno riconoscese Felicity e le desse noia. Potevano pranzare nella più completa privacy, nuotare in mare o nella piscina a sfioro e la sera cenavano nello splendido albergo.

Le foto di New York che si trovavano online erano sconvolgenti. Blake tentò di distrarla e le promise che appena i voli fossero stati ripristinati sarebbero tornati a casa. Gli amici che avrebbero dovuto unirsi a loro erano rimasti bloccati a New York, perciò avrebbero trascorso quel tempo da soli.

Mentre erano stesi al sole a parlare, Felicity si rilassò un po'. Con Blake si sentiva sempre al sicuro. Erano entrambi persone forti e con un carattere positivo, che apprezzavano la vita. Blake era alto, biondo e atletico, come lei e formavano una bellissima coppia.

Nel pomeriggio nuotarono e alla fine della giornata rientrarono nella suite e fecero l'amore.

A New York era mezzogiorno; Blake si domandava cosa stesse succedendo, ma non ne parlò con Felicity, che stava dormendo pacificamente tra le sue braccia. Più tardi, si prepararono per andare a cena nell'elegante sala da pranzo dell'albergo. Finché non potevano rientrare negli Stati Uniti, non c'era posto migliore dove trascorrere l'attesa.

Sam mandò un messaggio a Kezia per chiederle se intendeva tornare sul luogo del disastro. Lei lo lesse dopo avere tentato inutilmente di telefonare a Felicity e lo chiamò.

«Ciao, come ti senti oggi?» gli domandò.

«Detesto ammetterlo, non facevo così tanto sforzo fisico da anni. Stamattina sono riuscito a malapena ad alzarmi dal letto. Mi sento un vecchio.»

Kezia sapeva che non lo era; aveva letto su Google che aveva cinquantasette anni, due e mezzo meno di lei, inoltre era in gran forma.

«Non sei un vecchio» replicò, ridendo al suo commento. «Anch'io stamattina mi sentivo nello stesso modo.»

Lo stress della nottata aveva contribuito a quella sensazione. Entrambi avevano dormito poche ore, ed era il primo pomeriggio. Kezia telefonò per sentire se avevano bisogno di aiuto e la donna che organizzava i volontari le disse che gliene sarebbero stati grati, ma che capiva se non se la fosse sentita di tornare. Stavano ancora scavando e trovando persone in vita sotto le macerie. Nell'apprendere quella notizia, Kezia decise di tornare. Sentiva dentro di sé una sorta di richiamo che non sapeva spiegare; lo disse a Sam, che concordò con lei.

Si diedero appuntamento per partire mezz'ora più tardi e furono assegnati al World Trade Center. Era scioccante vedere in televisione il nuovo edificio gravemente danneggiato, sebbene non fosse crollato come i precedenti. Però c'era sempre il rischio di collasso in tutti e tre i siti colpiti: se fosse successo avrebbe provocato indicibili danni agli edifici adiacenti, uccidendo altre persone ancora.

Uscirono e presero un taxi diretti in centro.

«Conosci qualcuno nel nostro palazzo?» le chiese Sam.

«No, sono arrivata da una settimana e prima non conoscevo nessuno che abitasse lì.»

«Prima di trasferirmi io conoscevo già diverse persone, motivo per cui ho saputo che l'appartamento era in vendita. Una delle mie preferite abita lì: Louise Smith.»

«La fotografa?» domandò Kezia, colpita.

«Sì, oltre che documentarista» aggiunse lui sorridendo. «La conosco da anni.»

«Dev'essere molto...» Kezia cercò un modo educato per dirlo, ma non lo trovò e lasciò la frase in sospeso.

«Vecchia?» concluse per lei Sam, ridendo. «In termini anagrafici sì, ma in quanto a cervello ed energia no. È la persona più entusiasmante che io conosca. Ha quasi novant'anni ed è attivissima. È sempre in viaggio per un servizio fotografico o per un libro, o per girare un film. Documenta ogni disastro naturale e tutte le guerre. Conosce ogni capo di Stato. Se ti fa piacere te la presenterò... se lei ha tempo, ovviamente!»

Kezia sorrise. Da settant'anni Louise Smith faceva fotografie che erano autentiche opere d'arte. Venivano vendute a cifre da capogiro, ma a Louise quell'aspetto non interessava.

«L'ho conosciuta quando sono arrivato a Los Angeles: all'epoca lei viveva là, poi è tornata a New York. Prende voli per ogni parte del mondo in continuazione. Mi ha dato alcune foto bellissime. Ne ha scattata una a mio figlio John quando era bambino, ha fatto un ingrandimento e me l'ha regalato per Natale. È appeso nel mio studio.»

Kezia non aveva fatto il giro dell'appartamento di Sam, perciò non aveva visto l'ingrandimento. Louise Smith aveva uno stile unico e immediatamente identificabile; se avesse visto la foto del figlio di Sam, lei avrebbe riconosciuto la fotografa.

«Ho sempre voluto comprare una delle sue foto. Spaziano da un estremo all'altro, dalla gioia alla tragedia. Mi piacciono soprattutto le foto dei bambini» gli confidò Kezia.

«Ti farò vedere quella di Johnny. Aveva circa cinque anni.»

«Ora quanti ne ha?»

«Trentatré.»

«Ha dieci anni in più della mia seconda figlia e quattro in meno della prima. È una bella età, si può essere amici con loro, anche se per me è più facile con la più piccola.»

Mentre il taxi si avvicinava al centro, la città diventava sempre più silenziosa. Per le strade non c'era nessuno, a parte qualche raro passante che portava fuori il cane. Poi svoltarono un angolo e videro l'edificio. L'intera facciata era nera, la parte alta era crollata per effetto dell'esplosione e sul fianco c'era un'enorme voragine, come se un gigantesco mostro alieno avesse dato un morso. Mentre la macchina girava intorno all'edificio da lontano, notarono che tutta la facciata posteriore era stata divelta, lasciando gli uffici erano a vista. Quella devastazione fece venire le lacrime agli occhi a Kezia. Se i responsabili avessero deciso di sferrare l'attacco in un giorno di lavoro durante l'orario d'ufficio, sarebbero morte migliaia di persone in più.

Il taxi li portò fino al cordone di polizia su Murray Street, Kezia lo oltrepassò e Sam la seguì. Lei si informò su dove si riunissero i volontari e li indirizzarono a una piccola tenda allestita dal servizio di pronto soccorso; l'interno era affollato, e tante altre persone desiderose di aiutare erano radunate all'esterno. Quando Kezia chiese chi fosse il responsabile, le fu indicato un giovane con una felpa dell'Università di New York, che insieme a molti altri studenti si era presentato come volontario. Kezia disse di essere un'infermiera e domandò in che modo potevano rendersi utili.

Ogni tanto c'era un'esclamazione di gioia quando i vigili del fuoco liberavano dalle macerie qualcuno ancora vivo, e i paramedici accorrevano per prestare soccorso. Ormai, però, sempre più spesso trovavano corpi senza vita. Erano passate sedici ore dall'esplosione, perciò speravano ancora di trovare dei sopravvissuti, ma la deflagrazione era stata così violenta che gran parte di quelli che si trovavano nelle vicinanze erano rimasti uccisi. Numerosi vigili del fuoco erano stati feriti durante le operazioni di salvataggio, particolarmente complicate e rischiose. Avevano già esplorato le parti accessibili dell'edificio, ma molte aree erano troppo instabili per tentare di raggiungerle. La maggior parte delle persone che avevano trovato stava camminando nei pressi dell'edificio al momento dell'esplosione. La piscina del memoriale dell'11 settembre era piena di macerie, acciaio contorto e cumuli di cenere.

Il lavoro era meno frenetico di quanto fosse stato all'Hudson Yards la notte precedente e la zona era meno affollata. I feriti più gravi erano stati portati negli ospedali la sera prima. Kezia confortava le persone mentre attendevano di essere caricate sulle ambulanze, Sam aiutava la polizia a tenere indietro la gente, in modo che non interferisse con le operazioni di soccorso.

A metà pomeriggio, una giornalista notò Sam e lo riconobbe. Forzò il cordone di polizia e gli piazzò un microfono davanti alla faccia. Lui si voltò di scatto dall'altra parte, infastidito. Aveva appena visto i resti di una giovane estratti dal cumulo di macerie che circondavano l'edificio.

«Non è il momento» le disse in tono educato.

La giornalista insisteva nel cercare di convincerlo a rilasciare una dichiarazione, ma lui fu irremovibile e infine riuscì a sfuggirle mescolandosi tra la folla.

Kezia, che aveva assistito alla scena, fu dispiaciuta per lui.

«Probabilmente ti succede di continuo» gli disse durante una breve pausa, mentre erano l'uno accanto all'altra a bere dell'acqua. Tra il calore, la cenere e il fumo acre, erano tutti costantemente assetati.

«Cerco di avere pazienza» replicò Sam. «A volte però è proprio fuori luogo e non lo capiscono. In qualche occasione ho perso le staffe.»

Era un momento difficile per tutti, di fronte a una tale perdita di vite umane e a un simile scempio, e Sam non voleva certo che una giornalista registrasse le sue emozioni per il pubblico. Si trovava lì come semplice cittadino, e Kezia lo ammirava per avere avuto il coraggio e la generosità di mettersi in gioco.

Nei momenti di calma in cui si prendevano una pausa, tutti parlavano di chi potesse essere il responsabile degli attacchi. Concordavano che doveva trattarsi di una questione politica e che i colpevoli erano indubbiamente stranieri, che avevano agito per qualche forma di protesta o per vendetta per qualcosa che era stato fatto contro la loro nazione, oppure per estremismo religioso. Tuttavia, qualunque fosse il torto subìto, nulla poteva giustificare il fatto che avevano ucciso persone innocenti, tra cui molti bambini.

Alle otto di sera, sul taxi che li riportava a casa, Sam e Kezia erano silenziosi. Lui inviò alcuni messaggi con il telefono, mentre lei guardava fuori dal finestrino, tentando di allontanare dalla mente ciò che aveva visto quel giorno e la notte precedente. Ma, nonostante si sforzasse di concentrarsi su qualcos'altro, erano scene indimenticabili.

Quando scesero dal taxi, Sam guardò Kezia. Era stanca e in disordine, aveva il viso sporco e la cenere tra i capelli.

«Ho scritto a Louise Smith: sarebbe felice di conoscerti» le disse mentre entravano nella lobby.

«Mi piacerebbe molto» replicò Kezia, sorpresa.

Per lei era stato bello trascorrere quel pomeriggio con lui, incrociarsi ogni tanto mentre svolgevano mansioni diverse. Lei era stata assegnata di nuovo in aiuto ai paramedici, ma con compiti meno impegnativi della notte precedente. Il grosso del lavoro era stato fatto dagli operatori del pronto soccorso ufficialmente incaricati, tuttavia i volontari erano stati utili, anche se il loro contributo sembrava una piccola cosa di fronte all'enormità di quello che era accaduto e di tutto ciò che c'era da fare.

«Louise ci ha invitati a bere qualcosa, se ti va. Anche lei è appena tornata, è stata all'Hudson Yards tutto il giorno e ieri sera era all'Empire State Building per fare foto. Vuoi andare a conoscerla?»

«Adesso?» domandò Kezia. «Sono sporca e in disordine.»

Si era tolta i guanti in taxi e aveva le mani pulite, ma tutto il resto no; anche i jeans erano impolverati e macchiati di sangue.

«Lei ha detto la stessa cosa» la rassicurò Sam.

Kezia però era titubante; desiderava conoscere quella leggendaria fotografa che aveva sempre ammirato, ma non le sembrava il momento appropriato.

«Ho sempre pensato che si deve cogliere l'attimo» dichiarò Sam. «Allora, andiamo?»

Così Kezia si lasciò trascinare.

«Posso almeno entrare in casa per lavarmi il viso e mettermi dei jeans puliti? In questo stato non oserei neanche sedermi da qualche parte.»

«Certo. Ma niente trucco e tacchi alti» scherzò Sam, facendola sorridere.

«Ci troviamo da lei?»

«Salgo con te; mi cambio anch'io la camicia e i jeans.»

Non si era reso conto di quanto entrambi fossero sporchi, perciò salirono con i rispettivi ascensori. Kezia si stofinò sotto l'acqua viso, mani e unghie, infilò dei jeans e una maglietta puliti e le scarpe da ginnastica. Poi si sporse oltre la siepe e chiamò Sam per fargli sapere che era pronta. Lui uscì dalla camera e andò in terrazza a torso nudo e con addosso i jeans puliti, e lei notò che era in gran forma. Mentre parlavano, si infilò una maglietta bianca; erano vestiti nello stesso modo e sembravano gemelli.

«Sei sicuro che non siamo invadenti?» gli chiese in tono esitante mentre scendevano con l'ascensore privato di lui.

«Se non avesse voluto incontrarci non ci avrebbe invitati. Ha detto di avere bisogno di vedere gente, dopo tutto ciò cui ha assistito da ieri.»

In effetti, loro si sentivano nello stesso modo; di fronte a quella tragedia, avevano bisogno di ritrovare un po' di normalità.

L'ascensore si fermò al diciassettesimo piano e Sam fece strada. Su quel piano c'erano sei appartamenti e Louise ne aveva due, uno dei quali usava come studio. Mentre suonavano il campanello, Kezia non sapeva cosa aspettarsi, benché avesse visto numerose foto di Louise.

Una donna alta e molto magra, con i capelli lunghi e bianchissimi legati in una coda, aprì la porta. Aveva l'aspetto e un fisico giovanile, ma dal reticolo di rughe disegnate sul suo volto era evidente che fosse molto anziana. Indossava una camicetta nera e jeans neri, con un paio di robusti anfibi vecchio stile dall'aria molto vissuta. Non portava ornamenti né gioielli. Aveva un bel viso, gli occhi celesti intensi ed espressivi, come se durante la sua lunga vita avesse visto tutte le miserie del mondo, che aveva anche fotografato.

«Salve» disse Kezia con aria timida, mentre Louise Smith si scostava per farli entrare.

Louise strinse la mano a Kezia, sorrise a Sam e gli diede un bacio sulla guancia.

«Qualcuno ha di nuovo maltrattato il nostro povero Paese» disse in tono triste. Aveva un accento britannico e a Kezia venne in mente che era inglese, anche se viveva negli Stati Uniti da molto tempo.

«È straziante pensare a quegli edifici distrutti e a tutte le persone che hanno ucciso. Com'è possibile che succedano cose simili in America? Questo dovrebbe essere il Paese della libertà. Il mondo era molto più libero quando ero bambina io. Oggi tutti vogliono ammazzare qualcuno, si lamentano del Paese o sono incazzati con qualcuno. Non va più di moda essere felici, o essere grati. Le foto che ho fatto la notte scorsa sono fra le più tristi che abbia mai scattato. Questo la dice lunga su tutto quello che non va nel mondo.»

Li condusse in un soggiorno ampio e arioso, pieno di oggetti d'arte tribale africana, raffinati dipinti e ingrandimenti di sue fotografie.

Fece loro cenno di accomodarsi sul divano. «Posso offrirvi del vino, scotch, gin?»

Entrambi optarono per il vino, mentre Louise prese uno scotch con ghiaccio, dato che per quel giorno aveva finito di lavorare. Su un lungo tavolo vintage di metallo erano appoggiate delle stampe. Prima di sedersi, dopo aver dato ai suoi ospiti il vino, Louise le prese e le passò a Sam.

«Le ho sviluppate ieri notte appena rientrata a casa» spiegò.

Erano volti di persone che guardavano in su verso l'Empire State Building devastato, che pareva sul punto di crollare, anche se poi non era accaduto. Erano i ritratti della paura, dell'incredulità, dello sconforto e della tragedia. Quell'edificio era il simbolo di New York dal 1931, il simbolo dell'America stessa, ed era stato danneggiato al punto che forse sarebbe stato necessario demolire ciò che ne restava. In seguito si sarebbe valutato se l'edificio fosse sicuro e recuperabile, ma gli scatti di Louise avevano cristallizzato quel momento drammatico sui volti di bambini e vecchi, di donne e di uomini. Erano fotografie raffinatissime, come quelle che aveva fatto all'Hudson Yards: la distesa di feriti sdraiati ovunque mentre i soccorritori, in ginocchio, li aiutavano e davano conforto a quelli in fin di vita.

Guardandole, a Kezia vennero le lacrime agli occhi.

«Sono formidabili» disse a Louise, con la voce incrinata dall'emozione.

«Odio quando la gente pensa che fotografo soltanto i disastri, ma quei momenti e le espressioni sono talmente intensi... Raccontano cosa significhi la perdita per loro e per noi» le spiegò. Poi, in tono morbido, aggiunse: «Sam mi ha detto che ti sei appena trasferita in città». Louise era ancora una donna attraente, come era sempre stata, perciò era facile dimenticare la sua età. «Non è stato esattamente un benvenuto a New York» proseguì in tono di scuse.

«Sono affranta per quello che è successo» disse Kezia. «Sei un'infermiera?»

Glielo aveva detto Sam durante lo scambio di messaggi che avevano avuto quel pomeriggio.

«Lo ero. Negli ultimi venticinque anni ho fatto la moglie e la mamma.»

Louise parve sorpresa. «Hai rinunciato alla tua vocazione?»

Kezia fece cenno di sì.

«Era la tua passione?»

«Sì. Praticavo la mia professione con mio padre, che era un medico di famiglia in una cittadina in Vermont. Mi piaceva lavorare con lui. Ma poi mi sono sposata, mi sono trasferita a San Francisco e da allora non ho più lavorato.»

«E tuo padre ha continuato senza di te?» indagò Louise, che andava dritta al punto sia nelle fotografie sia nella vita.

«Sì. Mi ha incoraggiata a trasferirmi e a iniziare una nuova vita. Avevo trentacinque anni e in Vermont non c'erano prospettive per me. Un anno dopo il mio trasferimento si è ammalato ed è morto. Tutti gli volevano bene. Mi ha insegnato tantissimo.»

«Se ti piace fare l'infermiera dovresti ricominciare. Sam dice che la notte scorsa all'Hudson Yards sei stata fantastica. Che tragedia immane... Mi auguro che prendano i responsabili.»

Ventiquattro ore dopo i fatti, nessuno aveva ancora rivendicato l'attentato.

«Hai figli?» continuò Louise.

«Due femmine.»

«Io non ne ho. Per un breve periodo sono stata sposata, ma non faceva per me. Ho bisogno di essere libera e i bambini richiedono che rinunci alla tua libertà. Sono troppo egoista per farlo, inoltre mi piace troppo il mio lavoro» concluse con un sorriso da monella che fece ridere Sam, che apprezzava la sua compagnia e ammirava il suo grande talento.

«Inoltre ho avuto un'infanzia traumatica» proseguì Louise. «Avevo quattro anni quando è iniziata la guerra in Inghilterra. Quando ne avevo sei, i miei genitori mi hanno mandato in campagna per allontanarmi da Londra, che veniva bombardata. Pochi mesi dopo sono morti nei bombardamenti tedeschi. Quando la guerra è finita avevo dieci anni e per otto sono stata in un orfanotrofio. Ero problematica e senza peli sulla lingua, già allora, perciò nessuno voleva adottarmi. A diciotto ho lasciato l'orfanotrofio per cercare un lavoro. Sono venuta negli Stati Uniti nel 1953. Mi è piaciuto qui, perciò sono rimasta e sono diventata cittadina americana. Ora questa è la mia nazione e veniamo bombardati qui. Per me è una questione personale.»

Louise esprimeva sempre francamente le proprie opinioni. Era una donna forte e coraggiosa, che non aveva paura di niente dopo aver assistito a tutte le tragedie della vita.

Mostrò loro altre foto che aveva scattato la notte precedente. Le sviluppava lei stessa nella camera oscura allestita nell'appartamento adiacente a quello in cui si trovavano. Le piaceva lavorare con vecchie macchine e pellicole. Aveva una Leica che adorava e che fece vedere a Kezia.

Un'ora più tardi, Kezia e Sam tornarono di sopra, soddisfatti del tempo piacevole trascorso in compagnia di Louise.

«Che donna straordinaria!» esclamò Kezia.

«Già, mi piace tantissimo» confermò Sam, poi rientrò nel suo appartamento attraverso la terrazza di lei.

Entrambi erano stanchi e avevano bisogno di stare un po' da soli per riprendersi da tutto ciò che avevano visto.

Dieci agenti della Cia e dell'Fbi e dodici funzionari di alto livello del Dipartimento di Sicurezza nazionale erano stipati in un piccolo ufficio chiuso a chiave nel West Side, a dieci isolati dal palazzo di Sam e Kezia. Era un edificio poco appariscente in pietra grigia con una piccola insegna che lo identificava come ABC Import Company; la porta che si apriva inserendo un codice. Dentro c'erano innumerevoli dispositivi elettronici per identificare chiunque entrasse.

Joe Delano era l'agente della Cia con maggiore anzianità ed esperienza.

I vendidue uomini che aveva di fronte rappresentavano l'élite di Fbi, Cia e Sicurezza nazionale, e poche ore prima erano arrivati con dei voli dell'Air Force per partecipare alla riunione. Stavano studiando un'imponente bacheca tappezzata di fotografie. Nella parte alta erano disposte su quattro file le foto di quarantasei uomini tra i diciannove e i trentadue anni. Indossavano tutti divise militari di vario grado. La maggior parte aveva un aspetto pulito, senza barba né orecchini o piercing. «Molti tatuaggi, però» commentò un funzionario della Sicurezza nazionale, suscitando qualche risatina. Erano tutti residenti in Texas, in cittadine sperdute.

«Partecipano a campi di addestramento ogni estate. Si fanno chiamare Enforcers, "i tutori dell'ordine"» disse Joe Delano. «Hanno iniziato in Arkansas e Oklahoma, poi tre anni fa l'intero gruppo si è trasferito in Texas. All'inizio avevano nove membri, poi sono saliti a quarantacinque, con un leader, per un totale di quarantasei. Riteniamo che abbiano condotto l'operazione con tre squadre di quindici uomini ciascuna, compreso un capo, sotto la supervisione di quello che è il loro comandante, che ha organizzato il tutto. Sono anarchici, vogliono abbattere la nazione. Qualche giorno fa hanno mandato in avanscoperta la squadra di esperti di esplosivi. Hanno alloggiato in un albergo a Times Square. Il capo, Filo Banks, guida i suoi uomini come un piccolo esercito. Abbiamo addestrato la maggior parte di loro in Iraq e in Afghanistan. Odiano tutto ciò che noi rappresentiamo. Un nostro informatore ha detto che hanno comprato molto del materiale qui e che hanno fabbricato da sé le bombe. Più della metà sono esperti di esplosivi, quaranta hanno fatto parte dell'esercito, due erano nella Marina Militare e diciannove sono stati in carcere, principalmente in Stati diversi dal Texas. Il nostro informatore e Banks si odiano. Lui voleva essere il leader; Banks lo ha tradito e buttato fuori un anno fa.

Perciò ieri è venuto da noi e ci ha raccontato tutto. Dice che hanno fatto arrivare un intero arsenale attraverso il New Jersey e la gran parte delle bombe su un camion rubato. Sembrano perlopiù comuni ragazzi di periferia in vena di divertirsi. Invece sono letali e perfettamente addestrati. Uno ha portato con sé il fratello minore, che è un genio informatico, un hacker che riesce a entrare in qualunque sistema e spesso lo fa per il puro gusto di farlo. Non hanno paura di niente, sono assassini nati. Il nostro informatore vuole l'immunità per i reati di cui è accusato in tre Stati. All'inizio non gli credevamo, ma tutto corrisponde.»

Due agenti della Cia si scambiarono un'occhiata. Tutti in quella stanza sapevano chi era Joe Delano, lo conoscevano di fama. Era un uomo con l'aspetto da duro – quanto lo era il suo lavoro – e l'atteggiamento militaresco.

«Gli concederemo l'immunità?» chiese un funzionario della Sicurezza nazionale.

«Potremmo farlo» rispose Delano. «Dipende da quanto solido si dimostrerà il resto delle informazioni. Quelle che abbiamo avuto finora risultano accurate; ci ha fornito tutti i nomi. Hanno studiato gli obiettivi per due anni. Conoscono ogni passaggio e condotto di aerazione negli edifici che hanno bombardato. Alcuni di loro ci hanno lavorato per un breve periodo. Conoscevano i codici di sicurezza per entrare. Vogliono far crollare la nazione con un golpe militare. Hanno colpito i simboli del capitalismo: doveva essere una dimostrazione di ciò che sono capaci di fare.»

«Facendo saltare in aria due dei principali edifici della città e mezza Chelsea?» sbottò un agente della Cia.

«Nell'esercito Banks era un ottimo elemento, poi in Iraq è impazzito e ha iniziato ad ammazzare i civili. È finito in un ospedale psichiatrico ed è stato congedato. In Afghanistan è stato tenuto prigioniero per tre mesi e torturato; da allora non è stato più lo stesso. Una volta congedato è tornato in Texas e ha reclutato il suo esercito personale. È un genio tattico. Ha progettato lui gli attacchi del Quattro Luglio. Vuole rovesciare il governo. Questo attentato serviva solo ad attirare la nostra attenzione e mostrarci cosa può fare.»

Un agente della Cia consegnò a ciascuno una cartellina.

«Tutte le informazioni sono lì dentro, insieme ai vostri compiti.»

In fondo alla saletta c'era un'agente donna che osservava gli altri; anche lei ricevette la cartellina. Faceva parte degli Affari interni, era stata colonnello dell'esercito ed era il funzionario di secondo grado più alto tra i presenti.

«Per il momento è tutto» concluse Delano alzandosi in piedi.

La riunione era finita, non restava che iniziare i lavori. Avevano molto da fare: imparare chi erano Banks e i suoi uomini, le loro abitudini e i loro trascorsi. Dovevano trovare Banks e fermarlo. Il suo obiettivo successivo era far saltare in aria tutti i monumenti di Washington, sostituirsi al governo e uccidere il presidente degli Stati Uniti. Ventiquattr'ore dopo le esplosioni che avevano squassato New York, grazie all'informatore le autorità sapevano chi era stato. Insieme all'immunità che aveva chiesto, l'uomo pretendeva di entrare nel programma di protezione dei testimoni e di essere trasferito in un altro

Stato con una nuova identità. Se avessero avuto l'autorizzazione dal ministero della Difesa e dalla Casa Bianca, potevano esaudire le richieste.

«Banks e i suoi sono ancora in zona?» domandò un agente dell'Fbi.

«Pensiamo di sì» rispose Delano. «Probabilmente sono in città da qualche parte e tengono un basso profilo per non farsi notare. Abbiamo sparso la voce tra tutte le nostre risorse. Là fuori ci sono quarantasei uomini: qualcuno farà un passo falso o dirà una parola di troppo. Se trovano il nostro informatore lo uccidono, e lui lo sa. Lo teniamo sotto stretta sorveglianza in un albergo. Vogliamo catturare Banks vivo, a qualunque costo. Washington è il loro prossimo obiettivo: non possiamo permettere che succeda. Ci stanno lavorando ora: New York è stata soltanto una prova. Nei prossimi due giorni potrebbero scomparire tutti» proseguì. «Il nostro compito è trovare Banks e i suoi prima che accada. Li voglio entro ventiquattr'ore.»

Joe Delano uscì dalla saletta, mentre i ventidue agenti si scambiavano occhiate e aprivano le cartelline. Ciascuno di loro sapeva che era in gioco la sua carriera. Dovevano per forza trovare Filo Banks e il suo esercito. La cosa più scioccante era che si trattava di cittadini americani, non di stranieri.

Gli Enforcers volevano abbattere il Paese e avevano le competenze, le conoscenze e il materiale per riuscirci. Le loro bombe erano facili da costruire ed efficaci, lo avevano dimostrato. Potevano uccidere migliaia di persone in qualunque città avessero voluto.

Pensavano che, una volta preso il posto del governo, sarebbero stati in grado di arruolare un esercito di persone che la pensavano come loro e che odiavano il modo in cui la nazione era amministrata. L'informatore aveva rivelato che pianificavano di bombardare la Casa Bianca e il Campidoglio il mese seguente. Erano uomini compromessi e disturbati, fortemente decisi a distruggere la loro stessa nazione.

Prima di arruolarsi Banks aveva studiato Ingegneria al Mit; gli altri erano le sue pedine e ciascuno aveva un conto in sospeso con il governo e con l'esercito. Avevano dimostrato che un piccolo gruppo di uomini molto pericolosi era in grado di terrorizzare una città con milioni di abitanti. Nella mente di Filo Banks era soltanto l'inizio. Entro un mese, dopo l'attacco a Washington, avrebbe controllato l'intera nazione.

Occorreva trovarli prima che lasciassero la città: la corsa contro il tempo era iniziata.

Cinque

KATE e Jack partirono da Johannesburg il venerdì mattina presto, come avevano programmato, a bordo di un fuoristrada con autista. Avrebbero percorso un tragitto di undici ore attraverso il Parco nazionale Kruger per vedere gli animali nella savana e varcare il confine del Mozambico, entrando nella provincia di Gaza, fino a Tomanini, dove si trovava l'ospedale di Reed Phillips, a diversi chilometri dal capoluogo del distretto, Guijà. Tomanini era un villaggio piccolo e molto arretrato: mancava l'energia elettrica, le strade non erano asfaltate e Reed l'aveva avvisata di aspettarsi condizioni precarie.

Alle sei del mattino, mentre saliva sul fuoristrada, Kate era emozionata all'idea di incontrare il padre naturale. L'autista disse che dopo alcune ore avrebbero viaggiato su un terreno accidentato e Kate sapeva che una volta arrivati a destinazione sarebbero stati isolati dalle comunicazioni. Non c'era copertura per i cellulari né Wi-Fi, soltanto la radio dell'ospedale. In casi di emergenza dovevano andare in macchina a Guijà, dove ci si poteva connettere a internet.

Il viaggio da Johannesburg fu bellissimo e l'autista indicava loro i punti di interesse. Quel lungo tragitto attraverso il Parco nazionale Kruger valeva la pena, per ammirare gli animali nel loro ambiente naturale, soprattutto le zebre. L'autista spiegò che non ne esistevano due con strisce identiche, ma ogni esemplare le aveva diverse dagli altri, come le impronte digitali degli esseri umani. Arrivati in Mozambico, videro piccoli villaggi immersi nella savana, con qualche vacca magra, capre e alcune capanne. L'autista li informò che di tanto in tanto c'erano delle guerre tribali, che provocavano morti e feriti. Era difficile immaginarlo, dato che tutto pareva tranquillo e la gente del posto era amichevole.

Si fermarono in un piccolo negozio con il distributore di benzina, dove un gruppo di donne in abiti colorati si avvicinò. Vendevano ninnoli fatti a mano, snack e bottiglie d'acqua. Kate si era portata dei sandwich e, dopo essere ripartiti, li condivisero con l'autista, che accettò con gratitudine. Non c'erano posti in cui volessero fermarsi, perciò proseguirono senza pause. Kate era impaziente di arrivare, meglio se prima del crepuscolo, anche se la marcia era continuamente rallentata dalle cattive condizioni delle strade.

Era entusiasta di tutto ciò che vedeva e Jack faceva foto con la nuova macchina che lei gli aveva comprato. Era una giornata lunga, ma c'erano talmente tante cose da ammirare che il tempo volò. La strada era piena di buche, stretta e sconnessa, perciò impiegarono più di undici ore e arrivarono alle sei del pomeriggio. L'autista entrò in una radura polverosa, dove alcuni bambini stavano giocando e delle donne accovacciate chiacchieravano e ridevano tra loro.

Quando Kate scese dalla macchina, seguita da Jack, loro alzarono lo sguardo. L'ospedale le sembrò piccolo ma era pulito e tinteggiato di recente; dietro di esso c'e-ra una lunga fila di tende e una casetta. Kate osservava tutto con la massima attenzione, per cercare di assimilare e ricordare ogni cosa. Una donna bassa e robusta con i capelli bianchi e corti, una giacca color cachi, degli shorts e un paio di scarponcini uscì dall'ospedale e andò loro incontro. Si avvicinò rapidamente a Kate, le sorrise e la abbracciò. Lei immaginò subito chi era, mentre la donna indicava all'autista di portare i loro bagagli in una delle tende dietro l'ospedale.

«Tu devi essere Kate» disse.

Aveva luminosi occhi azzurri circondati da rughe d'e-spressione, e pareva impegnata e allegra.

«Io sono Pru, Prunella» si presentò.

Il suo accento era diverso da quello che Kate aveva sentito a Johannesburg.

«Sono dello Stato libero, una provincia del Sudafrica, siamo in maggioranza olandesi» spiegò Pru. «Siamo felicissimi di vederti.»

Kate si augurò che per suo padre valesse la stessa cosa.

«Reed arriva tra qualche minuto, ha appena finito l'ultimo intervento chirurgico della giornata.» All'ospedale avevano un generatore che produceva l'energia elettrica necessaria. «Il viaggio è stato tremendo?» domandò.

Kate sorrise, sorpresa. Era un benvenuto più caloroso di quanto avesse sperato.

Pru sembrava avere l'età di Reed, sui sessant'anni, e lei sapeva che era una dottoressa, come le aveva scritto il padre nelle e-mail. Era una pediatra, di cui nella zona c'era molto bisogno, dato l'alto tasso di mortalità infantile e la diffusione di malaria, tubercolosi e colera.

«È stato travagliato ma affascinante» le rispose Kate. «Abbiamo visto tantissimi animali e piccoli villaggi. L'autista ci ha detto delle guerre tribali.»

«Sono un lascito delle guerre civili. Ci danno un sacco di lavoro» spiegò Pru.

Alcune delle donne accovacciate salutarono con la mano Kate, che ricambiò il gesto; in quel momento un uomo alto uscì dall'ospedale, scese di corsa i gradini e la raggiunse. Anche senza cercarla, Kate vide subito la somiglianza tra loro e capì anche perché sua madre fosse stata attratta da lui. Era un bell'uomo, aveva l'espressione seria e un sorriso caloroso. Kate notò che la stava osservando con attenzione e che anche lui aveva notato la somiglianza. Aveva sempre creduto di assomigliare al nonno materno, ma ora vedeva che era più simile a Reed, molto più di quanto somigliasse alla mamma o alla sorella. Ne fu felice ed ebbe l'impressione di aver trovato un'àncora in quel luogo così lontano da casa e così remoto, privo di tutte le comodità che lei dava per scontate ogni giorno. Lì era una vita completamente nuova, un altro mondo, a lei del tutto ignoto.

Reed osservava Kate con espressione cordiale, ma non accennò ad abbracciarla. «Grazie per essere venuta.

È un lungo viaggio per conoscere un uomo che non si è mai fatto vivo con te. Vuoi fare un giro dell'ospedale?»

Non sapeva cos'altro dirle; mostrarle ciò che aveva creato nella sua vita, e di cui era orgoglioso, era il meglio che avesse da proporle.

Entrarono mentre Jack rimase con Pru e Kate notò che tutto era immacolato. L'autista aveva raccontato loro che un anno addietro Reed aveva salvato la sua bambina. Aveva l'appendicite e lui l'aveva operata prima che si tramutasse in peritonite e potesse ucciderla. Non c'erano altri punti di assistenza sanitaria nel raggio di centocinquanta chilometri, e una volta al mese i Medici Senza Frontiere arrivavano nella zona in aereo. Se avevano bisogno potevano contattarli via radio, ma Reed e Pru gestivano personalmente la gran parte delle emergenze ed eseguivano gli interventi chirurgici semplici. All'ospedale avevano tre infermiere, inoltre avevano formato diversi locali come assistenti, che erano diventati bravi a trattare le ferite lievi insieme a una delle infermiere.

Reed le raccontò che la sua missione era quella di insegnare sia a curare sia a operare, in modo che la popolazione locale fosse più autosufficiente e imparasse ad applicare le norme igieniche di base. Pru aveva vaccinato tutti i bambini. L'ospedale era sovvenzionato dalle donazioni di benefattori di ogni parte del mondo.

Kate vide che si trattava di una piccola unità medica ordinata e bene amministrata. I famigliari di alcuni pazienti alloggiavano nelle tende dietro l'ospedale finché i loro cari guarivano e potevano tornare a casa.

«Fa parte della loro cultura» le spiegò Reed. «Non

stanno bene se vengono separati dalle famiglie e dalle persone che conoscono.»

Lui e Pru parlavano in maniera fluente lo tsonga, che era la lingua locale, oltre a un po' di portoghese, lingua ufficiale della nazione; Pru parlava anche l'afrikaans, basato sull'olandese.

«È cresciuta in Sudafrica nella fattoria dei genitori» continuò Reed «e ha studiato Medicina in Inghilterra. Dopodiché è tornata qui per lavorare con Medici Senza Frontiere; è così che ci siamo conosciuti. Siamo sposati da trent'anni e nostro figlio Austin studia Medicina a Londra. Ha venticinque anni, l'età che avevo io quando ho incontrato tua madre. È stata molto coraggiosa a decidere di farti nascere da sola. Io non ero pronto per mettere su famiglia.»

Era andato dritto al punto e la cosa sorprese Kate, benché fosse proprio quello che voleva sapere. Continuava a chiedersi se si sentisse in colpa.

«Ho sposato Pru a trentatré anni, sette dopo la tua nascita. Non sarei riuscito a gestire la paternità, la specializzazione e l'internato. Non ho mai avuto il coraggio di dire di te alla mia famiglia: non sarebbero stati in grado di capire. Erano persone molto puritane e vecchio stile. Io sono cresciuto in una fattoria in Ohio. È stato già abbastanza difficile studiare Medicina; non potevo affrontare altre difficoltà. Mi conosco, non ci sarei riuscito. Ho detto a Pru di te quando ci siamo sposati: lei riteneva che dovessi contattarti, me lo ha consigliato spesso, ma a quel punto avevi la tua vita, sapevo che tua madre si era sposata e non volevo interferire. Ho rinunciato al diritto di farlo nel momento in cui sei nata. Per me è stata la cosa giusta da fare.»

Era evidente che Reed non aveva rimorsi e voleva soltanto dare a Kate la propria versione dei fatti.

«Mi avrebbe fatto piacere avere tue notizie» gli disse lei dopo il giro dell'ospedale, mentre si sedevano nel suo studio dove c'erano una scrivania malridotta e una sedia con le ruote, come quella che suo nonno aveva nell'ambulatorio in Vermont. Per certi aspetti i due uomini erano simili e sua madre doveva aver pensato la stessa cosa, a parte il fatto che il nonno era più gentile e più affettuoso.

«Non sapevo cosa dirti» replicò Reed. «Non si può spiegare a una bambina perché te ne sei andato. Adesso sei adulta e posso parlarti, ma allora non potevo, e nemmeno più tardi. Eri comunque piccola.»

Tuttavia, anche da adulta Kate aveva difficoltà a comprendere perché avesse rinunciato a lei e non l'avesse mai cercata. Le sue spiegazioni, seppure chiare, per lei non giustificavano il fatto. Avrebbe apprezzato anche un semplice biglietto d'auguri per il compleanno o per Natale, che per Reed avrebbe comportato ben poco sforzo.

«Eri legata all'uomo che tua madre ha sposato?» le chiese.

Kate ebbe l'impressione che stesse cercando di alleggerirsi la coscienza.

«Sì» rispose. «Era una brava persona ed è sempre stato molto buono con me.»

Non gli disse nulla dell'eredità, poiché non lo riguardava. La vita di sua madre era profondamente diversa da quella di Reed. Sembrava che vivessero su due pianeti distanti anni luce, tuttavia Kate aveva capito che Reed era una persona seria e sincera, che faceva del proprio meglio per aiutare il prossimo nel suo ospedale, missione cui aveva dedicato la vita. Non aveva goduto delle comodità con cui Kate era cresciuta e che aveva avuto sempre a disposizione. La sua quotidianità sarebbe stata completamente estranea a Reed, e ancora di più quella di sua madre, dopo venticinque anni vissuti nella ricchezza e nel lusso.

«Sposerai l'uomo che è qui con te?» indagò Reed, tentando di rimediare al tempo perduto e di comprendere la vita di Kate.

Lei esitò prima di rispondere. «Non lo so» disse infine. «Voglio scrivere un libro, l'ho sempre desiderato. Ma non riesco a procedere e la mia psicologa è convinta che conoscerti mi avrebbe aiutato a sbloccarmi. Tu sei sempre stato la grande domanda senza risposta della mia esistenza, vorrei sapere perché mi hai lasciata e hai rinunciato ai tuoi diritti di genitore.»

Non aveva programmato di chiederglielo così presto, però erano arrivati molto velocemente al cuore dell'argomento, e lui aveva tirato fuori tutto subito. Perciò Kate si era adeguata.

«L'ho fatto perché volevo realizzare quello che vedi qui; come tu vuoi scrivere il tuo libro. Sapevo che non avrei potuto se fossi rimasto con tua madre e con te. Non desideravo lavorare per tuo nonno, come lei mi aveva suggerito, e non volevo rimanere negli Stati Uniti. Volevo venire in Africa, un giorno; qui c'era più bisogno di me. Era il sogno della mia vita, non potevo rinunciare.»

Nemmeno per lei e per sua madre, rifletté Kate.

«Sei felice di averlo fatto?» gli chiese, commossa.

«Sì, molto felice. Ma non sono contento di aver rinunciato a te. Si paga un prezzo alto quando si lascia un figlio, più di quando si lascia una donna. Non ho mai smesso di pensarti.»

Per Kate era un conforto sentire quelle parole, anche se lui aveva messo al primo posto i propri sogni e la carriera.

In quel momento, Pru si affacciò sulla soglia.

«La cena sarà pronta fra dieci minuti» li avvisò con un sorriso.

Pru aveva intrattenuto Jack mentre Kate parlava con suo padre.

Non tutte le risposte le erano piaciute, però erano genuine, come lo era Reed.

«Vuoi andare nella tua tenda a darti una rinfrescata?» le chiese Pru.

Mentre si alzavano, Reed e la moglie si scambiarono uno sguardo affettuoso. Sembravano molto affiatati.

«Mangiamo nella sala da pranzo dietro l'ospedale, ho fatto vedere a Jack dove si trova» proseguì Pru. «Si è documentato bene sulla zona: ne sa più di me» concluse divertita.

«Gli piace farlo, è molto scrupoloso» confermò Kate con un sorriso, seguendoli verso il punto in cui Jack la stava aspettando per andare insieme nella loro tenda.

«Mi piace Pru, è gentile» le disse. «Com'è andata con tuo padre?»

«È andata bene, ho avuto alcune risposte.»

Aveva altre domande da fargli, ma per essere la prima sera era più che sufficiente. Si chiedeva se lui fosse stato innamorato di sua madre, ma in quel momento si rese conto che non aveva bisogno di saperlo. In fondo, non erano stati insieme. E poi era la loro vita, non la sua. Kate doveva ancora capire quanto Jack significasse per lei. Non ne era sicura, come non era sicura se desiderasse sposarlo. A volte lo trovava irritante, ma in altri momenti era grata della sua compagnia. A trentasette e quarantadue anni dovevano entrambi capire cosa volevano e se per loro c'era un futuro insieme. Lei non era ancora riuscita a decidere, ma forse lo avrebbe fatto durante quel viaggio.

La cena fu semplice ma soddisfacente, a base di cibo europeo e di piatti locali. Finito di mangiare, Kate ringraziò il padre e Pru, poi tornò nella tenda insieme a Jack. Reed e Pru abitavano nella casetta, insieme ad Austin, quando tornava, che era cresciuto lì. Avevano una casa a Johannesburg, dove avrebbero vissuto una volta andati in pensione, quando per loro la vita in mezzo alla savana sarebbe stata troppo dura. Intanto la affittavano e un giorno Austin l'avrebbe ereditata. Avevano pianificato meticolosamente il loro futuro e Reed aveva tenuto fede al proprio progetto. Nella sua vita non c'era mai stato spazio per lei, Andrew invece l'aveva accolta nella propria con grande generosità.

Kate si domandò se nel suo cuore ci fosse abbastanza spazio per entrambi i padri, ma Reed non meritava quel posto, non aveva fatto niente per guadagnarselo. Kate non sapeva se lei avrebbe mai potuto rinunciare a un figlio, ma pensava di no ed era felice che sua madre non lo avesse fatto. Reed non si era scusato per avere scelto la professione anziché lei, e giustificava la propria decisione.

Kate si chiedeva che tipo di padre fosse per Austin e se anteponesse la carriera anche a lui. Probabilmente Reed era così. Faceva del bene per i suoi pazienti, ma non aveva mai fatto nulla per lei.

L'indomani, sabato, Kate e Jack visitarono la zona con uno dei ragazzi locali a bordo della macchina di Pru, una Jeep scoperta. Il giovane percorse le strade secondarie in modo che vedessero più fauna selvatica. Rientrarono all'ora di pranzo e mangiarono con Reed e Pru. Lui le raccontò più nel dettaglio del lavoro che stava svolgendo all'ospedale, dove diversi anni addietro aveva anche avviato un percorso di accompagnamento alla nascita. Kate ammirava il suo lavoro, ma aveva notato che non le aveva chiesto nulla riguardo al libro, né dell'argomento di cui voleva scrivere. Pru lo assecondava e lui era il re del suo piccolo regno. Andrew era stato un uomo molto più affettuoso ed empatico, oltre che un padre migliore di quanto avrebbe potuto essere Reed. Tra loro c'era soltanto un legame di sangue e Kate si domandava se fosse abbastanza, oppure se la cosa davvero importante fosse il cuore. Nelle sue fantasie sul conto di Reed, non aveva mai considerato le cose da quella prospettiva.

Cenarono insieme anche il sabato sera e Jack fece sfoggio delle sue conoscenze riguardo la storia delle guerre tribali e della guerra civile che le aveva precedute, trent'anni prima. Aveva fatto ricerche accurate, tuttavia il suo pubblico era annoiato. Per lui era soltanto teoria, mentre per loro era la realtà. Dopo cena giocarono a Scarabeo, si divertirono tutti e vinse Pru.

La domenica mattina, Reed andò a Guijà per inviare

alcune e-mail e fare provviste. Al rientro aveva l'espressione seria. Gli altri stavano pranzando, e quando lui entrò nella sala Pru si accorse che qualcosa non andava.

«Tutto a posto in città?» gli chiese.

«Ho sentito delle notizie sconvolgenti» rispose il marito. «Due giorni fa c'è stato un attentato a New York, come l'11 settembre. Hanno quasi distrutto l'Empire State Building, il nuovo World Trade Center e un'enorme area con edifici residenziali e negozi. Migliaia di persone sono rimaste uccise e molte di più ferite. Tutte le città degli Stati Uniti sono chiuse e anche le frontiere e gli aeroporti. Niente può entrare o uscire dal Paese, al momento» spiegò. Poi, rivolto a Kate, aggiunse: «Hai sentito tua madre?»

«Non c'è copertura qui» rispose lei, angosciata.

«Più tardi ti accompagno a Guijà, puoi provare là, oppure mandarle un'e-mail. Spero che stia bene, anzi ne sono certo» tentò di rassicurarla. «Abita vicino ai palazzi colpiti?»

«No, abita più a nord, nella zona residenziale, si è appena trasferita. Quei palazzi sono tutti in centro. Hanno detto chi è stato?»

«Sembra che non lo sappiano, oppure non lo vogliono dire. Ovviamente saranno stranieri.»

Nel pomeriggio, Reed portò Kate in macchina a Guijà. Anche lì il suo cellulare non aveva segnale, però riuscì a inviare alla madre un'e-mail in cui le diceva che stava bene e che sperava che anche per lei fosse così. Tentò di contattare Felicity in Francia, ma invano. Sembrava un nuovo 11 settembre. Leggendo le notizie online rimase scioccata dalle descrizioni e dalle immagini di ciò che era accaduto a New York il venerdì sera. Quella devastazione pareva ancora più irreale, vista da così lontano.

Quella sera ne parlò con Jack. «Forse dovremmo andare a casa» gli disse in tono esitante.

«Credevo volessi trascorrere del tempo con tuo padre» replicò lui, perplesso e deluso.

«L'ho fatto. Abbiamo parlato bene, ma non voglio lasciare mia madre sola a New York, e Felicity è in Francia. Però hanno detto che le frontiere sono chiuse, non possiamo andare finché non riaprono i confini e gli aeroporti.»

«Potrebbero volerci settimane. Visto che siamo venuti fin quaggiù potremmo fermarci.»

L'Africa sembrava ad anni luce da casa e Jack non aveva fretta di ripartire. Lì aveva un pubblico e gli piaceva esporre le sue conoscenze sulle tribù locali.

Il lunedì mattina tornarono a Guijà per avere ulteriori notizie. Appena riuscì ad agganciarsi al Wi-Fi, Kate ricevette un'e-mail dalla madre, che le diceva che stava bene. Gli aggiornamenti sul numero di morti e feriti erano sconfortanti: quando li lesse pianse.

A cena annunciò che intendeva tornare a New York appena le frontiere fossero state riaperte. Il timore era che ci fosse un altro attacco terroristico e che quello di venerdì fosse soltanto una dimostrazione. Era stata una delle prime paure sorte anche in occasione dell'11 settembre e poi, per fortuna, scongiurate.

«Non credo che colpiscano di nuovo» disse Reed.

«Da quanto si legge, pare che venerdì abbiano fatto abbastanza danni da poter essere soddisfatti» intervenne Jack. «Se torniamo, dovremmo andare a casa tua in Vermont, saremo più al sicuro.»

«Quando torno non lascerò mia madre da sola» replicò Kate in tono determinato. Sperava di riuscire a sentire la sorella, ma sembrava ancora impossibile.

Kate trascorse i giorni seguenti in preda all'inquietudine. Finalmente a Guijà lesse su internet che le frontiere erano state riaperte e gli aerei avevano ripreso a volare. Erano a Tomanini da una settimana e le sembrava abbastanza. Aveva conosciuto il padre naturale, scoprendo che era un gran lavoratore, una persona responsabile e rispettabile, dedita al prossimo, ma ormai aveva meno illusioni sul suo conto. Era un uomo come ogni altro, con i suoi difetti, inoltre non era possibile tornare indietro nel tempo e recuperare gli anni perduti. Lui era stato contento di conoscerla, però era più interessato alla propria vita quotidiana che a quella di lei e non fece nulla per nasconderlo. New York era lontanissima da lì e per Reed era difficile immedesimarsi in quella tragedia.

Il sabato tornarono a Guijà e prenotarono online un volo per il lunedì. La domenica, Jack e Kate rifecero il lungo tragitto per Johannesburg con la macchina di Pru e un autista, e trascorsero la notte in un albergo. Jack uscì a cena con suo cugino Chad, mentre Kate rimase in stanza a tentare di contattare la mamma e la sorella; finalmente riuscì a sentire entrambe. Anche Felicity sarebbe rientrata il lunedì e le due sorelle concordavano sul fatto che sarebbero state meglio una volta che fossero tornate a New York e avessero saputo di più su ciò che stava succedendo.

* * *

La domenica mattina, quando Kate aveva lasciato l'ospedale, sapeva di avere avuto il tempo che le serviva almeno per capire chi fosse Reed. Non si rammaricava più come prima per il fatto che lui avesse rinunciato a farle da padre. Era stata molto amata dalla mamma e dal nonno, e in seguito dal padre adottivo.

«Grazie per essere venuta» le aveva detto Reed educatamente, come se lei fosse arrivata fin lì dall'altra parte del mondo per prendere un tè o per trascorrere un weekend, anziché per conoscere lui e sentire la sua versione della storia.

Pru l'aveva abbracciata e le aveva augurato buon viaggio. Anche Reed l'aveva abbracciata, ma in quel momento lei si era resa conto che non era una persona affettuosa, altrimenti non avrebbe mai potuto fare la scelta che aveva fatto trentasette anni addietro. Ciò che Kate aveva visto di lui era sufficiente per mettersi finalmente il cuore in pace. Il suo rifiuto non era stato qualcosa di personale, semplicemente non era stato capace di fare altrimenti. Scoprirlo l'aveva liberata.

«Sono stato bene, e tu?» le aveva chiesto Jack una volta partiti per Johannesburg, rilassato e contento del viaggio. «Credi che sarà utile per la tua scrittura?»

«Sì» gli aveva risposto con aria pensosa.

Per lei aveva significato molto più di quello. Era partita per trovare suo padre, invece aveva trovato sé stessa.

«Pensi che tornerai?» le aveva domandato Jack.

Lei ci aveva riflettuto per qualche istante. Non aveva

neanche più il desiderio di conoscere il suo fratellastro. Non erano una famiglia, non erano nemmeno amici.

«Non credo. Non ne ho bisogno.»

Aveva capito tutto ciò che le serviva e finalmente era libera. Reed non era suo padre, non lo era mai stato. Dopo tanto tempo, Kate era pronta a rinunciare a Reed come lui aveva fatto con lei.

Sei

La domenica, due giorni dopo l'attentato, non trovarono più superstiti. Le esplosioni erano state devastanti e le persone erano rimaste troppo a lungo sotto le macerie, perciò sui luoghi colpiti non c'era più bisogno delle competenze di Kezia. Tutti i feriti erano stati ricoverati negli ospedali, molti in terapia intensiva. Il conto delle vittime aumentava man mano che estraevano i corpi e che i feriti gravi morivano a causa dei traumi interni o delle ustioni. Quelli più lievi erano stati dimessi, benché quasi tutti fossero traumatizzati da ciò che avevano vissuto e visto, oltre che prostrati per la perdita di amici o famigliari, molti dei quali erano rimasti uccisi mentre si trovavano accanto a loro.

Era stato un attentato ancora più raccapricciante di quello dell'11 settembre, che avrebbe segnato per sempre la nazione, come era successo per il precedente. Il fatto di essere stati colpiti sul proprio territorio faceva sì che nessuno si sentisse al sicuro; le città erano in perenne allerta, temendo altri attacchi. Nei due giorni che seguirono le esplosioni del Quattro Luglio, tuttavia, non accadde nulla. Il Paese rimaneva blindato e i cittadini erano invitati a restare in casa.

La domenica mattina, Sam era tornato al World Trade Center, ma le autorità e i soccorritori avevano la situazione sotto controllo. Continuavano a scavare per estrarre i corpi e rimuovere le macerie; c'era poco che Sam potesse fare, perciò tornò a casa per raggiungere Kezia in terrazza, in quella che doveva essere una splendida giornata di luglio. Perfino il bel tempo sembrava un affronto, davanti a tutto quel dolore.

Sbirciò attraverso la siepe che era diventata il collegamento tra i loro appartamenti, come un passaggio segreto che consentiva di accedere in modo rapido dall'uno all'altro, anziché usare gli ingressi separati e gli ascensori privati.

Kezia alzò lo sguardo e gli sorrise. Negli ultimi due giorni, Sam era diventato un volto familiare e un fidato compagno e tra loro era nata un'amicizia che in circostanze normali avrebbe impiegato mesi a formarsi. Kezia era felice di vederlo; trovava confortante non essere da sola, inoltre era rimasta colpita dalla sua prontezza e determinazione a rendersi utile nel pieno della crisi, spinto da un senso di responsabilità umana e civica nei confronti dei suoi concittadini.

Kezia gli fece cenno di sedersi sulla sdraio accanto alla sua. Nella piena luce del giorno, la vista dell'Empire State Building devastato era straziante, soprattutto se pensava a quante persone erano morte. Sebbene fosse successo in un venerdì sera e gli uffici fossero chiusi per la festività, molta gente si trovava sui ponti di osservazione dello storico edificio per vedere i fuochi. Le persone per le strade erano morte a causa della pioggia di detriti provocata dall'esplosione, o delle fiamme che le avevano travolte.

«Com'è andata?» gli domandò.

Kezia stava valutando l'ipotesi di fare volontariato in un ospedale, ma avrebbe dovuto affrontare burocrazia e tempi lunghi, che invece non c'erano stati per dare una mano nelle strade nelle ore immediatamente successive agli attentati.

«Stanno lavorando benissimo. Forse suona stupido, ma tutto ciò fa sentire orgogliosi di essere americani. In centro la situazione è sostanzialmente sotto controllo. Non c'era molto che io potessi fare.»

«Gli ultimi due giorni mi hanno fatto sentire la mancanza del mio vecchio lavoro» gli confidò lei, mentre erano seduti l'uno di fianco all'altra.

Kezia aveva la sensazione che si conoscessero da sempre e Sam si comportava come se fosse davvero così.

«Torneresti a farlo?» le chiese.

«Non ci avevo mai pensato, ma ora me lo domando anch'io. Quello che è successo mi ha ricordato tutto ciò che amavo del mio lavoro. Ti fa sentire utile. Le mie figlie sono adulte e abbiamo venduto la società di mio marito, che mi ha tenuta impegnata negli ultimi cinque anni. Perciò non ho nulla da fare, tranne visitare musei, fare compere e andare a pranzo fuori. Se seguo un corso di aggiornamento, potrei lavorare part-time come infermiera, magari in una clinica per i bambini dei quartieri poveri, e restituire qualcosa di tutto ciò che la vita mi ha dato, anziché limitarmi a viziare me stessa.»

«Hai restituito molto in questi ultimi due giorni» replicò Sam, colpito dalle sue parole.

Aveva visto quanto competente e gentile fosse Kezia, mentre rassicurava le persone in preda al dolore e all'angoscia.

«Cosa fai tra un film e l'altro?» gli chiese lei, accennando per la prima volta alla professione di Sam.

La sua notorietà le sembrava una cosa priva di importanza e nemmeno lui pareva darle peso, anzi, era una persona molto umile.

«Perlopiù vado alla ricerca di buone sceneggiature tra le tante che mi vengono inviate. Non è facile trovarne di valide. Leggo anche molti libri per trovare qualcosa che si possa adattare per il cinema. Sono piuttosto esigente riguardo ai film che faccio.»

Era evidente che fosse così, infatti Kezia non lo aveva mai visto recitare in un brutto film, o in uno che non le fosse piaciuto. Aveva fatto pochi errori, se ne aveva fatti.

«Sto insieme a mio figlio, quando ha tempo» aggiunse Sam, sorridendo. «È un ragazzo impegnato, lavora tanto e passa da una fidanzata all'altra, ma alla sua età è comprensibile; anche se non sono entusiasta della sua attuale ragazza. Gli piacciono quelle appariscenti. È un bel tipo e attrae come una calamita le donne ambiziose e avide, che lo considerano un trampolino di lancio per arrivare dove vogliono. Detesto pensare che sia così. Io l'ho evitato sposandomi giovane, prima di avere successo. Provengo da una famiglia normale, mio padre faceva l'avvocato ma non era straordinariamente ambizioso. Stavamo bene, ma non guadagnava cifre stratosferiche. Sono cresciuto a Filadelfia e ho frequentato lì l'università. Mia madre non lavorava, eravamo tre fratelli e ci si aspettava che andassimo bene a scuola. Entrambi i miei fratelli sono diventati avvocati e hanno lavorato con nostro padre. Io sono il minore; il maggiore è in pensione ora, mentre l'altro è morto abbastanza giovane.

«Io volevo fare l'attore e la mia famiglia pensava che fossi matto. Dopo essermi laureato sono andato a Los Angeles, dove ho conosciuto mia moglie. Ho preso lezioni di recitazione e poi ho avuto fortuna. Entrambi siamo stati fortunati, ma lei aveva più talento. All'epoca era più semplice. Ora nemmeno conosco la maggior parte dei giovani attori: compaiono e spariscono così velocemente che non faccio in tempo a imparare i loro nomi. Ai miei tempi gli studios ti permettevano di costruire una carriera: volevano delle vere star alle quali il pubblico si affezionasse. Se ti impegnavi, il più delle volte avevi successo, con l'aiuto di qualche decisione azzeccata e un po' di fortuna. Oggi invece pretendono di diventare delle star dalla sera alla mattina. Io non credo al successo improvviso, credo nel lavoro duro, che ti ripaga dopo molti anni di fatica e anche un po' di lacrime. Per me ha più senso così.»

Kezia concordava con lui.

«Sono pochi gli attori che ammiro davvero» proseguì Sam. «Quelli che hanno un reale talento e lo coltivano. Mia moglie era brava, più di me, come ho detto.»

Kezia era sempre più colpita dalla modestia di Sam,

dal fatto che fosse una persona semplice e alla mano, ed era curiosa di sapere se suo figlio fosse altrettanto genuino. Era dispiaciuta che Sam avesse perso la moglie; era evidente che l'aveva amata moltissimo e che il loro fosse stato un matrimonio felice.

«Anche mio marito era un gran lavoratore» gli disse. «E nemmeno lui credeva nel successo facile, come i ragazzi di oggi che diventano miliardari a ventitré-ventiquattro anni grazie ai social, senza neanche sapere come hanno fatto. È come vincere la lotteria.»

«È un fenomeno incredibile dei tempi moderni. Mi piaceva di più come funzionava una volta: almeno sapevo di essermelo guadagnato, di avere fatto le cose in maniera onesta. Così dormo meglio la notte.»

Rimasero seduti fianco a fianco per un po' senza parlare, poi Kezia portò delle bottiglie d'acqua fresca. Era confortevole essere insieme in un momento di crisi come quello; senza Sam sarebbe stato molto più difficile per lei, e per lui valeva la stessa cosa.

«Hai sentito le tue figlie oggi?»

«Non ancora. Sono certa che torneranno appena riapriranno gli aeroporti. Si staranno preoccupando, così lontano da casa, ma almeno sono più al sicuro di noi. La cosa spaventosa è che ci si sente vulnerabili anche qui, senza sapere se verremo attaccati di nuovo.»

Sam annuì, preoccupato a sua volta. L'unico sollievo era sapere che il figlio era in montagna con la sua ragazza.

«L'altra notte ho creduto che ci fosse un attacco missilistico» le confidò. «Per me era inconcepibile che stesse accadendo di nuovo qui a New York, addirittura in maniera più pesante dell'ultima volta.»

Ormai il bilancio delle vittime aveva superato quello dell'11 settembre e in entrambi i casi il Paese era stato colto di sorpresa.

«Non eravamo preparati a un attentato di questa portata sul suolo nazionale» concluse, amareggiato.

Si appisolò sulla sdraio per un po' e Kezia non poté fare a meno di notare quanto fosse bello; tuttavia, non cercava di trarne vantaggio, anzi ne sembrava inconsapevole. Le pareva ancora irreale il fatto di averlo conosciuto e che stavano diventando amici.

Una chiamata sul cellulare lo svegliò. Rispose, ascoltò per qualche momento, poi disse che avrebbe richiamato.

«Era Louise» disse a Kezia. «Vuole sapere se ci va di andare a cena da lei stasera. Che ne dici? Altrimenti possiamo preparare un'insalata da me» aggiunse con semplicità.

Era chiaro che desiderava passare la serata con lei, e le fece piacere. Inoltre, in città era tutto chiuso, non potevano nemmeno ordinare una pizza o qualcosa da asporto, e un po' di distrazione avrebbe fatto bene.

«Louise mi piace molto, sarebbe bello andare da lei» rispose, rilassata e contenta alla prospettiva di stare ancora insieme a lui.

Sam richiamò l'amica dicendole che accettavano l'invito.

Kezia si domandò se fosse stata un'idea di Louise o se Sam avesse esteso anche a lei l'invito destinato a lui.

* * *

Nel tardo pomeriggio rientrarono ciascuno nel proprio appartamento per fare una doccia e vestirsi. Poco più tardi Kezia riapparve con addosso una maglietta bianca, jeans e sandali dorati, i capelli legati in una coda e un velo di rossetto.

Sam aveva una camicia azzurra, jeans bianchi e mocassini, si era fatto la barba e aveva i capelli ancora umidi.

Entrando nell'appartamento di Louise, Kezia rimase sorpresa di vedere che c'era un'altra coppia. L'uomo aveva più o meno l'età sua e di Sam, vicino ai sessant'anni, mentre la donna era sulla quarantina e molto attraente, con un bel taglio di capelli e le mèches bionde. Sembravano persone tranquille. Louise spiegò che erano suoi vicini e che erano diventati amici negli ultimi anni. Durante la conversazione si capì che Greg Avery era un dirigente di un importante studio cinematografico, che divideva il proprio tempo tra New York e Los Angeles, e che la donna era la sua compagna. Paige Robbins era piuttosto riservata; parlando con lei Kezia apprese che ricopriva una posizione di rilievo nel marketing per un grande marchio di moda. Ma era discreta al riguardo e lasciava che Greg dominasse la scena, cosa che gli riusciva bene dato che era affascinante e divertente.

Quando andarono in cucina, Louise sussurrò a Kezia: «Lei vale dieci volte più di lui».

Stranamente, Greg prestava poca attenzione a Paige. Parlava soprattutto con Sam e Louise, mentre Kezia conversava piacevolmente con lei. Era una persona interessante, viaggiava tanto, era competente su vari argomenti e molto indulgente verso il compagno, che parlava principalmente dei propri successi, nel caso in cui loro non ne fossero stati a conoscenza. Sam lo aveva incontrato varie volte e non era troppo colpito da lui. Greg era l'opposto di Sam, che non menzionava mai i suoi film né faceva cenno alla propria fama. Le dinamiche della serata erano interessanti: Sam era molto più gentile e amichevole con Kezia di quanto Greg fosse con Paige. Louise aveva preparato la pasta alla carbonara e un'insalatona, poi conclusero con la frutta. Fu una cena squisita e semplice, accompagnata da buon vino francese. La serata fu molto piacevole e Kezia era contenta di aver conosciuto Paige.

Mentre risalivano nell'attico, lei e Sam ne parlarono.

«Greg è un tipo pieno di sé» commentò lui. «Mi domando sempre come faccia Paige a sopportarlo. Sua moglie è la tipica moglie di Hollywood, firmata dalla testa ai piedi e carica di gioielli vistosi, una donna appariscente e molto dura.»

«È sposato?» domandò Kezia, sconcertata. Greg e Paige le erano sembrati una coppia a tutti gli effetti, che stava insieme da tempo.

«Sposatissimo. Mi pare che abbia tre o quattro figli più o meno dell'età del mio. Sua moglie è una specie di istituzione a Los Angeles. È molto influente a livello sociale e fa in modo che tutti sappiano chi è. L'esatto opposto di Paige, che è sempre riservata e discreta. Stanno insieme da un po', almeno qualche anno. Non riesco a capire come mai una donna così si sia messa in quella situazione; merita di meglio e lui non sembra mai gentile con lei.»

Kezia si rattristò nel sentire quella storia. Paige le era piaciuta e conversare con lei era stato gradevole.

«Forse lei non crede di meritare di meglio» ipotizzò. «E alla sua età non è facile trovare uomini single; oppure la sua professione li intimidisce. Ha pressappoco l'età di mia figlia Kate, forse un po' più grande. Kate non ha ancora trovato la persona giusta.»

«Le relazioni non sono semplici; non sono frequenti quelle che funzionano» commentò Sam. «Noi ci siamo sposati giovani, ma quando mia moglie è morta sono stato inseguito da tutte le attrici sole, attempate e ambiziose che c'erano a Hollywood. Una cosa davvero deprimente. Mi stupiva quanto fossero sfrontate. Mi sentivo come se fossi stato gettato in pasto ai lupi. Per questo sono scappato e mi sono stabilito a New York: qui la gente mi lascia in pace e posso stare da solo.»

«Ed è questo che vuoi? Stare da solo?» gli domandò Kezia.

«Nel primo anno dopo la morte di Audrey, sì; ora sto meglio. Però voglio scegliere con chi trascorrere il mio tempo, non essere braccato da donne con cui non mi va di parlare. Comunque spero che Paige non rimanga con Greg per sempre. Credo che lui non lascerà mai la moglie, gli costerebbe una fortuna, come minimo diverse case, la villa sulla spiaggia a Malibu e l'aereo privato.»

Per Kezia quello era un mondo del tutto nuovo, a lui invece era familiare.

«Mi piacerebbe conoscere le tue figlie, quando tornano» le disse in tono casuale, mentre si sedevano in terrazza da lui. «Devono essere ragazze interessanti e gentili, se ti assomigliano.»

«Sono molto diverse l'una dall'altra, e anche da me.

Felicity è giovane e ha una carriera favolosa. Kate è introversa e da anni sta tentando di scrivere un libro. Ha quattordici anni più di Felicity. Non ero sposata con suo padre e per lei questo è sempre stato un problema. Mio marito è stato meraviglioso e l'ha adottata, ma per lei è rimasta aperta la questione del padre biologico, che ha scelto di non far parte della sua vita e ha rinunciato ai suoi diritti genitoriali quando è nata. Kate è in Mozambico proprio adesso, per incontrarlo per la prima volta. Me l'ha detto poco prima di partire e mi ha stupito molto. Lo ha rintracciato e ha deciso di andare. Credo che desiderasse farlo da tempo e spero che ottenga quello di cui ha bisogno.»

Sam era intrigato dai dettagli della vita di lei che pian piano stava scoprendo, come lei stava facendo con lui.

«È africano?»

«No, è americano, però vive in Africa. È stato per anni con Medici Senza Frontiere e ora ha un ospedale suo in una zona remota. Kate voleva vedere l'ospedale e conoscere lui.»

«Interessante» commentò Sam, sincero.

«Anche a me piacerebbe conoscere tuo figlio.»

«È un bravo ragazzo, penso che ti piacerà. Sono sicuro che sarebbe contento di conoscere le tue figlie. Una sera potremmo mangiare una pastasciutta tutti insieme.»

A Kezia parve una bella idea che le ragazze incontrassero Sam e suo figlio; Blake, poi, era sempre cordiale e vivace, Jack molto meno – sempre che fosse venuto –, comunque si sarebbe confuso nel gruppo.

Rimasero seduti in terrazza per un po', poi rientrarono

nei rispettivi appartamenti. Era stata una serata gradevole, si erano distratti per qualche ora e Kezia si augurò di reincontrare Paige. Greg le piaceva ancora meno da quando aveva saputo che era sposato, ed era dispiaciuta che Paige si trovasse in quella situazione.

Doversi trattenere forzatamente all'Hotel du Cap era bello tranne che per il prezzo del prolungamento della permanenza, anche se potevano permetterselo. Era l'albergo più elegante e lussuoso del mondo, con suite raffinate, cibo squisito, spiaggia privata e piscina a sfioro. C'era la palestra, giardini rigogliosi e curatissimi e un servizio impeccabile. L'edificio principale si trovava in cima a un'altura e sembrava uno *château*, mentre in riva al mare c'era l'Eden-Roc, con due ristoranti, dove Blake prenotava sempre la suite migliore. Andrew e Kezia vi avevano trascorso la luna di miele e lei ne conservava un piacevolissimo ricordo.

Era stato un weekend meraviglioso finché il sabato Felicity aveva visto sui giornali i titoli sull'attentato a New York. Le foto mostravano i tre edifici sovrastati dalle sfere arancioni provocate dalle esplosioni. Da allora era stata in ansia per la madre, che non riusciva a contattare; Blake aveva fatto del proprio meglio per rassicurarla e distrarla, in attesa che le comunicazioni fossero ripristinate.

La domenica sera, Kezia riuscì finalmente a raggiungere via e-mail la figlia minore, che pianse per il sollievo. Anche Blake aveva inviato un'e-mail ai famigliari, ma non aveva ancora ricevuto risposta.

Gli ospiti americani dell'albergo avevano parlato tra loro per l'intero weekend. Le notizie erano scioccanti e tutti erano spaventati per ciò che significava e per l'eventualità che si verificassero ulteriori attacchi a New York o in altre città. Il giorno dopo l'attentato, nessuno era riuscito a comunicare con i propri parenti e amici in patria.

Blake aveva quindici anni quando erano crollate le Torri Gemelle, ricordava benissimo quel giorno, e stava accadendo di nuovo. Felicity era nata un anno dopo l'attentato dell'11 settembre, perciò per lei era un fatto storico, non qualcosa che aveva vissuto. Era la prima volta che assisteva in diretta a una tragedia simile.

Felicity stette meglio dopo aver saputo che la madre stava bene, tuttavia voleva tornare a casa appena le frontiere fossero state riaperte. Aveva tentato di contattare anche Kate sul cellulare, ma inutilmente; in effetti, prima di partire la sorella li aveva avvisati che nella zona in cui sarebbe andata il cellulare non avrebbe funzionato. Felicity dubitava perfino che fosse al corrente di ciò che era accaduto a New York.

Felicity e Blake avevano trascorso in spiaggia il sabato e la domenica, e lui aveva controllato con discrezione le notizie sul portatile. Il presidente degli Stati Uniti, il governatore di New York, il Dipartimento di Stato e il segretario della Difesa avevano rilasciato dichiarazioni per assicurare alla popolazione che non avevano nemici intenzionati a scatenare un attacco nucleare. Anche il capo della Cia e quello del Dipartimento di Sicurezza nazionale avevano indetto una conferenza stampa per garantire ai cittadini che stavano usando tutte le risorse di intelligence per identificare e arrestare i responsabili di quel vile attentato. Il capo della polizia di New York aveva invitato i cittadini a rimanere in casa. Era angosciante pensare che i colpevoli erano ancora in circolazione e potevano colpire di nuovo. Blake però dubitava fortemente che ci sarebbero riusciti, poiché la sicurezza a Manhattan era ai massimi livelli.

Le giornate sembravano interminabili e Felicity era sempre più ansiosa di tornare a casa. Le comunicazioni da parte di Kezia erano scarne, dato che anche lei, come i suoi concittadini e connazionali, aspettava notizie confinata in casa, sperando che non succedesse nient'altro.

Per risollevare il morale a Felicity, Blake decise di anticipare un progetto che aveva in serbo per il mese successivo. Per lui non c'era differenza a farlo prima del previsto e di sicuro per lei sarebbe stata una piacevole distrazione.

Il lunedì mattina la lasciò sola per un paio d'ore, dicendole che aveva del lavoro da sbrigare fuori. Felicity andò nella loro spiaggia privata portandosi il computer, in modo da poter controllare se la madre mandava notizie. Aveva con sé una capiente borsa bianca e nera di Chanel, con dentro l'occorrente per la giornata. Due ore più tardi, Blake rientrò, soddisfatto per aver portato a termine la sua missione. Si era fatto accompagnare a Cannes da un autista dell'albergo e il concierge era stato molto utile, sebbene Blake sapesse dove andare per trovare ciò che voleva.

Per pranzo ordinarono delle insalate con tè freddo e mangiarono in spiaggia. Blake si sdraiò sul lettino accanto a Felicity e le sorrise. Sapeva di aver preso la decisione giusta; di fatto, l'aveva già presa due mesi prima. Gli sembrava un'ottima idea da ogni punto di vista, anche se pensava che forse sarebbe stato arduo convincerla. Sperava di no, ma nel caso aveva una lunga lista di argomentazioni razionali e una romantica: lui la amava immensamente.

«Sembri contento oggi» gli disse lei mentre attendevano che fosse loro servito il pranzo.

«Lo sono.»

«Nel nostro Paese c'è stato un attentato, migliaia di persone hanno perso la vita, qualcuno potrebbe essere sul punto di dichiararci guerra o di attaccarci di nuovo e tu sei contento» riassunse, confusa. «Spiegami» lo invitò, incuriosita.

Da quando aveva saputo che la madre stava bene, il suo umore era decisamente migliorato. Non le rimaneva che attendere pazientemente di poter tornare a casa.

«Nella vita ci sono anche altre cose» disse lui, voltandosi sul fianco per guardarla più da vicino. Si sporse verso di lei e la baciò, e nel frattempo le infilò un anello al dito. Felicity non lo guardò subito, pensò che fosse uno scherzo, o uno dei tanti regali che Blake amava farle, dato che era molto generoso e gli piaceva comprarle cose belle. Poi sollevò la mano e rimase sbigottita.

«Oddio!» esclamò. «Cos'è?»

Non aveva mai visto un diamante così grosso, nemmeno tra quelli di sua madre, anche se Andrew le aveva regalato dei gioielli meravigliosi.

«È vero o è uno scherzo?» proseguì, sconcertata.

Le pareva troppo grande per essere vero. Era un diamante taglio cuscino di venti carati, che Blake aveva comprato quella mattina da Cartier, con grande soddisfazione dei proprietari del negozio.

«È meglio che sia vero» rispose lui con un sorriso storto, poi la baciò di nuovo, mentre Felicity continuava a tenere la mano alzata, come se l'anello potesse cadere o volatilizzarsi.

Era un gioiello stupefacente e molto elegante.

«Vuoi sposarmi, Felicity Hobson?» le chiese ufficialmente Blake.

Lei non riusciva a credere che le stesse succedendo veramente.

«Dici sul serio? Sono troppo giovane per portare un anello come questo... Nessuno crederà che sia vero. Siamo troppo giovani per sposarci... o almeno io lo sono» aggiunse, ma con meno convinzione di quanto Blake avesse temuto.

La baciò di nuovo e lei rotolò sul lettino di lui e lo baciò appassionatamente, con addosso solo il pezzo sotto del bikini, data la privacy totale. «Ti amo, Blake. Davvero vuoi sposarmi? Non so nemmeno cucinare...»

«Non ha nessuna importanza. Sei una persona meravigliosa, sei fantastica con me e con Alex e sono follemente innamorato di te. Avevo deciso di chiedertelo il mese prossimo, così potevamo festeggiare con lui, ma possiamo farlo ugualmente. Ne sarà entusiasta. Mi chiede in continuazione se possiamo tenerti. Possiamo?»

La guardò con tutto l'amore che provava per lei.

«Sì» sussurrò Felicity. Poi lo ripeté a voce alta: «Sì!»

Non lo avrebbe sposato per quell'anello strepitoso, lo

avrebbe sposato perché lo amava, nonostante si sentisse decisamente troppo giovane per il matrimonio. Però riusciva a immaginarsi sposata con Blake per il resto della vita.

«Posso continuare a sfilare?» gli domandò, all'improvviso preoccupata.

«Certo che puoi. Non sarò io a farti smettere, è la tua carriera e deve essere una tua scelta. Sono molto orgoglioso di te.»

«E niente bambini, per ora» aggiunse lei in tono deciso. «Per quello sono davvero troppo giovane.»

«Niente bambini» le fece eco lui. «Abbiamo tempo. Voglio che ci divertiamo insieme e che procediamo al ritmo giusto per te. E voglio che diventi mia moglie» ripeté radioso, e si baciarono.

Felicity non voleva comunicare la notizia alla madre via e-mail, ma di persona, o almeno al telefono.

Ne ebbe l'occasione due giorni più tardi, quando finalmente riuscì a contattarla sul cellulare. Kezia le disse che stava bene e non fece cenno a Sam Stewart; la loro amicizia era appena nata, le sembrava troppo presto. Inoltre, quando la crisi terroristica fosse finalmente rientrata, magari Sam sarebbe svanito come un miraggio: non lo conosceva ancora abbastanza per prevedere come sarebbe andata.

«Vuoi sapere una grande novità, mamma?»

Felicity aveva un tono da bambina contenta che fece sorridere Kezia.

«Certo, dimmi» replicò, sorridendo tra sé al pensiero di quanto deliziosamente infantile fosse ancora la figlia, a volte. Le piaceva molto quell'aspetto di lei. «Vieni a casa domani?»

«Mi piacerebbe» le disse Felicity con trasporto, ma le frontiere erano ancora chiuse. «Siamo fidanzati!» esclamò. «Blake mi ha chiesto di sposarlo.»

«Tesoro, sei così giovane... Sei praticamente una bimba.»

«No, mamma, sono cresciuta. E lui ha soltanto sedici anni più di me, mentre papà ne aveva venti più di te.»

«Io però ero più grande di te quando l'ho sposato.»

«Sono felice, mamma, e lo amo» disse in tono deciso e sicuro.

«Quando pensate di sposarvi?» le chiese allora la madre.

Almeno era un argomento lieto di cui parlare.

«Non ne abbiamo ancora discusso; non abbiamo fretta.»

«Allora sono contenta per voi. Non vedo l'ora di abbracciarti forte. E fai le congratulazioni a Blake da parte mia.»

«Grazie, mamma» replicò lei, poi chiusero la telefonata.

Kezia fece una smorfia al pensiero della reazione di Kate a quella notizia. La sua sorellina stava per sposarsi... le sarebbe venuta una crisi di nervi.

Sette

La riunione si tenne in un magazzino di Brooklyn, sulla Essex, una zona di baracche ristrutturate e di edifici riqualificati adibiti ad abitazioni e a magazzini. I partecipanti entrarono alla spicciolata dopo l'orario di lavoro. Salirono con un montacarichi fino all'ultimo piano, dove c'erano porte blindate e antiproiettile e tutti i dispositivi elettronici che avevano nei loro uffici sparsi per la città. Sei agenti della Cia e due agenti speciali dell'Fbi erano stati chiamati dal Texas, nella speranza che potessero dare un contributo.

Stavano procedendo rapidamente; l'accordo con l'informatore era stato raggiunto, con l'approvazione delle autorità competenti. Era un'operazione estremamente delicata e un solo errore poteva mandare all'aria tutto. Il fatto che i membri degli Enforcers fossero giovani giocava a favore delle agenzie governative. In passato erano stati coinvolti in crimini violenti, ma non al livello di quell'attacco sincronizzato e meticolosamente coordinato. Filo Banks aveva dimostrato quanto fossero pericolosi.

Il presidente voleva che fossero presi, possibilmente tutti quarantasei vivi, per essere assicurati alla giustizia e fungere da esempio. Date le accuse di reati federali, sarebbe stata applicata la pena capitale. Dalle informazioni che stavano ricevendo le agenzie, gli Enforcers si vantavano ed esultavano per avercela fatta.

Per ciascuno dei quarantatré agenti presenti nella sala era inconcepibile che l'orrore messo in atto il Quattro Luglio fosse stato pensato ed eseguito in maniera impeccabile da americani. Non erano coinvolti Paesi stranieri, nessun gruppo petrolifero del Medio Oriente lo aveva finanziato. Nessun clandestino inviato da un governo che gli Stati Uniti stavano aiutando a rovesciare. Nessun effetto-boomerang di una cospirazione messa in atto per far cadere un governo straniero. Niente di tutto ciò: erano americani, gran parte di loro aveva servito il proprio Paese nelle forze armate. Erano tutti dei criminali e il capo era un genio deviato e impazzito. Tragicamente, il loro piano aveva funzionato. Era un colpo alla democrazia inferto dal suo interno, una rivoluzione in fase embrionale, un cancro nel cuore dell'America che andava debellato a ogni costo.

Gli Enforcers erano ex detenuti e veterani la cui mente era stata traviata in modo irreparabile dalle azioni indicibili che avevano visto durante le guerre in Iraq e in Afghanistan. Menti brillanti che avrebbero dovuto essere utilizzate in modi migliori. Ciò che era successo era una tragedia per la nazione e il sintomo di una pericolosa malattia annidata nel suo cuore. L'esercito di Banks voleva l'anarchia anziché la democrazia, e per ottenerla era disposto a sacrificare vite innocenti.

Quasi un centinaio di agenti e di esperti informatici stavano lavorando per assicurarsi di estirpare dal corpo della nazione ciò che rimaneva di quel veleno. L'obiettivo era catturare i quarantasei uomini e far sì che venissero processati. Il piano degli Enforcers era stato pressoché perfetto; l'unico errore fatale era stato quello di trattenersi a New York dopo l'attentato. La città era stata blindata immediatamente e loro non si erano preparati a lasciarla. Avevano programmato di rimanere per qualche giorno e poi ripartire verso il Texas a gruppetti di due o di tre, in modo da non dare nell'occhio. Ma la città era stata chiusa così prontamente che avevano deciso di resistere fino alla fine, fermandosi in due enormi alberghi nei pressi di Times Square.

Alcuni erano anche passati accanto ai luoghi colpiti con addosso un giubbotto da soccorritore e una cartellina in mano, per il gusto di ammirare da vicino la loro opera. Volevano essere certi che la gente fosse stata ferita tanto gravemente quanto loro erano stati feriti dal sistema e dalle guerre che erano stati mandati a combattere. Alcuni provenivano da buone famiglie, che si sarebbero profondamente vergognate una volta saputo cosa avevano fatto i loro figli. Si erano addestrati diligentemente per due anni. Erano anarchici fin nel midollo, determinati a strappare il cuore alla società americana, per contrastare un nemico che non riuscivano neanche a definire. Gli Enforcers erano motivati dall'odio e dalla vendetta, e ogni agente coinvolto nella caccia doveva mantenere i nervi saldi e non reagire come gli avrebbe suggerito l'istinto. Catturarli era una missione per professionisti esperti.

Joe Delano, il responsabile dell'operazione, stava ricevendo ordini diretti dall'esercito, dal Pentagono, dalla Casa Bianca e dai vertici della Cia e dell'Fbi. Se volevano avere successo, era essenziale che tutto fosse sincronizzato alla perfezione.

Cinque giorni dopo la chiusura della città e delle frontiere, prima che gli aeroporti e i ponti fossero riaperti, gli Enforcers si divisero in gruppetti di due o tre uomini per attuare la loro strategia di fuga, vestiti da netturbini, agenti di polizia, tassisti e macchinisti della metropolitana. Ciascuno aveva il proprio ruolo da interpretare e così, di ora in ora, avrebbero lasciato i due alberghi. Secondo le fonti dell'informatore, si erano sbarazzati di gran parte delle armi e degli esplosivi buttandoli nell'Hudson e nell'East River già un'ora dopo l'attentato, quando la città era nel caos totale. Avevano tenuto soltanto le armi necessarie ad assicurarsi la fuga. Avrebbero attraversato il Paese a bordo di camion per la consegna di generi alimentari, autorizzati a circolare anche durante il blocco. Avrebbero trascorso qualche settimana nel New Mexico, in Arkansas e in Oklahoma, arrivando in Texas in tempo per ricominciare l'addestramento per la missione successiva, l'attentato a Washington, che doveva essere programmato ancora più minuziosamente di quello di New York. Avevano appena iniziato: entro settembre avrebbero messo in ginocchio la nazione, nel più grande gioco di forza che l'America avesse mai visto. A quello scopo, Banks stava già addestrando altri uomini.

Quando gli Enforcers lasciarono gli alberghi, le squadre d'assalto della polizia li stavano aspettando. Gli agenti conoscevano i loro volti e i loro profili, sapevano come agivano e come si muovevano. I primi quattro furono catturati; durante l'operazione, uno di loro uccise un agente dell'Fbi. Gli altri tre furono uccisi mentre tentavano di scappare.

Il primo albergo si trasformò presto in una zona di guerra, una ressa di uomini delle squadre d'assalto superaddestrati, agenti operativi e agenti speciali. Stava infuriando una guerriglia aperta, il piano di riserva cui Joe Delano sperava di non dover arrivare.

Si spostarono al secondo albergo nel momento esatto in cui esplose la violenza al primo. Nel secondo hotel otto civili furono colpiti nello scontro a fuoco; nessuno perse la vita, ma due rimasero feriti gravemente. Un'addetta alle pulizie venne presa in ostaggio e ritrovata più tardi dentro un armadio nel primo albergo, traumatizzata ma incolume.

I membri degli Enforcers che avevano militato nell'esercito sapevano come disperdersi. Diversi di loro corsero fuori dall'albergo diretti verso la metropolitana, e quando gli agenti dell'Fbi li inseguirono lungo i binari scoppiò un conflitto a fuoco. Tre di loro e gli agenti evitarono all'ultimo istante un treno in arrivo, mentre un terrorista e due agenti rimasero uccisi. L'obiettivo era quello di impedire a ogni singolo membro degli Enforcers di fuggire e colpire di nuovo: la missione poteva avere come esito soltanto la cattura o la morte.

Al calare della sera, dopo un inseguimento all'ultimo

sangue a bordo di automobili, camion e a piedi, sette degli Enforcers erano stati arrestati e chiusi in una stanza per gli interrogatori all'interno di un edificio federale. Trentotto terroristi erano morti. Ne mancava uno: Filo Banks, il capo, il più astuto di tutti. Non era ciò che Washington aveva ordinato, ma era stato il meglio che potessero fare le forze congiunte di Cia, Fbi e le squadre d'assalto della polizia. Gli Enforcers erano troppo ben armati e addestrati a usare quelle armi, per essere sopraffatti facilmente, inoltre erano disposti a morire per la loro causa. I sette superstiti sarebbero stati processati. Undici agenti federali erano stati feriti, quattro erano morti e anche due agenti della polizia di New York erano stati uccisi. In totale, quarantaquattro persone avevano perso la vita nella battaglia per catturare i responsabili dell'attentato del Quattro Luglio.

Quando aveva lasciato il secondo albergo vestito da macchinista, Banks era svanito nei meandri della Penn Station, inseguito da sei agenti federali. Alla fine era rimasto intrappolato fra due treni che stavano sopraggiungendo e tutti e sei gli agenti gli avevano sparato, uccidendolo prima che i treni lo investissero.

Arrivarono nuove squadre di investigatori per interrogare i superstiti, che erano scioccati di essere stati arrestati e sospettavano l'esistenza di un informatore.

Furono sottoposti per due giorni a interrogatori serrati nelle celle dell'edificio federale, poi trasferiti in aereo a Washington e rinchiusi in un carcere di massima sicurezza per ulteriori interrogatori.

I sette sopravvissuti erano orgogliosi di ciò che avevano fatto e non mostravano rimorsi. Si consideravano degli eroi e per loro non significava nulla la perdita di migliaia di vite umane, comprese quelle dei compagni. Avevano visto da vicino la morte talmente tante volte che la ritenevano un sacrificio necessario, che erano disposti a fare loro stessi. Erano uomini senz'anima, per i quali contava soltanto la loro perversa missione e la fede cieca nel loro leader.

Una settimana dopo le tre esplosioni, venne annunciato al pubblico l'arresto dei sette sospetti terroristi e la morte degli altri, compreso il capo. L'esistenza dell'informatore non fu mai menzionata. Le forze dell'ordine avevano agito rapidamente.

L'America era sotto choc. Non era coinvolto alcun governo straniero, nessun nazionalista di un altro Paese si era insinuato nel territorio americano. Gli attentatori erano giovani cresciuti in America, che sostenevano di amare il proprio Paese, avevano fatto parte delle forze armate e durante le guerre cui avevano partecipato erano andati fuori di testa. Dichiaravano di essere eroi e martiri della causa anarchica, guidati da un eroe malato che aveva condotto i propri uomini alla morte, uccidendo nel frattempo migliaia di innocenti.

Quella sera, Sam e Kezia guardarono insieme i notiziari e ascoltarono i discorsi del sindaco e del governatore che spiegavano al pubblico cos'era successo. Erano state sacrificate delle vite per catturare vivi alcuni degli attentatori, in modo da poterli processare.

«Detesto pensare a cosa sta diventando questo Paese, se i nostri stessi ragazzi vogliono l'anarchia. È una tragedia per tutti noi» commentò Sam, profondamente amareggiato.

«Per non parlare di tutti quelli che hanno perso la vita» aggiunse Kezia.

Quella sera l'intero Stato fu riaperto, così come gli altri. Grazie all'informatore, che aveva ottenuto ciò che aveva chiesto, tutto era finito nel giro di una settimana e non c'era dubbio che senza il suo aiuto gli Enforcers sarebbero riusciti a fuggire. Entro la mezzanotte di quella sera, l'uomo era stato mandato in aereo nella sua nuova destinazione. Era stata una delle operazioni più pulite che le agenzie federali avessero mai condotto; d'altronde, il fallimento non era contemplato e ciascuno si era impegnato al massimo. Per la loro sicurezza, non furono mai mostrati i volti né resi noti i nomi degli agenti che avevano partecipato all'operazione.

Il lunedì rientrarono negli Stati Uniti sia Kate sia Felicity, che arrivò per prima e andò a casa della mamma con Blake direttamente dall'aeroporto per una breve visita. Kezia restò sbalordita dalle dimensioni del diamante che portava al dito.

Abbracciò la figlia e Blake e fece loro le congratulazioni; i due fidanzati erano radiosi. Sam era rimasto nel proprio appartamento: né Kezia né lui erano pronti a dare spiegazioni e desideravano proteggere il rapporto che era appena nato tra loro.

Kate arrivò la sera tardi e telefonò alla madre dal taxi che la portava dall'aeroporto in città, dicendole che sarebbe passata da lei la mattina seguente perché era esausta. Sia lei sia Felicity avevano riferito che in aeroporto era stato un incubo; probabilmente ci sarebbero voluti diversi giorni per far tornare alla normalità il traffico aereo dopo la sospensione totale.

Kezia allora conservò la grande notizia per l'indomani.

Il mattino dopo, quando Kate arrivò, la madre la informò del fidanzamento di Felicity.

«Tua sorella si sposa» le disse, mentre bevevano un caffè.

«Quando?» fece Kate, stupefatta.

«Non hanno ancora fissato la data, ma non sarà troppo in là, credo.»

Kate rimase in silenzio per qualche istante, poi, tentando di non far trapelare la rabbia dal tono di voce, disse: «È troppo giovane per sposarsi».

Felicity otteneva sempre qualunque cosa volesse e anche ciò che voleva Kate. Lei non era ancora sicura di voler sposare Jack, ma l'ultima cosa che avrebbe desiderato era sorbirsi il matrimonio sensazionale della sorella dovendo anche fingere di esserne contenta, mentre si sarebbe sentita una vecchia zitella.

Kezia sapeva che era infastidita, se lo aspettava, ma pensava anche che forse quella notizia l'avrebbe spronata a prendere una decisione riguardo a Jack e magari a passare oltre, se ne avesse avuto il coraggio.

«L'ultima volta che ne abbiamo parlato mi ha detto di non volersi sposare» disse Kate in tono lamentoso, come se si sentisse tradita dalla sorella.

«Immagino che Blake le abbia fatto cambiare idea mentre erano bloccati all'Hotel du Cap, in attesa di poter rientrare a casa.»

«Non durerà» sentenziò Kate cinicamente, mentre uscivano in terrazza.

Rimase in silenzio a lungo, guardando l'Empire State Building con le lacrime agli occhi. «Dev'essere stato terribile, mamma» mormorò. Vederlo dal vero, improvvisamente rendeva il tutto reale.

«Sì, è stato straziante.»

«Cos'è successo alla tua siepe?» chiese poi la figlia, notando lo stretto varco. «Sembra che qualcuno l'abbia spinta in fuori, forse il tuo giardiniere?»

«La sera dell'attentato ho conosciuto Sam Stewart. Abbiamo guardato insieme i fuochi d'artificio.»

Aveva detto alle figlie che l'attore abitava lì, ma non che lo aveva conosciuto. Kate sembrò sorpresa, però erano vicini di casa, quindi non era improbabile che si incontrassero.

«Com'è?»

«Molto umano, una persona semplice e con i piedi per terra. Vorrei presentarlo a te e a Felicity.»

«Farà uno strano effetto avere a cena l'attore più famoso d'America» disse Kate con un sorriso. «Almeno non eri da sola» aggiunse. «Mi dispiace che tu fossi qui quando è successa questa tragedia, mamma.»

Poi si sedettero e Kezia le chiese: «Com'è tuo padre?»

«Interessante» rispose in tono cauto. «Sta facendo un

bel lavoro. Ora però ho capito meglio perché si è tirato indietro e se n'è andato, quando ha saputo di me. Non è una persona affettuosa, è totalmente concentrato su sé stesso: il suo ospedale, i suoi progetti, la sua vita. Ha fatto il possibile per colmare la distanza tra noi. Sua moglie mi piace, ma lui pensa solo al lavoro all'ospedale, credo sia l'unica cosa di cui gli importa. Questo mi ha fatto capire quanto sono stata fortunata ad avere avuto Andrew.»

Per Kezia fu confortante ascoltare quelle parole e si augurò che Kate riuscisse finalmente ad abbandonare le fantasie nei confronti del padre biologico. In quel caso, sarebbe valsa la pena di fare quel lungo viaggio. Inoltre, notò che la figlia pareva rilassata e calma, malgrado lo stress di non aver potuto rientrare negli Stati Uniti per una settimana.

Poco più tardi Kate andò via, senza più citare il fidanzamento di Felicity. Kezia sapeva che era irritata, ma se fosse servito a farle capire che con Jack stava sprecando il proprio tempo, ci sarebbe stato anche un lato positivo. O magari si sarebbe resa conto di amarlo davvero; in ogni caso, Kezia sperava che il suo fiore tardivo stesse finalmente sbocciando, o fosse sul punto di farlo.

Dopo la visita alla madre, Kate fece alcune commissioni e nel pomeriggio, quando rientrò a casa, iniziò a scrivere. Scriveva in maniera fluida e senza fatica, sapendo esattamente quale direzione seguire. Il viaggio in Africa aveva compiuto la sua magia. E lei era diventata una donna libera e una persona adulta.

Otto

QUANDO Jack tornò a casa dopo aver pranzato con un amico, Kate era chiusa nel suo studio a scrivere.

Jack si era avvicinato il più possibile ai tre luoghi colpiti dalle esplosioni, per osservare i danni. Era rimasto impressionato e addolorato nel vedere ciò che pochi pazzi anarchici avevano causato al loro stesso Paese e al loro stesso popolo. Voleva raccontarlo a Kate, così aprì la porta dello studio e la trovò seduta davanti al computer con espressione concentrata. Sentendolo entrare, lei alzò lo sguardo; Jack stava per sedersi su una vecchia poltrona di pelle ma Kate lo fermò sollevando una mano.

«Sto scrivendo. Arrivo tra qualche minuto» gli disse.

Lui allora tornò di là, si versò da bere e si sedette sul divano ripensando agli edifici devastati e alla quantità di vite che erano state stroncate o rovinate per sempre. Aspettò che Kate lo raggiungesse, ma i minuti divennero ore e, dopo il secondo drink, si addormentò con il televisore acceso.

Kate lo trovò sul divano alle nove di sera, quando

finalmente uscì dallo studio, sbalordita per quanto fosse tardi. La storia che voleva scrivere era decollata e lei aveva perso la cognizione del tempo. Si sedette di fronte a Jack e qualche minuto dopo lui si svegliò. Per un attimo parve disorientato, poi si mise a sedere e sorrise.

«Mi dispiace davvero» gli disse lei. «Oggi ho avuto un'idea e mi sono persa nella storia.»

«Per il tuo libro?»

«Per uno nuovo. Su una donna che fa un viaggio per trovare sé stessa e su tutto ciò che le succede lungo il percorso.»

Era collegato con le sue motivazioni a incontrare il padre e con le scoperte cui aveva dato origine il viaggio, perciò voleva fermare sulla carta quelle sensazioni finché erano fresche nella sua mente.

«Hai fame?» domandò a Jack.

Aveva intenzione di tornare a scrivere ancora un po' dopo cena, ma non lo disse. Erano le nove passate ormai, le piaceva scrivere di sera ed era in piena fase creativa.

«Sì, mangerei volentieri qualcosa» le rispose lui stirandosi. «Cosa abbiamo?»

Aveva dormito per tre ore con l'aiuto di due bicchieri di scotch e aveva aspettato Kate per preparare la cena o ordinare qualcosa da fuori. Non prendeva mai l'iniziativa di cucinare per sé o per entrambi.

«Dopo essere stata da mia madre sono passata al supermercato, ma non ho preso molto. Del pollo freddo, lattuga, le solite cose. Possiamo mangiare pollo e insalata, se ti va.»

Mentre scriveva non aveva proprio pensato alla cena, e poi non le piaceva cucinare.

«Benissimo» fece lui, seguendola in cucina.

A Kate sarebbe piaciuto che Jack fosse più energico nei confronti della vita, più appassionato. Era facile andare d'accordo con lui perché la sua visione della vita era neutrale. Aspettava che le cose accadessero e gli andava bene ciò che Kate faceva, ma non prendeva l'iniziativa su nulla. Era passivo e non si ribellava mai, perciò stare con lui era semplice ma non eccitante.

«Come sta tua mamma?» le chiese appena si furono seduti a tavola.

«Sta bene. Trovarsi lì quella notte dev'essere stato davvero traumatico. Ho visto l'Empire State Building dalla sua terrazza, è devastato.»

«Anch'io l'ho visto oggi e sono stato anche negli altri siti. È sconcertante», le disse, poi rimase in silenzio per qualche istante.

«Abbiamo parlato un po' di Felicity, che la settimana scorsa si è fidanzata. È ridicolo, è troppo giovane. Lui è stato sposato e alla sua età sa a cosa va incontro. Ha un figlio e ne vuole altri. Non immagino mia sorella avere un bambino presto, o smettere di sfilare.»

«Credi che lui voglia che smetta?» le chiese Jack, sorpreso, dato che non gli era venuta in mente quella possibilità.

«Alla fine lo vorrà, se decidono di avere figli. Lei non potrà andare in giro per il mondo tutto il tempo a fare servizi fotografici con dei bambini e un marito a casa;

non li vedrebbe mai. A ventitré anni non ha idea di come sia la vita reale.»

Fece una pausa, poi respirò a fondo e decise di buttarsi. «Cos'hai pensato riguardo noi due in questi giorni?» gli chiese, tentando di mantenere un tono lieve.

Il fidanzamento della sorella l'aveva fatta riflettere sulla propria età e sul fatto che lei e Jack stavano vivendo alla giornata da quattro anni; da quando si era trasferito da lei le cose erano rimaste invariate. Guadagnava il minimo necessario come scrittore freelance, dando lezioni private e insegnando occasionalmente nei laboratori di scrittura, e non doveva pagare l'affitto né le spese. Non sembrava avere intenzione di fare altro, si sentiva a posto così e il loro rapporto gli andava bene com'era.

«Cosa intendi dire?» le domandò con aria smarrita. «Cosa dovrei pensare? Sono molto felice, Kate. Non ci sono problemi tra noi.»

Era vero, perché lei non si lamentava mai e non si aspettava niente da lui. Erano come una coppia di vecchi coniugi, o coinquilini che ogni tanto facevano sesso, anche se con il passare del tempo era diventato più sporadico. Kate non gli faceva richieste, soprattutto perché non era certa di quello che lei stessa voleva, perciò Jack si sentiva più sicuro a non fare proprio nulla. Incontrare il padre naturale aveva cambiato qualcosa dentro di lei e aveva modificato la sua prospettiva. Kate voleva qualcosa di più che lasciarsi trasportare dalle cose; voleva vivere, scrivere un libro e finirlo, oppure lasciar perdere quel sogno, o trovare un lavoro, o sposare la persona giusta e, un giorno, avere un figlio.

Era arrivato il momento di pensarci seriamente e di prendere in mano la propria vita. Jack era passivo in tutto, non voleva agitare le acque e mettere a rischio ciò che aveva grazie a lei.

«C'è qualcosa che non va?» le chiese.

Sapeva che era invidiosa di Felicity e intuiva che fosse infastidita per il suo fidanzamento, perciò si mise sulla difensiva.

«No, ma a volte è utile sapere dove stiamo andando, invece che limitarci a galleggiare senza una direzione precisa.»

«Noi abbiamo una direzione. Tu vuoi scrivere un libro e a quanto pare ci stai riuscendo: è una cosa bellissima.»

«Nella vita voglio qualcosa di più di un libro, Jack. Sarebbe fantastico se lo scrivessi, ma non è sufficiente. Ho trentasette anni: vogliamo sposarci? Vogliamo avere figli? Oppure avere figli senza sposarci? Qual è il nostro progetto? Cosa vedi nel nostro futuro?»

Non gli aveva mai parlato con tanta franchezza, ma dopo il viaggio in Africa era più coraggiosa. Vedere il padre l'aveva resa libera di andare avanti, si sentiva cresciuta e più adulta, in grado di anteporre le proprie necessità a quelle degli altri.

«Per quale motivo ci serve un progetto?» replicò Jack. «Sai che i miei guadagni non mi permettono di prendere in considerazione il matrimonio per il momento; inoltre, se cercassi un lavoro interferirebbe con la mia attività da freelance e con la scrittura. Non sei mai stata una fan del matrimonio, me lo hai detto tu stessa dall'inizio. Io sono troppo vecchio per avere figli, ho quarantadue anni e non mi immagino a cinquanta che corro dietro a un bambino con la palla. Perché è così importante il matrimonio?»

«Perché il tempo passa e non voglio fare scelte evitando di farle, con il rischio di pentirmene un giorno. È vero, non sono mai stata sicura riguardo il matrimonio, ma forse ora la penso in maniera diversa. Se voglio avere figli devo decidere entro breve. Tu puoi cambiare idea su questo, io no. Ho sempre odiato l'immagine dell'orologio biologico che ticchetta inesorabile e minaccioso, ma forse è più vera di quanto credessi. Vorrei sapere la tua opinione prima di svegliarmi fra altri quattro anni e vedere che non è cambiato niente e che ancora non so cosa voglio.»

Jack la guardò con aria assorta. «Io ti amo, Kate. Non è sufficiente?»

«Non lo so» rispose lei con franchezza. «Forse no, dopo quattro anni.»

«Conviviamo da tre» puntualizzò lui, detestando Felicity per aver sconvolto la sua routine. «Cosa ne dici se ci fidanzassimo?» suggerì, con quello che gli parve un colpo di genio. «Renderebbe più ufficiale la nostra storia.»

«Dovrò presentarti come il mio fidanzato quando avrò novant'anni?» replicò lei, scherzando solo in parte. Però le sembrò comunque un miglioramento. «Direi che si può fare. Renderebbe le cose più reali. Vuoi pianificare il matrimonio?»

Le faceva uno strano effetto forzare le cose in quel modo, inoltre la proposta di Jack non era del tutto rassicurante, sebbene significasse che lui immaginava un futuro insieme, se era ciò che lei desiderava. Con lui, tutto era sempre molto vago.

«Perché non ci godiamo prima il fatto di essere fidanzati? Non abbiamo fretta di organizzare niente, comunque non vorrei un matrimonio in grande. Tu sì? Sono certo che Felicity e Blake faranno follie, ma non è il mio stile, né il tuo. A me piacerebbe una cerimonia semplice nella chiesa vicino a noi in Vermont, con le nostre famiglie.»

Lui non aveva tanti amici, frequentavano una cerchia ristretta costituita principalmente da aspiranti scrittori come loro che conoscevano durante i laboratori estivi.

«Non vorrei un matrimonio in grande» ribadì Jack.

Kate non ci aveva mai pensato seriamente e l'ipotesi che lui aveva fatto era piuttosto sobria, ma doveva ammettere che si addiceva a entrambi e al loro modo di vivere.

«Questo ti fa sentire meglio?» le chiese, poi la baciò.

«Credo di sì» gli rispose con un sorriso.

Era un passo avanti e un impegno, proprio ciò che lei stava cercando; un progresso, dato che la loro storia aveva iniziato a sembrarle spenta. Non cambiava mai niente. Jack non aveva citato progetti professionali di rilievo e Kate sapeva che non ne aveva. Anche su quel fronte gli andava bene lo status quo: lui che svolgeva lavori saltuari e Kate che provvedeva a tutte le spese, dato che poteva permetterselo.

«Quindi ora siamo fidanzati» dichiarò Jack con solennità, come se fossero giunti a una decisione importante.

Kate non era certa che lo avessero fatto, ma almeno sapeva che lui era disposto a sposarla. Jack pareva ugualmente soddisfatto senza alcun impegno formale, ma le aveva detto esplicitamente che l'avrebbe sposata, in futuro.

Non aveva avuto l'effetto di una vera proposta e di certo non era stata romantica, ma era pur sempre qualcosa.

Quella notte non fecero l'amore. Non parlarono più del fidanzamento e lui disse di avere mal di testa appena andarono a letto.

Kate si domandò se lo avesse fatto per assecondarla o se davvero volesse sposarla, o magari lo considerava una specie di obbligo per mantenere inalterato il loro modo di vivere. Quando si addormentò, anche a lei era venuto il mal di testa.

Il giorno seguente, Kate telefonò alla madre per informarla della novità.

«Ieri sera Jack e io ci siamo fidanzati» le disse in tono piatto.

«Davvero?» fece Kezia, stupita. «Perciò ora dovrò organizzare due matrimoni?»

Il pensiero la spaventava se entrambe le figlie volevano un matrimonio da favola, ed era evidente che Felicity lo voleva. Stava già parlando dell'abito e delle collezioni degli stilisti che voleva vedere, e desiderava che la madre la accompagnasse. Stavano ipotizzando due o trecento invitati, forse addirittura quattrocento. Blake aveva una quantità impressionante di amici e conoscenti. Felicity aveva amici dei tempi della scuola, del lavoro, quelli conosciuti durante tutti i suoi viaggi, i fotografi cui era affezionata, le redattrici di *Vogue* e *Harper's Bazaar*... La lista era interminabile. Kezia era già abbastanza in ansia e ora anche Kate voleva sposarsi. Era certa che il suo improvviso desiderio fosse nato dalla competizione con la sorella e non ne fu affatto sorpresa.

«Come è successo?» le domandò.

«Ne stavamo parlando e Jack ha voluto che ci fidanzassimo» le spiegò Kate.

Non specificò che era stato un compromesso, una sorta di lento preludio al matrimonio, non una proposta formale.

«Quando pensate di sposarvi?» le chiese Kezia, agitata. Organizzare due matrimoni in una volta sarebbe stato un impegno gravoso e non aveva nessuno che la potesse aiutare. A San Francisco aveva un assistente perché là conduceva una vita sociale e faceva parte di diversi comitati, oltre che del consiglio di amministrazione dell'azienda di Andrew. Fino a quel momento, a New York non ne aveva avuto bisogno, ma stava valutando l'ipotesi di assumere almeno un wedding planner.

«Non abbiamo fretta e Jack non vuole un matrimonio in grande» le rispose Kate, placando i timori di Kezia.

«Ed è quello che vuoi anche tu?» domandò alla figlia. «In genere è la sposa a decidere che tipo di matrimonio desidera e la maggior parte degli uomini si adegua, anche se non corrispondesse alla loro idea. Tu vuoi un matrimonio semplice?» indagò Kezia, intenzionata a difendere la figlia, che non le sembrava entusiasta del fidanzamento.

«Per me è lo stesso. Lui vuole che ci sposiamo in Vermont.»

A Kezia fece un po' tristezza, ma non commentò. Rispecchiava lo stile di vita che Kate conduceva da quattro anni, e i gruppi bohémien di aspiranti scrittori che lei e

Jack conoscevano ai laboratori. Non le sembrava per niente allettante e rimaneva convinta che il progetto fosse dovuto al senso di competizione di Kate nei confronti della sorella, più che a un genuino desiderio di sposarsi.

«Ti ha dato un anello?» la interrogò Kezia.

All'improvviso Kate si rese conto che non ci avevano nemmeno pensato; sapeva che Jack non poteva permettersi nemmeno un anello modesto, e non voleva comprarselo da sola.

«Non ancora» rispose. «Non è molto portato per fare compere e poi non sa niente di gioielli.»

«Magari potrebbe prendere un bell'anello antico; in genere sono meno costosi. Sono sicura che troverà il modo. Allora tanti auguri, tesoro» concluse Kezia con un sospiro. «Ora ho due spose... Dobbiamo iniziare a cercare l'abito?»

«Non so ancora quando sarà, né in quale periodo dell'anno. Possiamo aspettare» le rispose Kate.

«Felicity sta pensando a dicembre; mancano pochi mesi, passeranno in fretta. Dobbiamo trovare una location: per me sarebbe bello al Frick Museum.»

«Costerà uno sproposito, mamma. Devono rafforzare la sicurezza per proteggere le opere d'arte. Conosco delle persone che hanno fatto il matrimonio lì: il padre della sposa era rimasto scioccato dalla cifra. Non ricordo quant'era, ma era astronomica.»

«Vedremo quando inizieremo a cercare. Sarebbe un posto bellissimo, come un set cinematografico, oltre che molto elegante.»

In effetti, si addiceva alla coppia di sposi. Dopo quella

conversazione, Kate si rese conto che la sua fortunata sorellina lo aveva fatto di nuovo: aveva ottenuto il massimo. Aveva avuto il padre perfetto, ora avrebbe avuto il marito perfetto e la madre intendeva regalarle un matrimonio spettacolare. Kate avrebbe fatto di nuovo la figura della Cenerentola di turno, con un matrimonio dimesso in Vermont, mentre Felicity, come al solito, avrebbe fatto faville.

Prima di chiudere la telefonata, Kezia li invitò a cena, dicendole che voleva presentare a lei e a Felicity alcuni vicini di casa molto interessanti che aveva conosciuto. Intendeva farlo quella settimana, magari nel weekend. Incuriosita, Kate le rispose che erano liberi.

La madre abitava lì da poco più di due settimane, eppure erano successe tante cose. Si domandò se Jack sarebbe andato con lei: benché non gli piacesse l'altezza, amava conoscere persone importanti, perciò probabilmente avrebbe superato le sue paure.

In quei giorni, i quotidiani non parlavano d'altro che delle storie dei sette superstiti anarchici che avevano messo a segno l'attentato, provocando danni incalcolabili e spazzando via le vite di migliaia di connazionali, presumibilmente per perseguire un modo di vivere migliore rispetto al loro. Per la popolazione era sconcertante e difficile da credere. Trentotto loro compagni e il capo erano morti e Filo Banks era considerato un martire.

Come tutti, Kezia non si capacitava che l'intera operazione fosse stata pensata, costruita e portata a termine da americani. A ciascuno di loro erano stati assegnati procuratori federali. In occasione della citazione in giudizio era stato necessario un imponente servizio di sicurezza per evitare che venissero linciati mentre entravano e uscivano dal tribunale. Senza dubbio erano le persone più odiate del Paese e la procura federale ne era consapevole. Se Filo Banks non avesse tradito e allontanato il loro compagno, che poi era diventato informatore, lui non avrebbe mai parlato e non sarebbe stato possibile identificare gli Enforcers. Invece si era fatto avanti, aveva illustrato il piano e i progetti futuri a Washington, vendicandosi così di Banks.

La polizia e le guardie della prigione federale sapevano che ogni volta che i sette superstiti venivano esposti in qualche modo, era probabile che qualcuno sparasse e li uccidesse. «Non finché saranno sotto la mia responsabilità» aveva detto il procuratore federale al capo della polizia, alla Sicurezza nazionale e all'Fbi. Non intendeva perdere altri uomini per difendere dei feroci criminali come gli Enforcers. Il più giovane, il diciannovenne genio informatico, era tra i superstiti, mentre suo fratello era morto. Tutti avevano numerosi precedenti penali, per furto con scasso, aggressione, sequestro di persona; uno era stato accusato di omicidio, altri di reati legati alla droga e violenze di ogni tipo, anche con armi da fuoco ed esplosivi. Per gli interrogatori erano rinchiusi nella sezione di massima sicurezza del carcere federale di Washington, due per cella, ed era previsto che poi tornassero a New York, dove sarebbero stati processati. I loro avvocati avevano chiesto un cambio di sede, sostenendo che non esisteva luogo nello Stato di New York, o nel Paese, in cui avrebbero potuto avere un processo equo. Il giudice non aveva accolto la richiesta. Il processo era fissato per il mese di maggio, ma di sicuro ci sarebbero stati molti rinvii prima che venisse effettivamente celebrato. Se fossero stati giudicati colpevoli o si fossero dichiarati tali, sarebbero stati condannati alla pena capitale. L'accusa era di avere provocato la morte usando un'arma di distruzione di massa. Nessuna punizione era adeguata al crimine che avevano commesso, alle vite che avevano spezzato e alle persone che avevano ferito e mutilato. Molte erano ancora in condizioni critiche e continuavano a morire.

Quando Kezia telefonò a Felicity per invitare a cena anche lei e Blake, le raccontò del fidanzamento di Kate.

«È strano» disse lei. «Ha sempre detto che non sapeva se voleva sposarsi e avere figli... E ora si fidanza appena lo faccio io. Quand'è il matrimonio?»

«Non hanno fissato la data e vogliono fare una cerimonia semplice in Vermont, solo con i famigliari.»

«Non mi pare molto divertente» commentò Felicity.

«È quello che vuole Jack» precisò Kezia.

Era preoccupata per entrambe le figlie: una si sposava troppo presto con un uomo che amava la vita mondana, perciò il matrimonio poteva rivelarsi poco solido, mentre l'altra stava per sposare un uomo che non piaceva a nessuno. Kate stava bene con lui, ma alla madre non sembrava sufficiente e non era sicura che lo amasse. Riteneva che Felicity avesse maggiori probabilità di successo con Blake, malgrado l'età, di quante ne avesse Kate con Jack. Ma dovevano fare le loro scelte e Kezia poteva solo sperare che fossero quelle giuste.

«Cosa mi dici per la cena?» chiese. «Riuscite a venire?»

«Certo, mamma. Non abbiamo impegni e io presto andrò negli Hamptons. Blake proverà a lavorare da là, venendo in città un paio di volte alla settimana.»

A Kezia sembrò una soluzione perfetta. Confermò a Felicity la data della cena, poi si salutarono.

Gli altri erano facili da raggiungere. Louise, al telefono, le rispose che sarebbe andata con piacere. Per Paige fu lo stesso e le disse che Greg era ancora in città. Infine, Kezia chiamò Sam, che non vedeva da alcuni giorni e pensava fosse molto occupato ora che erano riprese le normali attività.

«Come stai?» le chiese, felice di sentirla. «Mi sei mancata.»

«Sono stata impegnata con le ragazze: si sposano entrambe, si sono appena fidanzate. A quanto pare è contagioso.»

Lo invitò a cena e Sam ne fu felice. Gli erano mancate le loro conversazioni serali in terrazza e per lei era stato lo stesso. Da quando le figlie erano tornate a New York, aveva parlato con loro al telefono ogni giorno, inoltre aveva ancora molto da fare con il trasloco e le cose che dovevano arrivarle. Dopo l'attentato, tutto si era fermato completamente e pian piano si stava rimettendo in moto.

Era bizzarro, rifletté, che sentisse la mancanza di una persona che conosceva a malapena, ma le giornate che avevano trascorso insieme erano state così intense ed emozionanti, specialmente la notte dell'attentato, che le aveva fatto uno strano effetto tornare alla propria quotidianità.

Sam le raccontò che aveva letto un bel romanzo e stava valutando la possibilità di acquistare i diritti per trarne un film. Quello che faceva le sembrava molto più interessante di ciò che stava facendo lei. Dal giorno dell'attentato stava considerando l'ipotesi di seguire il corso di aggiornamento in tecniche infermieristiche necessario nel caso in cui avesse voluto tornare a svolgere la professione. Ci aveva pensato in continuazione, e Sam le chiese se aveva cercato informazioni al riguardo.

«Non ne ho avuto il tempo, sono ancora occupata con il trasloco. Però temo di essere stata ferma troppo a lungo; forse i miei giorni come infermiera sono finiti.»

Prima era certa che fosse così, ma dopo aver fatto la volontaria sui luoghi delle esplosioni non ne era più tanto sicura. O forse era stata la pressione emotiva di quella tragedia a farle venire in mente di tornare a fare l'infermiera.

«Non è mai troppo tardi per fare quello che ti piace» le disse Sam.

Kezia sorrise, ricordando che glielo aveva già detto una volta. Le piaceva la sua filosofia di vita e il suo modo di pensare chiaro e diretto: se ti piace una cosa, devi farla. Si domandò se davvero fosse così semplice.

«Grazie dell'invito a cena» le disse Sam.

Lei immaginava che venisse invitato a innumerevoli eventi molto più allettanti di una semplice cena sulla sua terrazza.

«Volevo che conoscessi le mie figlie. Verranno anche Louise, Greg e Paige.»

Non la entusiasmava la prospettiva di incontrare Greg, ma era felice di rivedere Paige, che era stata contenta dell'invito.

«Non vedo l'ora» dichiarò Sam, contento.

La sera della cena, Kezia indossò dei pantaloni di lino bianchi, una tunica abbinata e un paio di piccoli orecchini con diamante. I lunghi capelli biondi erano sciolti, ed era abbronzata per le giornate trascorse in terrazza con Sam quando non si poteva uscire di casa. Lui fu il primo ad arrivare e suonò il campanello come un vero ospite.

Kezia aprì la porta e gli sorrise. «Potevi entrare dalla terrazza, come sempre.»

Lui la seguì nel soggiorno semivuoto. «Non volevo turbare le tue figlie» si giustificò, sorridendo a sua volta.

Kezia aveva ordinato delle pietanze estive in un ottimo ristorante. Su un tavolo in sala da pranzo c'erano insalata di aragosta e sushi, un assortimento di piatti freddi e insalate di pasta, e in terrazza aveva portato sedie sufficienti per tutti. Aveva previsto una serata informale, ma con cibo di qualità e vini francesi.

Poco dopo, il campanello suonò di nuovo. Andò ad aprire la porta a Louise mentre Sam stappava il vino rosso per farlo ossigenare. Louise aveva indossato jeans bianchi e una maglietta bianca, un cambiamento rispetto ai consueti jeans e gonne nere. Greg e Paige arrivarono pochi minuti più tardi. Tutti erano felici di rivedersi e subito commentarono le ultime notizie riguardanti la cattura dei terroristi.

L'arrivo di Felicity e Blake fu come una brezza estiva. Felicity, con un vestito bianco corto, si avvicinò a Sam e, perfettamente a proprio agio, chiacchierò con lui del suo ultimo film. Sam aveva riconosciuto il suo volto per averlo visto sulle copertine delle riviste; si scambiarono opinioni sul libro di cui lui voleva acquistare i diritti, che anche Felicity aveva letto e apprezzato. Blake sapeva chi era Greg e si intrattenne con lui, mentre Paige e Louise chiacchieravano tra loro e Kezia si assicurava che tutti avessero il bicchiere pieno. Aveva preferito allestire un buffet da cui servirsi da soli, anziché avere dei camerieri.

Infine, andò ad aprire la porta a Kate e Jack. La figlia stava molto bene con un abitino azzurro e i capelli scuri raccolti in uno chignon morbido. Jack interruppe subito la conversazione di Felicity e Sam, tentando di imporsi. Era così colpito dagli ospiti che non prestò attenzione al fatto di trovarsi al sessantesimo piano. Per sottrarsi educatamente, Sam andò ad aiutare Kezia, portando in terrazza una nuova bottiglia di vino per sostituire quelle finite.

«Grazie dell'aiuto» gli disse lei con un sorriso.

Lui sembrava apprezzare la serata. «Le tue figlie sono fantastiche, è bello parlare con loro. Felicity e io siamo entusiasti del libro di cui ti ho accennato. È una ragazza formidabile; cosa mi dici del suo fidanzato, ti piace?» le chiese sottovoce.

«Sì, però lei è troppo giovane per sposarsi» bisbigliò Kezia.

«A giudicare dall'anello, lui fa molto sul serio.»

«Già, ma avrei preferito che avesse aspettato» commentò lei.

Dopo aver riempito di nuovo i bicchieri agli ospiti, Sam andò a parlare con Kate e trovò molto interessante il racconto del viaggio in Mozambico. Anni addietro lui era stato nella stessa zona per girare un film e gli erano piaciute le persone e il luogo. Conversarono in maniera vivace durante tutta la cena e Louise li fece ridere raccontando di un servizio fotografico che aveva fatto di recente con un brillante drammaturgo noto per la sua irriverenza. Nonostante il triste spettro dell'Empire State Building che si scorgeva in lontananza, per l'intera serata fecero in modo di non parlare dell'attentato del Quattro Luglio. Verso la fine, Sam sollevò l'argomento raccontando che lui e Kezia avevano fatto i volontari allo Hudson Yards e che lei era stata bravissima.

Le figlie rimasero sbalordite.

«Sei stata laggiù?» chiese Kate alla madre.

«Sì. Attraverso i notiziari hanno lanciato un appello per cercare volontari, soprattutto personale medico, e la mia licenza di infermiera è ancora valida. Siamo stati là tutta la notte.»

Sam non specificò che aveva spostato le sacche con i cadaveri per ore e ripensandoci scambiò un'occhiata con Kezia.

«Non ce l'avevi detto» mormorò Kate, sorpresa.

Si trattennero tutti fino a tardi godendosi la serata, poi Sam andò via per primo, scendendo nella lobby per poi risalire con il suo ascensore privato. Kezia chiacchierò un po' con le figlie, che le dissero di avere molto apprezzato il suo nuovo vicino.

«Devi farlo venire a Southampton, mamma» propose Felicity. «È davvero piacevole e si comporta come una persona normale.»

Sam e Kate avevano parlato di scrittura e del viaggio in Africa. Blake aveva trovato affascinante Louise. Per tutta la serata c'era stata un'atmosfera amichevole e vivace. Prima di andare, le ragazze ringraziarono la madre. Poi Kezia uscì in terrazza con il suo bicchiere di vino e si sedette su una sdraio per rilassarsi. Era la prima volta che riceveva ospiti nella casa nuova, ed era andata benissimo.

Mentre ci rifletteva, sentì la voce di Sam al di là della siepe. «Se ne sono andati tutti?»

«Sì» rispose ridendo. «Vieni di qua.»

Lui attraversò lo stretto pertugio e si sedette sulla sdraio accanto a quella di lei.

«È stata una serata fantastica e le tue ragazze sono stupende. Blake è un tipo molto intraprendente, ed è innamorato pazzo di tua figlia.»

«Lo so e lei lo ricambia. Purtroppo, Jack non è all'altezza...»

«Non sembrano affiatati come gli altri due» si limitò a osservare Sam.

«Non capisco proprio perché Kate stia con lui e ora addirittura lo sposerà. È talmente pieno di sé...»

Secondo Sam, Kate non era innamorata di Jack. Si erano ignorati per gran parte della serata e, a differenza di Blake e Felicity che si erano tenuti per mano e baciati varie volte, non si erano mai scambiati gesti affettuosi.

«Magari Kate non andrà fino in fondo» ipotizzò Sam.

«Lo spero» disse Kezia.

Rimasero un po' in silenzio a guardare le stelle.

«Questa è la parte migliore della serata» disse poi lui con un sorriso. «Poterne parlare dopo.»

Kezia ricambiò il sorriso. Anche lei e Andrew lo facevano.

«Mi mancava» proseguì Sam. «Audrey aveva l'abitudine di aggiornarmi su tutti i gossip della serata, dopo che gli ospiti se n'erano andati.»

«Stasera eravamo un bel gruppo» disse Kezia, soddisfatta.

«E le tue figlie hanno aggiunto un tocco di giovinezza e brio. Kate mi ha detto che sta scrivendo un libro.»

«Lo sta facendo da anni, forse stavolta lo finirà.»

«Le ho consigliato di chiamare il mio agente, hanno anche una sezione letteraria. Se ha intenzione di pubblicarlo, deve affidarsi a un agente.»

Kezia ne fu favorevolmente colpita. Rimasero seduti una mezz'ora, poi lui si alzò per tornare nel suo appartamento. Le diede la buonanotte a malincuore. «Ti andrebbe di cenare insieme, venerdì?» le chiese, un po' titubante.

«Mi piacerebbe molto» rispose Kezia.

Contento, le diede un bacio sulla guancia e riattraversò la siepe.

Kezia lasciò piatti e bicchieri per l'impresa di pulizie che se ne sarebbe occupata l'indomani, si preparò per la notte e andò a letto. Ripensò a Sam, alla bella serata che avevano trascorso e alla chiacchierata che avevano fatto dopo. Le piaceva parlare con lui e non vedeva l'ora che arrivasse venerdì sera.

Anche Sam era soddisfatto; quello era proprio il modo in cui gli piaceva trascorrere il tempo, con pochi buoni amici. Kezia era rapidamente diventata la sua migliore amica, ed era felice di avere conosciuto le sue figlie.

Nove

Il venerdì sera, Sam si presentò di nuovo alla porta di Kezia per portarla a cena fuori. Indossava pantaloni neri e una camicia nera, senza giacca né cravatta. Si era fatto la barba e sembrava appena uscito dalla doccia. Pareva proprio che fosse andato a prenderla per un appuntamento galante e Kezia sorrise. Lei aveva un abito corto nero, che metteva in evidenza la vita stretta e il fisico snello, e aveva raccolto i capelli in uno chignon ordinato. Quando uscirono dal palazzo il portiere li salutò. Un autista li aspettava con un suv blu scuro, su cui salirono in fretta. Il ristorante non era lontano, ma l'auto li avrebbe protetti da sguardi indiscreti e paparazzi. Kezia si ricordò allora che lui era una celebrità e che la gente lo riconosceva ovunque, indipendentemente da quanto fosse discreto e alla mano. Se n'era già resa conto all'Hudson Yards la notte dell'attentato; in quell'occasione, le persone lo riconoscevano ma poi tornavano subito a occuparsi dell'emergenza in atto, invece nella vita normale a volte i fan lo inseguivano.

La macchina si fermò davanti a un ristorante italiano in cui non erano mai stati ma di cui Felicity aveva parlato bene alla madre. C'era un bel giardino e un'atmosfera amichevole, chic e informale. Il caposala salutò cordialmente Sam e li condusse a un tavolo appartato, nel giardino. Avevano l'impressione di essere ospiti in una casa in Italia e il cibo era fresco e delizioso. Era piacevole stare all'aperto in quella serata tiepida, senza pensare alla recente tragedia. Le persone avevano bisogno di superare il trauma, sarebbe servito tempo. Molti ancora non uscivano di casa e, diversamente dal solito, il ristorante non era affollato. Agli altri clienti servivano settimane di anticipo per trovare un tavolo lì, ma non a Sam. Il personale non lo adulava, come invece succedeva in altri locali, dove si sentiva così a disagio che non tornava più. Lì erano rispettosi e contenti di averlo come cliente. E lui preferiva passare inosservato.

Durante la cena, Kezia gliene parlò e lui le disse di non avere mai amato quell'aspetto della celebrità, il fatto di essere costantemente sotto i riflettori, senza la possibilità di avere una vita privata.

«Quando Audrey era viva era ancora più difficile. Tutti la conoscevano e lei era notoriamente gentile con chiunque le chiedesse l'autografo. Volevano farsi le foto con lei, così restavamo bloccati per ore. Mio figlio lo detestava, perciò con lui andavamo sempre in vacanza in posti sperduti. Lo abbiamo portato in Africa, ecco perché conosco la zona in cui è stata Kate. Una volta ho fatto un film là. Siamo anche stati al Parco nazionale Kruger. È una parte del mondo meravigliosa. Mi ha detto che ora sta scrivendo di quello.»

Kezia si stupì che Sam lo sapesse mentre lei ancora no; aveva avuto timore a chiedere alla figlia quale fosse l'argomento. Non voleva essere indiscreta, visto che Kate aveva sempre considerato la scrittura il proprio mondo privato.

«Credo che il viaggio le abbia fatto bene» disse Kezia in tono pacato. «Da quando è tornata sembra più felice. Penso che conoscere suo padre l'abbia liberata dalle illusioni che aveva su di lui, poi appena tornati a casa lei e Jack si sono fidanzati. Non riesco a credere che entrambe le mie ragazze stiano per sposarsi. A proposito, la sera dopo la cena in cui le hai conosciute, Felicity si è trasferita a Southampton, in una casa che ha preso in affitto. Per lei c'è poco lavoro d'estate, specialmente in agosto. Mi ha chiesto di andare a passare la giornata lì, domani, e mi ha detto di invitarti, se ti va di venire.»

«Mi piacerebbe moltissimo» replicò lui, entusiasta. Poi, con cautela, le pose una domanda. «Sono troppo maleducato se le chiedo se può venire anche mio figlio? Mi piacerebbe che conoscesse Felicity, anche se temo che porterebbe la sua ragazza. O forse è un'imposizione inopportuna? Se preferisce, sarò felice di venire da solo.»

Si sentiva abbastanza a proprio agio con Kezia da chiederglielo e desiderava davvero che John conoscesse le sue figlie. Non aveva ancora avuto l'occasione di parlargli di Kezia.

«Verranno anche Kate e Jack. Sarà bello per tutti conoscersi. Glielo domando subito» disse lei, poi prese il telefono dalla borsa e le inviò un messaggio.

Felicity rispose immediatamente. «Certo, mamma, digli che li porti. Ci divertiremo.»

Kezia inoltrò a Sam il messaggio e lui scrisse al figlio che alcuni amici li avevano invitati a passare una giornata negli Hamptons. John accettò subito per sé e Caroline, aggiungendo che se voleva gli avrebbe dato un passaggio.

«Vuoi venire in macchina con noi?» propose Sam a Kezia.

«Mi piacerebbe, ma ho già detto a Kate che sarei andata con loro.»

Evitò di confidargli che avrebbe preferito fare il viaggio con lui, il figlio e la sua ragazza, anziché sentire Jack pontificare per due ore sull'ultimo laboratorio di scrittura cui voleva partecipare o aveva partecipato, oppure sul racconto che stava scrivendo.

«Felicity è stata gentile a invitarci tutti» disse Sam. «È stato interessante parlare con lei e sono molto contento che le sia piaciuto quel libro: conferma la mia opinione, e lei è una donna, oltretutto di una generazione ben diversa rispetto alla mia. Audrey era la mia consigliera per queste cose» aggiunse, sovrappensiero. «Quando scompare una persona cara, si perdono tante cose che si davano per scontate. Non è semplice ritrovare quel mix speciale che ogni persona porta nella tua vita. E io, devo ammetterlo, non ci ho mai provato. Non saprei nemmeno da dove cominciare.»

«Mi sono sentita nello stesso modo con la morte di Andrew» gli disse Kezia in tono gentile. «Ho tentato di riempire il vuoto aiutando a tenere in piedi la sua società, perché lui ci teneva molto, ma non si può rimpiazzare una persona con un'azienda. Credo che alla fine semplicemente si impara a vivere senza quello che si aveva prima, anche se era una parte importantissima. Trasferirmi a New York è stata come un'iniezione di energia nella mia vita, è stata la scelta giusta per me.»

«E come benvenuto hai avuto un attentato terroristico...» commentò lui, amaramente.

«Già, non me lo sarei mai aspettato» replicò lei in tono mesto. «Però la città si sta dando da fare per guarire dalle ferite.»

«New York è straordinaria per quello; i newyorchesi hanno una resilienza eccezionale. Sono sopravvissuti all'11 settembre e all'uragano Sandy, si riprendono da ogni tipo di avversità e quando capita qualcosa di brutto stanno uniti con coraggio, come hanno fatto stavolta. Sono orgoglioso di questa città.»

«Io sono felice di essermi trasferita qui, ed è bello essere vicina alle mie figlie. Non vedo l'ora di conoscere John» aggiunse.

Sam le aveva detto che il figlio lavorava nel settore degli investimenti, perciò aveva in comune con Blake il mondo della finanza. Kate e Jack avrebbero rappresentato il lato intellettuale del gruppo, ma per fortuna Kate aveva interessi più ampi rispetto al compagno e forse avrebbe impedito che lui monopolizzasse la conversazione annoiando i presenti.

* * *

Sam e Kezia furono tra gli ultimi a uscire dal ristorante. L'autista li portò a casa e Kezia invitò Sam a bere qualcosa in terrazza. Gli aveva dato l'indirizzo della casa al mare di Felicity e gli aveva detto di essere là verso mezzogiorno. Lei sarebbe arrivata prima con Kate, in modo da poter stare un po' con le figlie prima dell'arrivo degli ospiti. Il sabato mattina, di solito, Blake giocava a tennis o a golf, mentre Jack poteva fare una passeggiata sulla spiaggia.

Chiacchierarono in terrazza, come ormai erano abituati a fare. Era il loro punto d'incontro privato, un momento di pausa e di compagnia, che prima mancava a entrambi. Avevano i figli e gli amici, ma Kezia si rese conto che da quando non c'era più Andrew non aveva nessuno con cui confidarsi; lo stesso valeva per Sam da quando aveva perso Audrey. Era bello averlo ritrovato in un nuovo amico, inoltre lui la faceva ridere con i suoi commenti mordaci su Hollywood.

Sam andò via prima del solito dato che l'indomani dovevano alzarsi presto. La salutò con un bacio sulla guancia poi, quando lei era già a letto, le mandò un messaggio: «Scusa se sono andato via presto, ma ho bisogno del mio sonno di bellezza per la spiaggia e della mia prontezza di spirito per le tue figlie».

La bellezza non era certo una cosa di cui dovesse preoccuparsi. Aveva quel tipo di bellezza naturale e innata che dura per sempre, tuttavia non se ne approfittava. Inoltre aveva una mente brillante, che Kezia apprezzava anche di più.

Rispose al suo messaggio: «Grazie per la cena. Sono contenta che tu venga al mare domani».

I loro scambi ricordavano quelli di due adolescenti alla prima cotta, cosa che lei trovava dolce. Sam non era il classico e banale seduttore di Hollywood, che l'avrebbe fatta scappare subito. Aveva avuto un matrimonio felice per trentadue anni e una famiglia, e ciò faceva una grande differenza. Non glielo avrebbe mai chiesto, ma era certa che fosse sempre stato fedele alla moglie, cosa molto rara nel mondo dello spettacolo. Kezia era stata fedele e sinceramente innamorata di Andrew, ma lui non c'era più da cinque anni, perciò un flirt innocente non le sembrava niente di male. Aggiungeva un tocco di speranza e di rinnovata giovinezza alla sua vita, anche se entro due mesi avrebbe compiuto sessant'anni, cosa a cui preferiva non pensare.

Il mattino seguente, Kezia si svegliò presto. Era una bellissima giornata di sole. Si alzò e fece la doccia, lesse il *New York Times* online mentre beveva il caffè, poi indossò jeans bianchi, una camicia rosa e delle ballerine di Chanel dello stesso colore. Alle nove si fece trovare fuori dal palazzo, dove Kate e Jack passarono a prenderla con il loro furgone.

«Buongiorno a tutti» disse in tono allegro, salendo sul sedile posteriore.

Jack ripartì verso la Long Island Expressway, destinazione Southampton. Kate le disse di essere rimasta alzata fino a tardi per scrivere, poi madre e figlia chiacchierarono mentre Jack guidava, assorto nei propri pensieri.

«Felicity ha degli ospiti o siamo solo noi?» domandò Kate.

«Ha invitato Sam Stewart e suo figlio» le rispose lei in tono casuale.

«C'è sotto qualcosa o siete solo buoni vicini di casa?» indagò Kate.

«Felicity li ha invitati per essere gentile. Spero che suo figlio sia simpatico; porta anche la sua ragazza.»

«Se non ci piacciono possiamo fare una lunga camminata sulla spiaggia» disse Kate.

Senza pensarci, Kezia guardò la mano sinistra della figlia, ma non c'era ancora nessun anello. Distolse in fretta lo sguardo, per non farsi notare. Ovviamente Jack non poteva permettersi un gioiello importante, ma non gliene aveva regalato neanche uno con valore simbolico.

Chiacchierarono per quasi tutto il tragitto e Kate le raccontò meglio del viaggio in Africa. La zona circostante l'ospedale era molto interessante e primitiva, e le era piaciuta davvero, sebbene non avesse intenzione di ritornare, nemmeno per vedere il padre naturale. Aveva fatto quello che doveva fare e sembrava che finalmente avesse chiuso quel capitolo. Benché la visita non fosse stata spiacevole, Kezia aveva intuito che non era stata neanche affettuosa.

Come aveva sperato, arrivarono da Felicity poco dopo le undici. La casa era enorme, in stile New England, appena tinteggiata di bianco e ristrutturata con gusto, con imposte verde scuro, affacciata direttamente sulla spiaggia. Le auto erano nel vialetto d'accesso: la Ferrari argento di Blake e la Mercedes rossa di Felicity. Il furgone dall'aspetto dimesso di Kate sfigurava in confronto alla sgargiante macchina sportiva della sorella.

Appena li sentì arrivare, Felicity uscì di casa. Indossava degli shorts rosa molto corti, sandali bianchi di Chanel e una maglietta rosa, mentre Blake era in completo da tennis e stava per andare a giocare. Baciò Felicity e Kate, salutò la loro mamma e Jack, poi salì in macchina con la racchetta e partì. Felicity aveva preparato il caffè; Jack prese una copia del *New York Times* e si diresse sul retro, nel portico con vista sull'oceano, mentre madre e figlie si sedettero in cucina. Le sorelle erano di buonumore e Kezia era contenta che fossero insieme, soprattutto quando non c'era tensione tra loro. Il fidanzamento sembrava aver fatto bene a entrambe.

Stavano ancora chiacchierando e ridendo quando sentirono una macchina entrare nel vialetto. Guardarono dalla finestra e videro scendere da una Cadillac Escalade Sam, John – che era la fotocopia del padre, ventiquattro anni più giovane – e una ragazza molto attraente, mora, con un grande cappello di paglia, occhiali da sole enormi, un abitino da spiaggia beige fatto a maglia e dei sandali con la zeppa che Kezia riconobbe essere di Dior. Il suo abbigliamento era più adatto al Sud della Francia che agli Hamptons, oppure a un'occasione molto più elegante. Kate e Kezia si scambiarono un'occhiata e Felicity uscì ad accoglierli.

John la fissò incantato e tutti se ne accorsero. La riconobbe subito; non sapeva che avrebbero trascorso la giornata con una top model. Lo sguardo della sua ragazza fu catturato dal diamante al dito di Felicity, benché lei non lo ostentasse. Abbracciò Sam, fece un gran sorriso a John, che balbettò qualcosa frastornato dalla sua bellezza, e si presentò cordialmente alla ragazza, Caroline. Intanto, Kate e Kezia li avevano raggiunti fuori. Sam abbracciò Kezia e lei gli sorrise. Dal modo in cui lui ricambiò era evidente che si era accorto delle dinamiche in corso tra i giovani, e ne era divertito. Felicity li condusse nel portico, dove Jack si era addormentato con il giornale in mano. Quando Kate lo scosse gentilmente, si svegliò di soprassalto, si alzò per salutare gli ospiti e si presentò. Fu molto colpito da Caroline, la quale stava studiando le altre tre donne nei minimi dettagli. John le aveva detto che sarebbe stata un'occasione informale, ma non gli aveva creduto. Sebbene fosse attraente, non poteva competere con Felicity, come nessun'altra donna, in effetti. Gli altri ci erano abituati e lei era così spontanea e umile che non pensava mai alla propria bellezza, anzi riteneva di avere un naso buffo, troppo piccolo.

Kate aiutò la sorella a portare fuori il caffè per tutti, mentre Caroline stava incollata a John per tentare di distrarlo da Felicity, ma senza successo. Jack fece a Caroline i complimenti per quanto era chic, e Sam, appoggiato al parapetto del portico, sorrise a Kezia.

«Non li avevo avvertiti riguardo a Felicity» le sussurrò. «Forse avrei dovuto farlo. Quando la vedi per la prima volta resti senza fiato. Kate è bellissima, ma in un modo molto più discreto.»

«Ora è il suo lavoro. Attirava gli sguardi anche quando era piccola, ma lei non ci fa caso. Pensa al proprio aspetto solo quando lavora.»

Felicity aveva una cascata di capelli biondi che scendeva lungo la schiena e John ne era ammaliato, ma tentò di recuperare un contegno quando tutti si sedettero. Blake tornò poco più tardi, contento di rivedere Sam, strinse la mano a John e salutò Caroline. Jack stava cercando di monopolizzare l'attenzione della ragazza e a John non sembrava importare. Quando vide Blake abbracciare e baciare la fidanzata, il figlio di Sam tornò in sé.

«Ti sono mancato?» le chiese Blake, stringendola.

«Tremendamente. Ho pianto tutto il tempo» rispose Felicity, poi lo baciò, mentre gli altri sorridevano e John aveva l'aria rassegnata.

Era seduto accanto a Kate e chiacchierarono, parlando anche dell'attentato; John le disse che abitava abbastanza vicino al World Trade Center ma che era via per il weekend.

«Io ero in Africa» replicò Kate.

Quando le chiese dove esattamente, scoprirono che era stato poco distante dalla zona dell'ospedale di Reed, quindi parlarono un po' dell'Africa e del viaggio che lui aveva fatto laggiù con i genitori.

Conversarono tutti fino all'ora di pranzo, poi mangiarono i sandwich che Felicity aveva comprato quella mattina in una gastronomia molto rinomata, un'insalatona che aveva preparato lei, patatine e contorni vari.

Caroline stava raccontando del suo lavoro a *Vogue* come assistente della redattrice del settore bellezza e che stava aspettando di poter avere una rubrica tutta sua. Era più grande di Felicity, che la stava ascoltando attentamente. Caroline disse di essere stata presente a un suo servizio fotografico per una copertina, in una fattoria nell'Upstate New York, sulle colline a nord della città, e Kezia capì che la figlia stava fingendo di ricordarsene per educazione.

Caroline era carina, anche se non straordinaria, e si presentava piuttosto bene per una persona che non ha molto da offrire a parte l'aspetto fisico e l'aria chic. Nessuno sembrava badarci, nemmeno John. Osservandoli, Kezia non aveva l'impressione che lui fosse innamorato. Da parte sua, era evidente che Caroline fosse molto interessata al fatto che le due sorelle erano fidanzate.

«*Vogue* avrà l'esclusiva per il tuo matrimonio?» chiese a Felicity.

«Non lo so» rispose lei, sorpresa. «Non ci ho pensato. Probabilmente vorranno, ma non so se lo vogliamo noi» disse tenendosi sul vago, poi cambiò argomento.

Per sviare l'attenzione dalla sorella, Kate disse che loro non avevano ancora fissato la data.

Dopo pranzo, Jack propose di fare una passeggiata sulla spiaggia e riuscì a coinvolgere Caroline. Blake e Felicity dissero che sarebbero rimasti a casa per riordinare; Kate sospettò che avessero in mente qualcos'altro e si unì a John, dato che Jack e Caroline erano andati avanti. Sam e Kezia chiudevano il gruppo, divertiti.

«È spassoso guardarli, vero? Essere giovani è complicato» commentò lui. «La povera Caroline non si riprenderà presto da questa giornata. John non riusciva a staccare gli occhi da Felicity, che è chiaramente innamorata pazza del futuro marito, mentre Caroline si è dovuta accollare il pedante fidanzato di Kate. Potrei sbagliare, ma ho la strana sensazione che tra John e Kate potrebbe funzionare, se lui si toglie dalla mente la sorellina irraggiungibile» concluse in tono allegro.

«Kate è più grande di lui, se questo conta» osservò Kezia, divertita dalla sua analisi.

«Non di molto» fece Sam. «Ricordami quanti anni ha...»

«Trentasette.»

«Sono solo quattro anni di differenza.»

«Con Caroline fa sul serio?» domandò lei.

Le piaceva John, sembrava una persona concreta e simpatica, come suo padre. Onesto, aperto e gentile, oltre che brillante e affermato.

«Credo che lo abbia spaventato: vuole sposarsi a tutti i costi, mentre lui no. Ha ventinove anni, l'età in cui certe donne iniziano ad andare nel panico se non si sono sistemate. È molto ambiziosa e questo in genere a John non piace. Lei vuole convivere, lo tormenta da quando si sono messi insieme, ma lui non vuole. Il fidanzamento di Felicity deve averla mandata in tilt: un anello da favola, un uomo bello, di successo e ricco sfondato, una macchina fantastica e accessori sfarzosi...»

«John non è da meno: anche lui è un gran buon partito» lo difese Kezia.

Sam sorrise compiaciuto. Il suo unico figlio significava tutto per lui.

«Non è al livello di Blake. Magari un giorno lo sarà, ma non ancora.»

Blake aveva soltanto sei anni più di John e guadagnava moltissimo con il suo lavoro alla Goldman Sachs, ma anche John stava andando bene, per la sua età, nella sua piccola, ambiziosa e più giovane società di investimenti.

Mentre camminavano, Kate raccontò a John del libro che stava scrivendo e degli innumerevoli laboratori di scrittura cui aveva partecipato, di quanto strana fosse la gente che li seguiva e che l'avevano quasi convinta a smettere di scrivere per sempre. Invece stavolta sembrava molto fiduciosa.

A John piaceva Kate, era bella quasi quanto la sorella, solo meno appariscente, inoltre era intelligente e ironica.

«La tua ragazza sembra molto interessata ai matrimoni» lo provocò scherzosamente.

«Già» fece lui, ridendo. «Due settimane prima di San Valentino ha messo nella mia ventiquattrore il catalogo degli anelli di fidanzamento di Tiffany...»

«Cosa le hai preso?» gli chiese Kate, che lo trovava divertente e di compagnia.

«Una scatola di cioccolatini e degli orecchini d'oro a forma di cuore. Di Tiffany, ovvio. Certi indizi li so cogliere anch'io. A proposito, cosa c'è tra tua madre e mio padre, se posso chiedere? Credo di essermi perso un capitolo. Ho sentito parlare di lei per la prima volta oggi, mentre venivamo qui in macchina.»

«Si sono conosciuti la sera dell'attentato, sono vicini di casa. Lei ha comprato l'altra parte dell'attico e si è trasferita da San Francisco una settimana prima dell'attacco terroristico. Sono amici, è una cosa recente.»

«Potrei giurare che lei gli piace» disse John.

«Anche lui piace a lei. Sono carini. Sembrano due ragazzini che si fanno il filo.»

«Da quando è morta mia madre, due anni fa, non ha avuto altre storie. Per lui è stato difficile superarlo» le spiegò John.

«Mio padre è morto cinque anni fa e mia madre ha appena venduto la sua azienda, perciò si è sentita libera di trasferirsi. Non credo che abbia mai frequentato seriamente qualcuno da quando lui non c'è più; il loro era un matrimonio felice.»

«Anche quello dei miei. Si sono sposati giovanissimi, e guarda noi, invece: siamo ancora tutti single. Non so quanti anni hai tu, io ne ho trentatré, ma non voglio sposarmi ancora per diversi anni; con me, le ambizioni di Caroline non trovano terreno fertile. Tua sorella quanti ne ha?»

«Ventitré. È troppo giovane per sposarsi.»

«Probabilmente saranno felicissimi, avranno cinque figli e faranno funzionare le cose. Secondo me i matrimoni precoci sono quelli che vanno meglio. Quando arrivi a trent'anni hai le tue opinioni, i tuoi paletti, un milione di idee preconcette e una sfilza di relazioni sbagliate alle spalle: tutto ciò complica le cose.»

«Io non ho mai desiderato sposarmi» gli confidò Kate. Si rese conto che era strano parlare di questioni così private con una persona appena incontrata, eppure le sembrava che si conoscessero da tempo.

«Ho avuto quelle relazioni sbagliate che hai citato, sto con Jack da quattro anni e conviviamo da tre, poi di colpo sembra che abbiamo bisogno di fare un passo avanti, o di fare qualcosa di diverso, altrimenti rischiamo di annoiarci a morte.»

«Non sono convinto che il matrimonio sia l'antidoto alla noia. Anzi, il più delle volte ne è la causa, non credi?»

«Te lo farò sapere» replicò lei, ridendo.

«Quando vi sposerete?»

«Non abbiamo ancora deciso.»

«Questo è un brutto segno» la canzonò lui. «Dov'è l'anello?» proseguì, facendole sollevare la mano sinistra.

«Non abbiamo avuto il tempo di occuparcene» spiegò Kate, ridacchiando.

Se il commento lo avesse fatto sua madre, si sarebbe infuriata.

«Altro brutto segno... Mi pare che qui qualcuno sia poco convinto... Lui o tu?»

«Prima io, forse ora lui, forse entrambi. Sentivo che avevamo bisogno di progredire, quindi l'ho un po' spronato. All'improvviso mi sono immaginata alla festa del mio novantesimo compleanno che lo chiamo ancora il mio ragazzo: sarebbe imbarazzante...»

«Allora tienimi informato: voglio sapere quando avrai l'anello e avrete fissato la data. E tienimi informato anche su mio padre... lui non si scuce.»

«Non credo ci sia molto da dire. Anche mia madre è piuttosto riservata.»

«Mi permetto di dissentire: non riguardo la sua riservatezza, ovvio. Si conoscono da poche settimane e qualcuno organizza una giornata al mare così le sue figlie e io possiamo conoscerci... astuto, non ti pare?»

Kate non aveva considerato le cose da quella prospettiva.

«Credo sia stata un'idea di Felicity. Lo ha fatto per essere amichevole, e tuo padre ha voluto portare te.»

«Quindi è stato lui ad architettare tutto!» esclamò. «Se ha voluto che ci conoscessimo significa che ha in mente qualcosa.» Poi guardò Kate con espressione seria. «Sono contento che lo abbia fatto. Facciamo un patto: teniamoci informati a vicenda.» E intrecciò il mignolo con quello di lei.

«Giurin giurello!» esclamò Kate e scoppiarono a ridere senza riuscire a smettere.

Poi John la sfidò in una gara e scattò di corsa lungo la spiaggia. Kate stava per batterlo, ma vinse lui per pochi centimetri, dopodiché si buttarono sulla sabbia, senza fiato.

Intanto, gli altri erano tornati indietro.

«Hai barato» lo accusò Kate.

«Non è vero! Sono più veloce di te.»

«Sei partito prima!»

«No!»

Lei ripartì di corsa e John la seguì, poi fecero una deviazione nell'acqua bassa e fresca, piacevole dato che erano accaldati per la corsa. Si immersero fino al ginocchio insieme, poi uscirono.

Sam e Kezia li stavano guardando dalla spiaggia, più vicini a casa.

«Ti propongo una scommessa» disse Sam con un gran sorriso. «Scommetto cento dollari che mio figlio farà sparire per sempre dalla vostra vita quel tizio noioso. Gli do due mesi di tempo, anzi, potrebbe farcela entro il Labor Day.»

«Come faccio a scommettere, visto che spero che tu abbia ragione?» replicò Kezia, divertita.

«Fidati di me. John è sveglio, sa riconoscere una ragazza in gamba quando ne incontra una. Credo che la Signorina Avida abbia i giorni contati...»

«Magari si prenderà il Signor Noioso...»

Sam si voltò verso Kezia con espressione severa. «Mi piace fare una scommessa innocente quando le probabilità sono a mio favore... Ma non sono un mago.»

«Oh, perdonami» fece lei, mentre Sam le metteva un braccio intorno alle spalle e, nel sole del tardo pomeriggio, guardavano i due giovani avanzare verso di loro a passo lento, fianco a fianco. Stavano bene insieme.

«Labor Day, vedrai.»

«Accetto la scommessa» disse Kezia. «Spero di perderla, così balleremo al loro matrimonio, la madre della sposa e il padre dello sposo, giusto?»

«Certamente. E anche molto prima, se ti va.»

La prese per mano e si incamminarono verso casa di Felicity.

Quando gli altri rientrarono, Blake e Felicity avevano un'aria sospettosamente soddisfatta e continuavano a scambiarsi baci e coccole.

La sera, Blake accese il barbecue e Sam lo aiutò. Prepararono costolette, hamburger e cheeseburger, con montagne di patatine, oltre a purè e pannocchie arrostite. La cena era buonissima e tutti si godettero la serata in compagnia. Alle undici, quando gli ospiti ripartirono, sembravano vecchi amici.

Kezia si offrì di guidare il furgone di Kate, Sam la

macchina di John. Mentre salivano a bordo, Sam le fece l'occhiolino. Felicity li abbracciò, contenta della giornata. Anche Blake era stato bene, erano dispiaciuti di vederli andare via e promisero di organizzare presto un altro incontro. Caroline era radiosa e si immaginava già parte della famiglia.

Prima di entrare in macchina, John abbracciò Kate e lanciò uno sguardo eloquente al suo anulare sinistro, facendola ridere. Sembravano fratello e sorella.

Blake e Felicity salutarono con la mano mentre le auto si allontanavano.

«È stata una giornata magnifica» disse Kezia qualche minuto dopo.

Nessuno rispose, perciò si voltò e vide che i suoi passeggeri si erano addormentati. Il vino offerto da Blake era eccezionale. Accese la radio e sorrise tra sé ripensando alla passeggiata sulla spiaggia con Sam e a quanto fosse gradevole stare con lui. Arrivata a casa di Kate e Jack, li svegliò e li fece scendere, parcheggiò e dopo prese un taxi per andare a casa sua.

Si era appena messa il pigiama e si stava lavando i denti quando ricevette un messaggio di Sam: «Labor Day!» lesse, e scoppiò a ridere. Poi ne arrivò un altro: «Oggi è stata una giornata fantastica per me».

Si asciugò le mani e rispose: «Anche per me».

«Ci sentiamo domani» le riscrisse lui.

Andò a letto piena di gioia. Da anni non trascorreva una giornata così bella.

Dieci

L'INDOMANI mattina, i notiziari riparlarono dei sette Enforcers superstiti, che erano stati trasferiti a New York per un'udienza, in attesa del processo. Per la loro stessa sicurezza erano ancora tenuti in isolamento in una zona segreta del carcere federale, dato che rischiavano di essere uccisi da altri detenuti prima di arrivare al processo. Se fosse accaduto, nessuno se ne sarebbe stupito né dispiaciuto. Avrebbe potuto farlo anche una guardia, o permettere che qualcuno lo facesse. Sui luoghi colpiti dalle bombe avevano perso la vita talmente tanti agenti di polizia, e vigili del fuoco negli incendi che ne erano seguiti, che la polizia e le guardie carcerarie li detestavano. Sam era particolarmente duro quando ne parlava, con tutti i cadaveri che aveva dovuto spostare quella notte.

Dopo aver guardato le notizie, Kezia fece la telefonata su cui aveva tanto riflettuto. Chiamò la New York University per informarsi sui corsi di aggiornamento e le dissero che ce n'era uno dedicato agli infermieri professionali, perciò chiese che le inviassero il materiale informativo. Le lezioni iniziavano in ottobre e non sapeva se fosse ancora in tempo per iscriversi.

Dopo la telefonata, si sedette e compilò una lista delle cose che servivano per il matrimonio di Felicity; l'elenco era molto lungo. Ordinò alcuni libri, poi fece un'altra lista per il matrimonio di Kate, riguardo al quale, però, tutto era vago, a cominciare dalla data e dal luogo; si sapeva soltanto che sarebbe stato semplice e si sarebbe tenuto in Vermont. Non si sapeva se volevano sposarsi d'inverno, con la neve, oppure in primavera o in estate. Kate stava prendendo tempo, ma prima o poi doveva decidersi. Kezia sorrise tra sé ripensando alla scommessa che Sam aveva fatto il giorno precedente, che John l'avrebbe portata via a Jack entro il Labor Day. Le sarebbe piaciuto molto, ma dubitava di essere così fortunata, malgrado la fiducia di Sam nelle possibilità del figlio. Kate era ostinata e leale e Kezia temeva che anche se avesse avuto la sensazione di essere sul punto di commettere un errore si sarebbe sposata ugualmente. Una volta pianificato qualcosa, era raro che ci ripensasse. Ci sarebbero voluti coraggio e determinazione per cambiare rotta prima del matrimonio, e Kezia non se la immaginava proprio a farlo. Jack aveva messo le sue grinfie su di lei e non mollava. Per il Labor Day Sam sarebbe rimasto deluso, e lo stesso valeva per lei. Però era bello sognare. Nel frattempo, che le piacesse o meno, doveva accettare il fatto che Kate intendeva sposare Jack Turner.

Quel pomeriggio la chiamò per sentire se c'era stato

qualche progresso, ma Kate non rispose perché stava scrivendo.

Poco dopo, le telefonò Sam.

«Posso invitarti a cena stasera, o è troppo tardi? Se è così mi dispiace, sono rimasto bloccato con delle telefonate sulla West Coast. Hai già altri programmi?»

«No, mi piacerebbe» disse Kezia con semplicità.

Sarebbe passato a prenderla alle otto per andare in un ristorante di sushi lì vicino. A Kezia piaceva scoprire New York con lui. Aveva visitato la città varie volte, ma Sam conosceva tutta una serie di localini fuori mano di cui lei non aveva mai sentito parlare e dove lui riusciva a mangiare in pace. Kezia adorava andarci insieme: ogni volta che uscivano era una nuova avventura.

«Detesto mangiare da solo» le confidò mentre scendevano nella lobby con l'ascensore di Kezia, dopo che lui era passato attraverso la siepe. «È deprimente, piuttosto non mangio. Dopo che è morta Audrey ho perso undici chili.»

«A me è successa la stessa cosa quando Felicity è partita per New York, lasciandomi completamente sola. Ho perso quasi sette chili.»

Nella lobby incontrarono Paige che stava rientrando dal lavoro, e a Kezia parve triste. Si fermarono per scambiare due parole e Paige disse che Greg era a Los Angeles, cioè con la moglie.

Mentre andavano a piedi verso il ristorante, che era poco più avanti sulla Terza Avenue, Kezia e Sam ne parlarono. Lei si stupì che la gente non lo riconoscesse mentre entrava in fretta e con lo sguardo basso, un berrettino da baseball in testa, i jeans e una giacca leggera. Finché non lo si guardava in faccia, sembrava una persona qualunque. Nessuno li notò mentre si infilavano in un séparé in fondo al locale che nessun altro voleva, ma che per loro era perfetto.

«Mi dispiace tanto per Paige» disse Kezia dopo che ebbero ordinato. «Io sono stata da sola e a volte ho sofferto la solitudine, ma essere infelici insieme a qualcuno è peggio.»

«Sono d'accordo. Però nessuno può farla uscire da quella situazione, eccetto lei stessa. Dev'essere molto innamorata di lui e proprio non ne capisco il motivo, dato che non sembra un tipo gentile.»

«Certe donne si innamorano degli uomini sbagliati» commentò lei. «Qualche volta dovrei invitarla fuori a pranzo.»

«È assurdo quanto siano complicate certe relazioni. Guarda le nostre famiglie: tua figlia sembra annoiarsi ogni volta che Jack apre bocca. Come andrà a finire? Caroline sta cercando di mettere il cappio al collo di John, mentre lui non vuole nemmeno convivere, però neanche la lascia. E Paige vive con un uomo che passa l'altra metà del suo tempo con la moglie. Sia tu sia io abbiamo avuto un matrimonio felice, ma i nostri figli si accontentano di portare avanti storie mediocri, che nel lungo periodo non li renderanno felici. Eppure sono entrambi intelligenti, però stanno con persone che non li meritano. A volte divento matto nel vedere le donne con cui esce John.»

«Riguardo a Kate la penso come te» disse Kezia. «Sceglie uomini sbagliati da quando era adolescente e ora vuole sposarne uno. John almeno non si è fidanzato.»

«È vero, ma Caroline potrebbe rimanere incinta e se succedesse la sposerebbe. Si può soltanto sperare che tutto vada bene.»

«Io continuo ad augurarmi che Kate rompa il fidanzamento, ma non credo lo farà, è così testarda...»

«Al Labor Day» disse Sam, facendo un brindisi con il sakè.

«Al Labor Day!» gli fece eco lei, ridendo.

Per il resto della cena parlarono di argomenti meno pesanti. Kezia gli disse di avere richiesto il materiale informativo per il corso da infermieri, e Sam fu molto contento per lei, era un buon inizio e un ritorno su una strada che l'aveva resa felice.

Decisero di tornare a casa anche se era ancora presto, dato che lui doveva lavorare e Kezia era stanca. Si trattennero in terrazza per pochi minuti, poi Sam la prese tra le braccia per darle la buonanotte e Kezia restò sorpresa. Le sfiorò le labbra con le sue, tenendola abbracciata, poi la baciò ancora. Fu un bacio tenero e gentile, come lui. Kezia provava per Sam dei sentimenti che non avrebbe mai immaginato. Era come se fosse iniziato un nuovo capitolo della sua vita, come se davanti a loro si dispiegasse un sentiero tutto da esplorare.

«Sei una donna straordinaria» le sussurrò. «Non avrei mai pensato di poter incontrare una persona come te.»

Lei si sentiva nello stesso modo nei suoi confronti e annuì. Sam la baciò con più passione, ma nessuno dei due voleva affrettare le cose. Quello era soltanto l'inizio e desideravano assaporare ogni momento.

«Detesto lasciarti quando ci diamo la buonanotte» le disse con voce roca.

«Anch'io» sussurrò lei, sorridendo.

Rimasero lì fuori a baciarsi a lungo, come due adolescenti.

«Non so come ho fatto a essere così fortunato.»

«Tu meriti di essere felice, Sam. Sei una brava persona.»

«Anche tu lo meriti e io voglio renderti felice.»

«Lo stai già facendo.»

Si diedero un ultimo bacio, poi lui tornò nel suo appartamento e anche Kezia rientrò. Aveva la sensazione di volare e non le sembrava vero che stesse succedendo. Se non avesse avuto il coraggio di trasferirsi a New York, non avrebbe mai conosciuto Sam. Le sembrava una follia stare con un attore famoso, ma era una follia meravigliosa.

Seduto nello studio, Sam stava pensando le stesse cose di lei.

Kezia si sdraiò a letto, ripensando ai suoi baci teneri e dolci. Entrambi ne volevano ancora.

Quella sera, Jack aveva lezione con uno dei suoi studenti e tornò a casa alle dieci. La lezione si era protratta più del previsto, era stanco, aveva voglia di un drink e non aveva ancora cenato.

Kate stava scrivendo, perciò non si era accorta che fosse tardi.

«C'è qualcosa da mangiare?» le domandò, aspettandosi che fosse lei a preparare la cena.

Kate però non intendeva interrompersi perché stava scrivendo di getto e non voleva perdere l'ispirazione.

«Non saprei» gli rispose in tono vago. «Io ho mangiato un'insalata, in frigo non c'è molto.»

«Se tu facessi la spesa, qualcosa ci sarebbe» replicò lui, seccato.

Kate non considerava i lavori domestici compito suo. La donna delle pulizie che veniva ogni giorno durante la settimana non faceva la spesa né cucinava. Spesso prendevano del cibo da asporto e Jack cucinava soltanto quando non aveva alternativa.

«Per quale motivo devo fare io la spesa?» lo aggredì. «Perché non puoi farla tu?»

«Perché anch'io scrivo.»

Kate evitò di puntualizzare che pagava lei ogni cosa, perciò era assurdo che dovesse occuparsi anche di fare la spesa.

«Oggi mia madre mi ha lasciato tre messaggi per sapere la data del matrimonio. Non so cosa risponderle.» Cambiò bruscamente argomento, passando a uno ancora più spinoso.

«Che fretta c'è? Perché dobbiamo fissare una data? Pensavo che ci fossimo fidanzati per rendere più ufficiale la nostra storia, non per precipitarci all'altare. Non posso permettermi di sposarmi, lo sai.»

«Ora non paghi nulla e non cambierà quando saremo sposati. Non mi aspetto questo da te. Però conviviamo da tre anni e a un certo punto dobbiamo decidere se facciamo sul serio o no. E poi, se voglio dei figli non possiamo aspettare ancora molto.»

«Vuoi avere figli?» le chiese Jack senza girarci intorno.

Lei esitò un attimo. «Non lo so» rispose poi, sincera.

«Perché non cerchi di capirlo prima di spingerci in un matrimonio che nessuno di noi due vuole e di cui non abbiamo bisogno, soltanto perché così saremmo rispettabili o perché tua sorella sta per sposarsi? Tutto questo ha a che fare con lei, vero?»

«No, ha a che fare con noi» ribatté Kate con una calma glaciale. «Riguarda te e me. Non ti trascinerò all'altare, Jack, né ti punterò una pistola alla tempia.»

«È quello che stai facendo.»

«Ti sembra che sia così?»

«Sì.» Si versò un whisky liscio e lo buttò giù in un unico sorso.

«Ecco la risposta. Cosa devo dire a mia madre, che hai cambiato idea e che non ci sposiamo più?»

«È stata un'idea tua fin dall'inizio; dopo il fidanzamento di Felicity hai voluto fidanzarti anche tu. Era il nostro compromesso e all'improvviso dobbiamo fissare una data e trovare una location per far contenta tua madre.»

«Lei sta cercando di far contenti noi» replicò Kate con calma.

«Be', io non sono contento. Ora vuoi sposarti, poi vorrai un bambino... Kate, noi non siamo mai stati così, siamo scrittori, siamo dei creativi. Ci basta questo, non abbiamo bisogno del matrimonio e dei figli.»

«E se io ne avessi bisogno, invece? Non mi ero resa conto che tu non vuoi proprio sposarti.»

«Ho quarantadue anni, non mi servono quegli orpelli. Che differenza fa essere sposati?»

«Fa differenza per me» rispose lei in tono deciso e si accorse per la prima volta che era la verità.

Voleva ciò che aveva Felicity: un uomo profondamente innamorato di lei e che non vedeva l'ora di diventare suo marito. Jack però non era Blake e non lo sarebbe mai stato, con o senza un anello al dito. Jack voleva che lei lo mantenesse a vita senza dare niente in cambio. Si domandò come avesse fatto a non accorgersene prima, perché non avesse voluto guardare in faccia la realtà. Aveva trascorso tutta la vita nell'attesa di incontrare il padre, e gli ultimi quattro anni ad aspettare invano che Jack crescesse. Ma non era ancora pronta a dirglielo, era già abbastanza difficile averlo capito. Finalmente le cose erano chiare.

Infuriato, Jack andò in cucina a rovistare nel frigorifero, mentre Kate provò a rimettersi a scrivere. Aveva un nodo allo stomaco. Ormai sapeva la verità, non poteva più fare finta di nulla. Con o senza anello, ciò che Jack poteva darle non era abbastanza.

Quella sera, John e Caroline avevano partecipato a una festa di fidanzamento di una ex compagna di scuola di lei. Aveva ventinove anni, era avvocato e si era fidanzata con un giovane socio dello studio in cui lavorava. Il suo futuro era ben tracciato e un giorno sarebbero stati entrambi soci dello studio. Avrebbero guadagnato bene, si sarebbero sposati, avrebbero avuto dei figli, si sarebbero trasferiti in periferia e avrebbero fatto i pendolari. Per mantenere i figli avrebbero avuto bisogno di entrambi gli stipendi. A John tutto ciò pareva una condanna. Era contento per loro dato che era ciò che desideravano, ma non era quello cui aspirava lui. E, se mai lo avesse desiderato, doveva passare ancora molto tempo.

Come succedeva sempre quando andavano a una festa di fidanzamento o a un matrimonio, a fine serata Caroline iniziò a tartassarlo riguardo il tempo che passa e il suo orologio biologico. John non l'aveva mai ingannata, le aveva detto dall'inizio che il matrimonio non era tra i suoi progetti a breve termine. Le donne non gli credevano: era capitato in passato e stava succedendo di nuovo. Non era mai uscito con nessuna che gli avesse fatto desiderare sposarsi, inoltre più loro insistevano più lui si tirava indietro. Lungi dall'invogliarlo, le feste di fidanzamento lo atterrivano. John era una persona fedele, però voleva una relazione, non un matrimonio, e sapeva che se mai avesse voluto una moglie accanto, non sarebbe stata una donna come Caroline.

Quella sera aveva capito di essere stato ingenuo a pensare che lo avrebbe lasciato in pace e gli avrebbe creduto quando le diceva che non intendeva sposarsi.

Caroline si era divertita alla festa, lui non tanto. Quando finì, andarono a casa di lui e appena entrarono John si accorse che era stato un errore.

«Quando mi farai venire ad abitare qui?» gli disse lei in tono lamentoso.

«Caroline, ne abbiamo parlato quando abbiamo iniziato a frequentarci: non voglio convivere con nessuno.»

«Sono passati otto mesi...» fece lei.

John si rese conto che aveva bevuto più di quanto avesse pensato, cosa che in genere la rendeva aggressiva.

«Appunto, sono passati otto mesi, non otto anni, e non ho cambiato idea. Non voglio che tu venga ad abitare qui. Sono giovane, immaturo, egoista e ho bisogno del mio spazio. Non voglio vivere con nessuno ancora per diversi anni.»

Sapeva che se Caroline si fosse trasferita da lui non se ne sarebbe più andata. Lo avrebbe tormentato fino allo sfinimento, e si sarebbe ritrovato sposato con una donna che non voleva, con cui non avrebbe mai dovuto mettersi e che presto sarebbe rimasta incinta.

«Ho ventinove anni, sto invecchiando...»

«Figurati, sei una ragazzina.»

«Ho quasi trent'anni!»

John chiuse gli occhi per un attimo, poi li riaprì e la guardò. Era bellissima e sexy. Stava bene con lei quando non lo assillava, però non era sufficiente, non ne valeva la pena. Detestava ricominciare da capo, ma doveva farlo. Avevano esaurito ciò che c'era tra loro e da quel momento in poi sarebbe stata solo un'agonia.

«Non posso andare avanti così, Caroline, mi dispiace. Non ho intenzione di sentirmi un bastardo perché non voglio che tu ti trasferisca qui, inoltre non voglio sposarmi, non importa a quanti matrimoni o feste di fidanzamento mi porti, non è contagioso. Io ti ho detto la verità fin dal principio e da quando ci siamo messi insieme non sono cambiato. Per me finisce qui, non vogliamo le stesse cose. Non sono il ragazzo giusto per te e se mai potessi diventarlo a quel punto tu avrai già tre bambini, un cane e una casa in periferia. Non fa per me, almeno in questo momento.»

«Mi stai mollando?» sibilò lei, con sguardo indignato. Non era triste, ma furiosa.

«Non sono l'uomo che vuoi. Dobbiamo interrompere adesso, prima di rovinare le cose. Siamo stati bene, almeno credo. Ti serve qualcun altro, qualcuno che ti dia ciò che desideri.»

«Posso restare stanotte?»

John fece cenno di no, consapevole che c'era la possibilità che tentasse di restare incinta.

«Ti accompagno a casa» le disse in tono educato.

«Sei un bastardo.»

Almeno non poteva accusarlo di averle mentito. John era certo che si sarebbe ripresa presto. Comunque lui avrebbe dovuto aspettarselo, visto che nell'ultimo anno tutte le sue coetanee si erano sposate.

«Stronzo.»

Senza replicare, le passò la giacca. Lei gliela strappò di mano e si diresse alla porta. John la aprì, poi la seguì fuori. Era brilla, non poteva farla andare a casa da sola.

Usciti dal palazzo, fermò un taxi e salì insieme a Caroline, determinato a chiudere la storia prima che le cose diventassero ancora più sgradevoli. Caroline non abitava lontano e quando arrivarono sotto casa sua gli chiese se voleva salire.

«No, mi dispiace» le rispose nel tono più gentile possibile.

L'usciere le aprì la porta e John risalì sul taxi. Lei entrò nell'edificio, poi si voltò e lo guardò con rabbia.

John si domandò se avesse ragione lei, se fosse un bastardo o ci fosse qualcosa di sbagliato in lui. Però sapeva che l'unica cosa sbagliata e stupida che aveva fatto era essere stato per otto mesi insieme a Caroline senza esserne innamorato.

John tornò a casa ripensando alla vicenda. Non era dispiaciuto di averla lasciata, tuttavia si sentiva stupido ed egoista. Si chiese se smettere di frequentare le donne finché avesse trovato quella dei suoi sogni, se lasciar perdere tutto finché si fosse sentito pronto a sistemarsi, oppure se uscire con donne più grandi o con ragazze più giovani che ancora non pensavano al matrimonio. Queste ultime, però, non gli interessavano molto.

Mandò un messaggio al padre. «Pranzo domani?»

Sam era ancora sveglio e rispose subito.

«Mi spiace, non riesco, ho riunioni per tutta la giornata. Stai bene?»

«Sì, sto bene. Non fa niente, ti riscrivo in settimana. Buonanotte.»

John si rese conto che in ogni caso non avrebbe voluto parlare al padre della rottura con Caroline.

Poco più tardi, andò a letto e rimase sveglio a lungo a rimuginare. Avrebbe dovuto interrompere quella relazione da tempo, oppure non iniziarla nemmeno. Dopo averlo ammesso con sé stesso, finalmente si addormentò.

Undici

Il mattino seguente, John si svegliò a pezzi e non ne fu sorpreso. Non aveva bevuto troppo e non era pentito di avere lasciato Caroline, però gli dispiaceva che le cose si fossero concluse in quel modo. Avrebbe preferito che rimanessero amici, come gli capitava di solito. In fondo, erano stati anche bene insieme, solo che non volevano le stesse cose. Caroline non era la persona giusta per lui, che desiderava una donna gentile e amorevole come sua madre, che avesse i suoi stessi obiettivi, non una ragazza che dall'inizio perseguiva dei secondi fini.

Detestava quando le cose finivano male, anche se con Caroline era piuttosto prevedibile, solo che lui non aveva voluto vederlo. Suo padre lo aveva avvertito più di una volta e i fatti gli avevano dato ragione.

Quando arrivò in ufficio, gli venne un'idea bizzarra. Kate Hobson gli sembrava una persona con cui poter parlare, come con un'amica. La conosceva a malapena e non ci stava provando con lei, voleva soltanto parlare. Così le telefonò, sentendosi uno sfigato.

«Hai ricevuto l'anello?» le chiese appena rispose.

«No» disse lei, ridendo.

Era sorpresa di sentirlo e le sembrò che non stesse bene, ma non lo conosceva abbastanza per esserne sicura.

«Sono un po' giù di morale. Ti andrebbe di pranzare con me?»

«Certo. D'accordo. Qualcosa non va?»

«Sì e no. Ho lasciato Caroline.»

«Mi dispiace... Immagino che neanche lei abbia ricevuto l'anello che voleva.»

«Giusto. Sono rimasto fin troppo, prima o poi doveva finire così.»

«Probabilmente hai ragione.»

Era evidente che Caroline aveva intenzioni serie con John e che non avrebbe mollato la presa, ma Kate non glielo disse.

«Ti dispiace di averla lasciata?» gli chiese invece.

«No. Le cose sarebbero andate sempre peggio; credo di essermene tirato fuori appena in tempo. Ora lei mi considera un bastardo.»

«Lo sei stato?» indagò schiettamente.

«No.»

«Le hai mentito?»

«No.»

«Allora sei a posto, non hai fatto niente di male.»

A John piaceva parlare con Kate e si sentì subito meglio.

«A te come va? Come sta il fidanzato?»

«Anche noi abbiamo litigato ieri sera. Forse c'era la luna piena.»

O le persone sbagliate, pensò John, ma lo tenne per sé.

«Vuoi pranzare a La Grenouille o alla tavola calda vicino al mio ufficio?» le chiese.

«Alla tavola calda. Mi piace andare a La Grenouille quando c'è qualcosa da festeggiare, ma possiamo parlare meglio senza sei camerieri intorno. A che ora?»

«All'una va bene?»

Lei confermò e John le disse dove incontrarsi.

Quando chiuse la telefonata, stava meglio. Gli aveva detto che non aveva fatto niente di male e finalmente ne era convinto anche lui. Kate era come una sorella perfetta.

Kate andò all'appuntamento indossando jeans, una maglietta a righe e un paio di ballerine e con i capelli raccolti. Aveva un aspetto fresco e l'espressione comprensiva, e John sorrise quando la vide.

Ordinarono da mangiare, poi lui le raccontò cosa aveva provocato la rottura, cioè il fatto che Caroline lo assillava per convincerlo a convivere, con l'obiettivo di sposarsi.

Kate divenne seria e John se ne accorse.

«Cosa c'è? Ho fatto qualcosa di sbagliato?»

Fino a quel momento, lei lo aveva incoraggiato. Malgrado si conoscessero appena, si sentivano come amici di vecchia data e parlavano bene insieme.

«Forse sono io ad aver fatto qualcosa di sbagliato» rispose Kate. «Forse è proprio quello che sto facendo con Jack, assillarlo riguardo il matrimonio. Volevo che la nostra storia progredisse; tutto mi sembrava immobile, con lui non cambia mai nulla.»

«Lo ami?»

Lei ci pensò un attimo. «Sì. A volte. Non sempre. La maggior parte delle volte. È un bravo scrittore.»

John la fissò sconcertato. «Ti prego, non dirmi che lo sposerai perché è un bravo scrittore!»

«Certo che no. Però ammiro il suo talento.»

«Perfetto. Compra il suo libro quando lo scrive, non sposarlo.»

«Voglio sposarlo perché stiamo insieme da quattro anni e conviviamo da tre. È un investimento di tempo notevole, non si può buttare via tutto così.»

«Si può, se è la persona sbagliata.»

«Non lo è, altrimenti non sarei rimasta con lui.»

«Forse sì, invece. In genere ammetti i tuoi sbagli?»

«No, se posso evitarlo» rispose lei con un sorriso.

«Se investi in un'azienda e quella fallisce, continui a investirci soldi e tempo, oppure la chiudi?»

«Credo che insisterei per un po', ma se continua a perdere probabilmente chiuderei prima che mi trascini a fondo con sé.»

«Risposta ragionevole. Da quanto va avanti? Quattro anni e lui non ha ancora tirato fuori i soldi per un anello, non vuole fissare una data e tu hai ammesso che lo stai assillando riguardo il matrimonio. Ti sembra divertente?»

«No» ammise lei, con più facilità di quanto avrebbe fatto con la madre o la sorella. Con John sentiva di potersi confidare, e lui provava la stessa sensazione nei confronti di lei.

«È da tempo che non è più divertente. Pensavo che il matrimonio avrebbe cambiato le cose» aggiunse Kate.

«Certo, le peggiorerebbe. E cosa otterresti in cambio?» le chiese John.

«Compagnia, qualcuno con cui parlare. Lui mi incoraggia a scrivere. Non sono sola.»

«Non è l'unico uomo sulla faccia della Terra» osservò John, poi decise di rischiare e di essere completamente sincero. «Puoi avere ben di meglio. Jack non è proprio uno spasso e con lui sembri annoiata.»

«Ma il matrimonio, in fondo, non è questo? Noioso per la maggior parte del tempo, con qualche bel momento ogni tanto?» fece lei.

«Spero proprio di no! I miei genitori non sembravano annoiati, erano pazzi l'uno dell'altra. Credo che insieme si divertissero. Tu quanto ti diverti con Jack?»

Kate non rispose.

«Non siamo qui per parlare di me, ma di te e della fine della tua storia» puntualizzò poi.

«La tua è molto più interessante. Tu ne hai ancora una, io no, perciò non c'è niente di cui parlare, per quanto mi riguarda.»

«Credi che ti mancherà?»

«All'inizio, forse, ma non per molto. Sembra orribile ma è la verità. Non l'ho mai considerata una storia a lungo termine.»

Kate si domandò se avrebbe sentito la mancanza di Jack, nel caso in cui lo avesse lasciato.

Durante il pranzo non risolsero i loro problemi, ma per entrambi fu confortante parlare.

Poi lei lo accompagnò a piedi in ufficio, dopodiché prese un taxi per rientrare a casa e andò subito nello studio a scrivere. Le domande di John le risuonarono nella mente per tutto il pomeriggio e si chiese se avesse ragione lui, se stare con Jack fosse un errore. Che lo fosse o meno, Jack si rifiutava di fissare la data delle nozze e lei doveva spiegarlo alla madre, oltre che a sé stessa.

Mentre Kate pranzava con John Stewart, Kezia era a pranzo con Paige Robbins. L'aveva chiamata dopo che lei e Sam l'avevano incontrata nella lobby, e Paige era rimasta piacevolmente sorpresa. Si erano date appuntamento in un ristorante vicino all'ufficio di Paige. Raramente usciva a mangiare, di solito lo faceva alla scrivania continuando a lavorare.

L'ufficio era nei pressi dell'Hudson Yards; quando Kezia scese dal taxi alzò lo sguardo sugli edifici devastati del nuovo complesso, un tempo magnifico. I palazzi più danneggiati sarebbero stati abbattuti. Il centro commerciale era chiuso dal giorno dell'attentato e lo sarebbe rimasto per almeno un anno. Avrebbero costruito un memoriale per le migliaia di persone che avevano perso la vita. A New York e in altre città del Paese c'erano state innumerevoli riunioni per stabilire come potenziare le misure di sicurezza e far sì che una sciagura simile non si verificasse mai più. Quel vile attacco aveva demoralizzato l'intero Paese e provocato una ferita profonda.

Come ormai succedeva sempre, a Kezia ricordò la sera in cui aveva conosciuto Sam e il lavoro che avevano svolto insieme per l'intera nottata, con il cuore a pezzi. Quell'evento aveva portato nella sua vita persone nuove:

Sam, Louise, il figlio di Sam e anche Paige, nella quale Kezia vedeva una donna profondamente triste, legata a un uomo egoista che non la apprezzava davvero.

Quando si incontrarono al ristorante, Paige sembrava allegra ed era molto chic con un abito di lino blu di Chanel. Era bellissima, ma si capiva che lei ormai non ne era consapevole.

Era in ritardo di dieci minuti e si scusò con Kezia, che la stava aspettando al tavolo.

«Ti prego di perdonarmi; una riunione si è protratta più del previsto, non ho potuto uscire prima e neanche scriverti per avvisarti, perché eravamo in videoconferenza.»

«Non preoccuparti, io non lavoro, ho tutto il tempo.»

Ordinarono da mangiare e pian piano Paige si rilassò. A metà del pranzo si era sciolta ed era a proprio agio con Kezia. Parlarono di Louise, di quanto fosse straordinaria. Le sue fotografie delle esplosioni del Quattro Luglio erano state pubblicate sulle riviste di tutto il mondo. Malgrado le circostanze tragiche, le foto erano bellissime e avevano catturato le emozioni vivide e profonde di quella notte.

A un certo punto, Paige guardò Kezia negli occhi e le disse: «Immagino che ti abbiano detto che Greg è sposato. Non è un segreto, ma è sempre imbarazzante quando conosciamo una persona nuova. Credo che Louise ti abbia informata».

«No, lei è molto discreta; me l'ha detto Sam. Non dev'essere facile per te.»

«Già, non è facile» ammise Paige. «Stiamo insieme da cinque anni. Allora i suoi figli erano ancora piccoli e pensavo che, se avessi avuto pazienza, lui si sarebbe liberato. Diceva che lo avrebbe fatto, ma non è stato così. In settembre il più piccolo andrà al college, ed è evidente che non cambierà nulla. Alla fine ci fai l'abitudine. Trascorre ancora le vacanze con loro, in agosto prendono sempre una casa in affitto nel Sud della Francia. Tra una settimana o due sarà là. Torna a New York per un paio di giorni, poi parte da qui» le spiegò Paige, con gli occhi colmi di dolore.

«E tu cosa farai?» le domandò Kezia.

«Lavorerò» rispose lei con un sorriso cupo. «È deprimente viaggiare da sola. Tutti gli anni prima di Natale Greg e io andiamo ai Caraibi. D'inverno la sua barca è là e ci trascorriamo una settimana, prima che arrivino la moglie e i figli.»

Kezia capì che quindi anche l'equipaggio era al corrente della situazione, cosa umiliante per Paige, costretta a vivere nell'ombra.

«Con lui ho investito cinque anni della mia vita» proseguì Paige. «Un impegno del genere non si può buttare via. È tardi per fare qualunque altra cosa. Mi sento troppo vecchia per avere figli, inoltre a quarantadue anni sono fuori tempo massimo per sposarmi. Gli uomini vogliono donne con la metà dei miei anni, e ce ne sono tantissime. Credo di avere ormai perso l'opportunità di avere un marito e dei figli, però ho il mio lavoro» aggiunse con coraggio, e Kezia si sentì addolorata per lei.

«Non è mai troppo tardi» le disse. «Non sai cosa potrebbe succedere, se fossi disposta ad accoglierlo, Paige. Io sono vedova da cinque anni e non avevo mai preso in considerazione di frequentare qualcuno. Pensavo che mio marito fosse l'unico uomo al mondo adatto a me. Da quando è scomparso non ho immaginato di avere un altro compagno. In settembre compirò sessant'anni e sto cambiando idea. Non devi stare da sola se non vuoi e non devi accontentarti degli avanzi che ti concede Greg. Per lui è un ottimo affare: ha sua moglie, la sua famiglia e te, tutto alle sue condizioni.»

Kezia era un po' nervosa per il fatto di essere stata così sincera, ma pensava che qualcuno dovesse farlo. Paige stava permettendo che la vita le sfuggisse tra le dita, mentre Greg si sentiva il padrone del mondo, con due donne ai suoi comodi. Probabilmente, infatti, lo era anche la moglie.

«Lo fa per i suoi figli, davvero» lo difese Paige.

«E per sé stesso... Per lui è comodo, presumo. Se il più giovane sta per andare al college non sono più dei bambini. Non è giusto nei tuoi confronti.»

Paige aveva lo sguardo più triste che Kezia avesse mai visto. A suo parere, stava pagando un prezzo troppo alto per l'autoindulgenza e la vigliaccheria di Greg.

«Scommetto che al lavoro fai orari assurdi perché sei sola.»

«Mi dichiaro colpevole» replicò Paige con un sorriso amaro. «Lavoro quasi tutti i weekend perché non ho altro da fare; per la mia professione è un bene...»

«Hai mai pensato di iscriverti a un club di tennis o di golf? Conosceresti altri uomini, oppure altre donne che potrebbero presentarti qualcuno. Quando mio marito è morto, tutti cercavano di sistemarmi; non ero pronta, credevo che nessuno sarebbe stato alla sua altezza, però il principio era corretto.»

«E ora?» le chiese Paige, incuriosita ma non del tutto convinta.

«Ora mi sono resa conto che là fuori ci sono delle belle persone. Anche solo come amici. Sono davvero contenta di aver conosciuto te, Louise e Sam. Non vi avrei mai incontrati se non mi fossi trasferita a New York. Per me era il momento giusto. Abbiamo venduto l'azienda di mio marito e ho colto al volo l'occasione, dato che le mie figlie sono qui.»

Kezia aveva quasi vent'anni più di Paige, tuttavia era vitale e piena di entusiasmo. In Paige, invece, qualcosa si era spento.

«Anche se non dovessi trovare un nuovo compagno, io sono stata sposata e ho due figlie. Tu hai molto tempo davanti e ci sono tante cose che non hai ancora fatto: non permettere che Greg te ne privi. Lui ha la mia età e ha avuto la sua vita, mentre tu no. Credimi, ti aspettano degli anni magnifici, non sciuparli.»

«Lo dice anche Louise...» mormorò Paige.

«Alla sua bella età è più vitale di me» commentò Kezia. «Vorrei avere la sua energia e il suo spirito.»

«Li hai, me ne sono accorta appena ti ho conosciuta e ti ammiro per questo. Oltretutto, non dimostri la tua età.»

«Però me la sento» replicò Kezia con un sorriso. «Certi giorni sono migliori di altri, e trasferirmi qui ha fatto una grande differenza per me. Dopo che Andrew se n'è andato, stavo morendo e non me ne rendevo conto. Quella parte della mia vita che avevo tanto amato era finita. Mentre adesso sta iniziando un nuovo capitolo.»

«Sam?» azzardò Paige con un lieve sorriso.

«Forse; è presto per dirlo, per ora siamo amici. E poi, dall'attentato del Quattro Luglio è stato un caos totale, è stato sconvolgente per tutti. A volte anche nei momenti di crisi nascono cose positive. Conosci le persone più in fretta. Devo ammettere però che un evento come quello fa vacillare la fiducia nel genere umano e ci ricorda che siamo mortali, che tutto può finire in un istante. Non sprecare nemmeno un secondo della tua vita, Paige, o un giorno te ne pentirai. Non avrei mai immaginato di restare vedova a cinquantacinque anni o di trasferirmi a New York a sessanta. E ora sto addirittura pensando di tornare a studiare e ricominciare a fare l'infermiera... Quella notte mi ha fatto rendere conto di quanto sia preziosa e breve la vita. Però è anche troppo lunga perché tu possa aspettare un uomo che pretende di avere tutto. Sono certa che tu sia innamorata di lui, altrimenti non lo faresti, però meriti di più. Perdonami se sono così esplicita – forse è l'unico vantaggio della mia età –, ma tu hai soltanto cinque anni più della mia prima figlia.»

«Mia madre è morta dieci anni fa. Penso che avrebbe detto le stesse cose. Vorrei avere il tuo coraggio e la tua energia...»

«Li hai, devi soltanto usarli. Stai permettendo a un'altra persona di controllare la tua vita, a suo esclusivo vantaggio.»

«Neanche per lui è facile dividersi tra due donne» disse Paige.

Kezia non era convinta che Greg si sentisse diviso, anzi, da quanto aveva potuto vedere, sembrava perfettamente a proprio agio.

«Magari potremmo fare qualcosa insieme nei weekend in cui sei sola, andare a cena o al cinema» suggerì Kezia.

«Sarebbe stupendo» replicò Paige con gratitudine, poi guardò l'orologio. «Devo tornare in ufficio, ho un'altra riunione tra venti minuti.»

Kezia insisté per saldare il conto, poi uscirono dal ristorante, si salutarono con un abbraccio e Paige si affrettò verso l'ufficio.

Kezia si domandò se quella chiacchierata avrebbe cambiato le cose. Chiaramente Paige era molto innamorata di Greg, ma dall'esterno era facile vedere che quella relazione non aveva sbocchi e che a lui stava bene così. Dopo avere trascorso del tempo con Paige e ascoltato la sua storia, l'antipatia di Kezia per Greg crebbe ulteriormente. Era la stessa situazione di qualsiasi altra donna legata a un uomo sposato: ben poche riuscivano ad averlo per sé alla fine, e lei era sicura che Paige non lo avrebbe avuto.

Era una splendida giornata soleggiata e con una lieve brezza, perciò dopo pranzo Kezia percorse a piedi i venti isolati fino a casa. Quando rientrò, si sedette alla scrivania per rispondere alle e-mail, molte delle quali erano della sua arredatrice. Poi finalmente Kate la richiamò.

«Dove sei stata? Mi stavo preoccupando» le chiese Kezia, sforzandosi di non sembrare infastidita.

«Stavo scrivendo. Non mi va di interrompermi quando lavoro bene» si giustificò, ma a Kezia parve una scusa piuttosto debole.

«So che detesti che vi faccia pressioni, ma ti avevo

cercato sempre a proposito della data del matrimonio. Sembra che manchi tanto tempo, ma non è così. Sai che d'inverno e anche in primavera in Vermont gli alberghi fanno il tutto esaurito. A quale periodo dell'anno pensate tu e Jack?»

Kate fece un sospiro e si augurò che la madre non lo avesse sentito. Invece Kezia se n'era accorta. Quella era proprio la telefonata che Kate aveva tanto temuto e tentato di evitare. Jack non le stava facilitando le cose, mentre sua madre era una persona molto organizzata che pianificava tutto. Kate non aveva la stessa precisa percezione delle tempistiche, né la tendenza a fare le cose in anticipo, grazie alla quale la vita di Kezia scorreva senza contrattempi. Felicity, da quel punto di vista, era molto più simile alla madre, inoltre nessuna delle due doveva fare i conti con Jack.

«So che hai bisogno di sapere, mamma, ma Jack è occupatissimo. In agosto andremo a un laboratorio di scrittura, lui terrà lezioni per una settimana e sta tentando di prepararsi. Inoltre sta lavorando a un saggio che intende pubblicare sul *New Yorker*, sarebbe un bel colpo se ci riuscisse. È difficile per lui concentrarsi su qualcosa per cui mancano molti mesi; non vuole fare progetti, non ha idea di cosa faremo quest'inverno o la prossima primavera. Gliel'ho chiesto.»

Lo aveva anche inutilmente spronato, spinto e implorato, fino ad arrivare al litigio della sera precedente.

«Il tuo matrimonio è importante, Kate, più importante di un laboratorio di scrittura o del *New Yorker*. Spero che anche Jack la pensi così.»

«Lo so» disse Kate, ma sapeva anche che per lui non era così.

«Avete almeno un'idea del periodo? La stagione?»

«No, e non vuole parlarne, perciò è inutile che tu mi solleciti» le rispose in tono teso.

«E a te va bene?» le chiese la madre, sforzandosi di dissimulare l'irritazione.

Era evidente che Kate fosse infastidita dall'atteggiamento del compagno.

«Deve andarmi bene» rispose. «Lui è così. Non gli piace essere pressato o messo alle strette.»

«È un ragazzo fortunato» commentò Kezia. «Allora, cosa devo fare?»

«Aspetta finché ti dirò che abbiamo fissato la data.»

«Se il preavviso sarà breve, potrebbero non essere disponibili le location che ti piacciono.»

«In tal caso andremo da qualche altra parte.»

«Se non sappiamo la stagione non possiamo nemmeno cercare l'abito.»

«Lo so, mamma.»

Kate si stava deprimendo sempre più. Erano tutte cose che aveva detto a Jack la sera precedente.

«La settimana prossima, quando verrà in città, Felicity e io cominceremo a cercare il suo vestito. Dicembre è dietro l'angolo. Pensavamo a Parigi, ma sarebbe complicato fare le prove, perciò lo compreremo qui.»

«Fantastico. A me non serve un abito da favola come il suo, per una semplice cerimonia in Vermont.»

Kezia si rattristò al pensiero che Kate avrebbe avuto tutto di seconda scelta, a cominciare dall'abito da sposa.

Felicity invece si stava godendo molto i preparativi, inoltre le rendeva facili le cose, così come Blake.

«Se saprò qualcosa ti chiamerò, mamma. Nel frattempo, divertiti con Felicity.»

Almeno avrebbe tenuto la madre occupata, pensò quando chiusero la telefonata. Ci rifletté per l'intero pomeriggio e non riuscì più a scrivere.

Poi chiamò John per sentire come stava.

«Mi sento meglio da quando abbiamo pranzato insieme» le disse. «Ho ricevuto un'e-mail sgradevole da Caroline, che in effetti mi ha fatto sentire meno in colpa. Mi accusa di averle mandato all'aria i piani, mentre io le avevo detto fin dall'inizio che non volevo convivere né sposarmi» le spiegò. «E tu come stai? Dalla voce non sembra molto bene» aggiunse.

«Mia madre mi tormenta riguardo la data del matrimonio. Vorrei non aver mai detto che ci siamo fidanzati. La notizia ha creato solo problemi e Jack non vuole saperne. Lo ha fatto solo per darmi un contentino e ora mi sento stupida e umiliata.»

«L'uomo perfetto da sposare» scherzò John.

«Già, proprio così» disse Kate con una risata amara.

«Ho un'idea migliore. Perché non usciamo a cena la prossima settimana, così ti tiro su di morale? Giuro che non ti assillerò sulla data del matrimonio, sappi solo che non puoi venire a vivere con me. Hai bisogno di divertirti un po'. Andremo in un posto rumoroso e affollato, così non c'è il rischio che la scambiamo per una cenetta intima.»

Kate rise. John era un nuovo amico fantastico. Da

quando stava con Jack non era mai andata a cena con altri uomini, ma John era innocuo; inoltre era evidente che si trattava soltanto di amicizia, perciò non c'era niente di male.

«D'accordo, è una bella idea.»

«Potrai raccontarmi del tuo libro... e aiutarmi a scegliere qualche candidata dai siti di incontri.»

«Anche no! Quello puoi farlo da solo. È così che hai conosciuto Caroline?»

«Più o meno. L'ho vista online, poi l'ho incontrata a una festa. Ero ubriaco, questo giustifica il mio giudizio sbagliato.»

«Era carina e si vestiva bene, perciò non hai sbagliato di molto.»

«Già, a parte il fatto che aveva l'abito da sposa pronto nell'armadio e problemi di udito, visto che le avevo detto di non essere interessato al matrimonio; e ora mi dà del bugiardo, la stronza.»

In effetti, il padre lo aveva avvisato anche di quello. Ce l'aveva scritto in faccia. Anche Kate lo aveva pensato, quando l'aveva conosciuta negli Hamptons.

Si accordarono per cenare il lunedì sera successivo in un ristorante che piaceva a Kate. Per lei era l'opzione migliore perché Jack aveva lezione tutto il giorno, perciò probabilmente non si sarebbe neanche accorto che era uscita, oppure non gli sarebbe importato. Si sentì disonesta, però aveva ragione John, aveva bisogno di tirarsi su di morale, perciò era giustificata. In fondo non si trattava di un appuntamento, John era un amico e le era piaciuto parlare con lui già dalla passeggiata sulla spiaggia di

Southampton. Scherzava sempre ma era intelligente, aveva senso dell'umorismo, era serio riguardo a determinati argomenti ed era una persona umile e con i piedi per terra, sebbene avesse un lavoro importante e suo padre fosse una star. Le dava sempre consigli ragionevoli e lei era contenta di averlo conosciuto.

Quella sera, Kezia raccontò a Sam del pranzo con Paige. La doppia vita di Greg Avery la metteva proprio in una brutta situazione.

«Lo fanno in tanti, a Hollywood; e molti non si preoccupano nemmeno di cambiare città, ma hanno entrambe le donne a Los Angeles» le raccontò Sam.

«Mi dispiace per lei» disse Kezia. «Sembra che si sia isolata dal mondo. Crede di essere troppo vecchia per conoscere qualcun altro, sposarsi e avere figli, perciò resta con lui. È avvilente e penso che sia depressa. Vorrei poter fare qualcosa per aiutarla.»

«Deve aiutarsi da sola» replicò Sam con saggezza.

Poi guardò Kezia con espressione seria, incerto se fosse troppo presto per farle la domanda che aveva in serbo. Non voleva affrettare le cose, ma neanche aspettare troppo, rischiando che il loro rapporto si consolidasse in una semplice amicizia.

Kezia si accorse che aveva in mente qualcosa.

Dopo cena, mentre la cingeva con un braccio sul divano, finalmente trovò il coraggio. «Prenderesti in considerazione l'idea di andare via insieme per qualche giorno, magari un fine settimana? Pensavo che potremmo stare in un piccolo hotel tranquillo, anche non distante da qui.»

«Puoi farlo?» gli domandò, sorpresa. «E se qualcuno chiama i paparazzi?»

«In quel caso, ce ne occuperemo. Siamo adulti e non sposati, abbiamo il diritto di fare quello che vogliamo.»

Lei sorrise e Sam la baciò.

«Non intendo farti pressioni e vorrei che trovassimo il posto giusto per stare un po' in intimità. Sarebbe l'ideale andare via.»

Dopo l'attentato, l'atmosfera a New York era ancora pesante. La città si stava riprendendo, però quella tragedia aveva lasciato un segno profondo in tutti.

«Mi piacerebbe moltissimo andare via con te» sussurrò.

Dopo Andrew non era stata con nessun altro uomo e la prospettiva la spaventava un po' ma allo stesso tempo la eccitava.

«Non ho avuto nessun'altra da quando Audrey...» le confidò lui, a sua volta un po' preoccupato. «Tranne una volta, otto mesi dopo la sua scomparsa. Era troppo presto, è stato un grosso sbaglio, non è andata per niente bene.»

Kezia gli sorrise. «Quel che sarà sarà» disse con filosofia, poi lo baciò. «Troveremo il modo.»

«Ho una memoria abbastanza buona» scherzò lui, facendola ridere.

Tuttavia, per lei c'era l'aggravante che stava per andare a letto con l'attore più celebre d'America e la cosa la riempiva d'ansia. Non avrebbe mai potuto immaginare di innamorarsi a sessant'anni, subito dopo il più grave attentato terroristico della storia. La vita era davvero imprevedibile ed entusiasmante, rifletté.

Sam la strinse tra le braccia e lei sentì il battito del suo cuore. Era spaventato ed eccitato quanto lei ma, come aveva detto lei stessa, avrebbero trovato il modo.

Dodici

PRIMA di partire per il weekend romantico, Kezia accompagnò Felicity a scegliere l'abito da sposa. Era un evento importante per madre e figlia, e la ragazza desiderava che ci fosse anche la sorella maggiore. Kezia ci aveva pensato ma aveva voluto aspettare che fosse Felicity a proporlo.

Avevano appuntamenti con tre famosi stilisti. Felicity conosceva le loro creazioni e aveva sfilato per loro, che erano entusiasti di avere una top model come lei per cliente. Aveva le idee chiare in proposito: un vestito in raso pesante, dato che il matrimonio si sarebbe celebrato in dicembre, con un lungo strascico e il velo modello cattedrale. Desiderava che fosse classico ma allo stesso tempo spettacolare, e addosso a lei lo sarebbe stato di sicuro. Aveva sfilato in abito da sposa su ogni passerella che aveva calcato, specialmente quelle d'alta moda di Parigi; finalmente doveva sceglierne uno per sé e non vedeva l'ora.

Kezia era commossa per l'entusiasmo della figlia e per il fatto che volesse anche Kate accanto. La sorella maggiore avrebbe avuto l'opportunità di vedere i modelli, sebbene ne cercasse uno molto più semplice, per il suo matrimonio in stile rustico nel New England.

Sia Felicity sia Kezia le mandarono un messaggio con gli orari e gli indirizzi degli appuntamenti, ma Kate fece di tutto per evitarli. Disse che era occupata, che aveva impegni improrogabili, che stava scrivendo, che aveva un raffreddore fortissimo, che doveva aiutare Jack a preparare un laboratorio. Ma nessuna scusa funzionò; la madre e la sorella non intendevano arrendersi e alla fine Kezia le telefonò.

«Per quale motivo fai tanto la difficile? Per Felicity significa molto che tu ci sia. Non è chiedere troppo, mi pare. Ti ammira e tiene molto alla tua opinione, sei la sua sorella maggiore. Devi venire.»

«Ho da fare, mamma; comunque lei ne sa molto più di me in fatto di abiti da sposa, li indossa di continuo.»

«Stavolta è diverso, è per il suo matrimonio, inoltre tu sarai la damigella d'onore. Non vuole che nessuno veda l'abito oltre a me e te. Non potresti fare uno sforzo per lei?»

Facendola sentire una grande egoista, la madre riuscì a convincerla. Kate non voleva vedere Felicity in abito da sposa che sprizzava gioia da tutti i pori, mentre lei non riusciva a convincere Jack neanche a fissare una data. Non voleva confessare loro che il suo matrimonio stava diventando un'ipotesi sempre più remota, perciò accettò con riluttanza.

Il giorno stabilito, prese un taxi per andare a vedere i modelli di Oscar de la Renta. Molti erano di pizzo e stupendi. Felicity scelse quelli che voleva provare mentre

Kate e Kezia la aspettavano. Riemerse dal camerino con un abito chiuso da un'interminabile fila di bottoncini lungo la schiena e uno strascico di tre metri. Faceva rimanere senza fiato. Nel vederla, Kezia si commosse, invece Kate si irrigidì mentre sorrideva e cercava le cose giuste da dire alla sorella.

Trascorsero lì un'ora, Felicity provò diversi abiti e veli, e con ciascuno era sempre più bella.

«Voglio che Blake rimanga sbalordito quando mi vede» disse alla sorella.

«Sarà così» le assicurò Kate, domandandosi come sarebbe stata lei in abito da sposa, durante il matrimonio senza fronzoli che Jack diceva di volere.

Felicity non aveva trovato nulla che la convincesse pienamente, perciò andarono a vedere le creazioni di Carolina Herrera. Quel secondo appuntamento durò ancora più a lungo, poi a mezzogiorno si spostarono nell'atelier di uno stilista nuovo e sconosciuto, di cui aveva visto e apprezzato i disegni. Aveva indossato un modello in un servizio per *Vogue* e le era piaciuto molto.

La sua ultima creazione era esattamente ciò che la futura sposa aveva detto di desiderare. Un abito di raso pesante, con le maniche lunghe e che lasciava le spalle scoperte. Felicity aveva un aspetto regale con quell'abito color avorio, lo strascico che occupava quasi tutta la stanza e un lungo pannello di pizzo che le scendeva dalle spalle. C'era un complesso sistema per tirarlo su durante il ricevimento in modo che potesse danzare, inoltre l'abito era completato da un elegante cerchietto tempestato di perline, che le posarono sui capelli biondi per fermare il velo. Rivolse uno sguardo raggiante alla madre e alla sorella. Era favolosa.

Kate era certa che *Vogue* avrebbe voluto l'esclusiva per il sensazionale matrimonio che la sua famiglia stava pianificando, al quale sarebbero stati invitati celebrità, esponenti dell'alta società e politici. Tra lo sposo e la sposa, conoscevano praticamente tutti. Kate poteva facilmente immaginare le centinaia di ospiti che adulavano la sposa. Sarebbe stata una baraonda, ma Felicity, dopo l'iniziale esitazione, si era lanciata. Il figlio di Blake avrebbe portato gli anelli e Kate sarebbe stata la sua unica damigella.

Kezia aveva già deciso che si sarebbe vestita di blu e aveva scelto l'abito da uno stilista inglese che glielo stava confezionando su misura.

Aveva anche ordinato i pre-inviti e le partecipazioni. I pre-inviti sarebbero partiti quella settimana, così gli ospiti avrebbero potuto segnarsi la data sul calendario di dicembre. Il matrimonio si sarebbe svolto al Frick Museum, come Blake e Felicity avevano sperato. Kezia aveva fissato appuntamenti in settembre con due imprese di catering e tre pasticcieri specializzati in matrimoni; i dettagli da considerare erano innumerevoli. I commenti della madre e della sorella vorticavano intorno a Kate, che a un certo punto si sentì svenire e dovette sedersi. Per lei era troppo, ed era grata che Jack non volesse un matrimonio in grande, o non lo volesse affatto. Inoltre, trovava insopportabile l'inesauribile entusiasmo di Felicity e sentì il risentimento ribollire dentro di lei.

Kezia si accorse che qualcosa non andava e le si avvicinò mentre Felicity chiacchierava con lo stilista. Come ci si poteva aspettare, era la sposa più bella che avessero mai visto e sapeva esattamente come muoversi per esaltare la linea dell'abito.

«Stai bene?» chiese sottovoce Kezia alla figlia maggiore.

«No, non sto bene» rispose lei, guardando Felicity in tutto il suo splendore.

In lei c'era un'innocenza che ricordava una bambina la mattina di Natale. Era un'anteprima di quello che sarebbe stato il giorno più bello della sua vita.

«C'è qualcosa di macabro in tutto questo» disse Kate e i presenti la guardarono sconcertati. Si rivolse a Felicity e proseguì. «Hai idea di quante migliaia di persone sono morte o sono rimaste mutilate in questa città poche settimane fa?»

A quelle parole, Felicity parve annichilita.

«Svolazzi su e giù agghindata nel tuo abito da sposa come se non fosse successo niente: è una cosa oscena. Chi se ne frega del tuo matrimonio e di quanti strati di crinolina ci saranno sotto lo strascico, o quanti metri di pizzo ti trascinerai dietro. Come puoi startene lì vestita così, a parlare degli inviti e della torta, del catering, di quale fotografo scegliere e di cosa suonerà la band? Stiamo ballando sulle tombe di quella gente e stiamo rendendo insignificante la loro morte. Non è una festa, è una farsa» sibilò, furente.

Felicity stava piangendo.

«Smettila!» sbottò Kezia. «Perché fai così? Vuoi ferire tua sorella perché è felice e sei invidiosa? Devi rovinarle questo momento così sarà amareggiata e arrabbiata come te, vero? Non hai motivo di essere arrabbiata, hai tutto ciò che ha lei e anche di più. Vestirsi di stracci e cospargersi il capo di cenere o rifiutarsi di fissare una data per il matrimonio non riporterà in vita quelle persone né cambierà ciò che è accaduto. Ero in ginocchio accanto a loro quella notte. Li ho visti con i miei occhi e ho tenuto loro la mano mentre morivano. Ma la vita deve continuare, è questo l'antidoto all'orrore. È questo il significato dell'esistenza, cercare di essere felici per trarre il massimo dalla vita finché ce l'abbiamo. Se ti senti in lutto per quelle persone, come tutti noi, fallo per conto tuo, non usarla come scusa per rovinare questo momento a tua sorella.»

Kezia era furiosa e abbracciò Felicity per consolarla.

Kate era livida. Non sapeva nemmeno lei perché avesse parlato in quel modo, ma la madre aveva ragione: aveva voluto rovinare il momento a Felicity perché lei era profondamente scontenta e perché Jack si stava comportando malissimo e l'aveva delusa. Non era stato capace di prendere nemmeno un anellino di plastica da metterle al dito, né di fissare una data. Sapeva di avere commesso un errore a forzare Jack a prendere un impegno, verso il quale lui si era mostrato sempre refrattario. A differenza di Blake, che era esaltato alla prospettiva di sposare Felicity.

«Mi dispiace» mormorò con voce strozzata. «Sei bellissima» disse alla sorella con le lacrime agli occhi. «Sarai una sposa meravigliosa.»

Con la sua tipica generosità, Felicity la abbracciò; rimasero strette l'una all'altra piangendo, mentre Kate le ripeteva quanto fosse dispiaciuta.

«Perdonami, sono stata una stronza. Non so cosa sia successo, ero sopraffatta. Non hai ucciso tu quelle persone; la mamma ha ragione, dobbiamo continuare a vivere e tu hai tutto il diritto di avere il tuo matrimonio da favola.»

«Mamma, credi che sia di cattivo gusto?» domandò Felicity, guardandola da sopra la spalla della sorella.

«No, non lo credo affatto» rispose Kezia in tono affettuoso. «Il matrimonio si svolgerà cinque mesi dopo l'attentato. Grazie al cielo non abbiamo perso nessun famigliare, e tuo padre avrebbe desiderato per te le nozze più sontuose. Tutti saranno felici di festeggiare insieme a te. Ora togliti l'abito e andiamo a pranzo» concluse, turbata da quell'episodio.

Appena Felicity andò in camerino, Kezia si rivolse a Kate con espressione seria.

«Non so cosa ti stia succedendo» le disse a bassa voce «ma devi affrontarlo e risolverlo prima di ferire irrimediabilmente le persone. Lo scoppio d'ira che hai avuto è stato totalmente inappropriato e le hai rovinato un momento importante. Felicity non se lo merita e non lo avrebbe mai fatto a te. Hai cercato di farla sentire in colpa perché sta per sposarsi ed è felice: sei stata ingiusta.»

Gli occhi di Kate si riempirono di lacrime.

«Lo so, mamma, hai ragione. Mi dispiace. Era così contenta che mi ha fatto andare fuori di testa.»

«Qualunque problema ci sia tra te e Jack, sarà meglio che troviate una soluzione prima che tu provochi danni irreparabili, a te stessa e agli altri.»

Era stata l'aggressione più meschina cui Kezia avesse

assistito e per lei era straziante che Kate l'avesse rivolta contro la sorella.

Felicity tornò dal camerino bella e fresca come sempre. La sua semplicità infantile era commovente, ed era pronta a perdonare la sorella per il suo pessimo comportamento.

«Dove andiamo a mangiare?» domandò, sorridendo a entrambe.

L'ultima cosa che Kate desiderava era pranzare, ma era consapevole di non potersi sottrarre: doveva fare qualcosa per rimediare alla sua scenata.

Dopo aver ordinato l'abito, lasciarono l'atelier e Kezia rassicurò ripetutamente Felicity che organizzare il matrimonio non era irrispettoso verso le vittime dell'attentato del Quattro Luglio.

Andarono da Harry Cipriani allo Sherry-Netherland Hotel, che per fortuna era così rumoroso che era impossibile affrontare argomenti seri. Kate sembrava profondamente depressa e a malapena toccò cibo. Kezia cercò di calmarsi e prese un'insalata, mentre Felicity tentava di alleggerire l'atmosfera raccontando che presto sarebbe arrivato il figlio di Blake e che non vedevano l'ora.

Dopo pranzo, Felicity e Kezia andarono da Cartier per l'ultimo controllo delle partecipazioni. Era la giornata dedicata all'organizzazione del matrimonio e Kate le lasciò per tornare a casa.

Jack stava lavorando al saggio per il *New Yorker*; Kate si buttò sul divano e lo guardò. Qualche volta le sembrava un estraneo. Ripensò a quando John Stewart le aveva chiesto se lo amava e al momento non ne era tanto sicura; non era mai facile rispondere a quella domanda e sapeva che invece avrebbe dovuto esserlo.

«Cosa avete fatto?» le chiese Jack in tono casuale.

«Abbiamo comprato l'abito da sposa» si limitò a rispondere.

«Per te?» fece lui, preso dal panico.

«No, per Felicity. E ho dato di matto, l'ho aggredita verbalmente, perché sono stressata per noi. Se non vuoi che ci sposiamo, non facciamolo, però non prendermi in giro dicendo che siamo fidanzati e poi rifiutandoti di fissare una data o regalarmi un anello, anche simbolico.»

«Sai che non me lo posso permettere.»

«Non mi interessa se è di legno o di plastica: è un simbolo.»

«Un simbolo di qualcosa in cui non credo e in cui nemmeno tu hai mai creduto, mentre ora ogni volta che ci vediamo per cinque minuti tenti di costringermi a fissare una data.»

«Non voglio costringerti, né trascinarti o forzarti. Se non vuoi sposarmi non farlo, però dimmelo.»

«Non voglio» replicò Jack a denti stretti. «Però lo farò se tu insisti e se è un requisito necessario.»

«Un requisito per cosa? Per la tua vita facile a spese mie?»

«La vita di uno scrittore non è mai facile» dichiarò lui pomposamente.

«Allora scrivi qualcosa, così avrai una giustificazione, e smetti di lamentarti. Se non mi ami, perché stai con me?»

«Io ti amo, ma questo non significa che debba sposarti» ribatté lui, ostinato.

«No, non devi. E neanch'io. A quanto pare è stata una pessima idea.»

«Sono d'accordo» disse lui con sollievo, senza comprendere le implicazioni delle parole che aveva appena pronunciato e il probabile esito dell'intera vicenda.

Kate iniziò a rendersi conto che John Stewart poteva avere ragione. Forse gli ultimi quattro anni erano stati un errore e lei si era rifiutata di prenderne atto.

«Andiamo d'accordo e stiamo bene insieme, quando non ti comporti in maniera folle per un matrimonio. Insieme possiamo avere una vecchiaia molto piacevole» osservò Jack.

Era così patetico da risultare ridicolo. Kate uscì dalla stanza per non essere costretta a replicare. Lui era il peggior nemico di sé stesso e lei aveva bisogno di riflettere. All'improvviso considerò gli ultimi quattro anni un affronto alla sua dignità, ai suoi sentimenti e alla sua autostima.

Varie ore dopo, quando uscì dallo studio, Jack non c'era. Aveva lezione e non rientrò finché Kate si fu addormentata. Il mattino seguente, quando lei si svegliò, era già uscito, e per Kate fu un sollievo non vederlo.

Quella sera, quando incontrò John al ristorante per cenare insieme, tentò di non far trapelare il suo stato d'animo, ma lui se ne accorse ugualmente.

«Come stai?» le chiese subito.

Era contenta di vederlo, ma era evidente che fosse giù di morale.

John aveva un aspetto migliore rispetto a quando avevano pranzato insieme il giorno dopo la rottura con Caroline, e non vedeva l'ora di cenare con lei. Ordinarono del vino, poi lui attese che gli spiegasse cos'era successo. Quasi senza accorgersene, erano diventati il confidente l'uno dell'altra. Con lui Kate si sentiva libera di essere sé stessa e gli raccontò tutto.

«Mi sa che sto diventando pazza» gli disse dopo il primo sorso di vino.

«Cioè?»

«Ieri sono andata fuori di testa e ho fatto una scenata a mia sorella mentre eravamo a provare gli abiti da sposa.»

«Anche per te?» domandò John.

«No, per lei. Era stupenda, ma io ero invidiosa e l'ho trattata malissimo. Eppure lei è l'ultima persona con cui dovrei prendermela: è dolce con tutti, mi ha perdonato subito, ma non me lo merito. Penso che tu abbia ragione riguardo gli ultimi quattro anni: non so proprio che cavolo avevo per la testa. Jack e io abbiamo di nuovo litigato furiosamente per il matrimonio. Lui non ha mai voluto sposarsi, credo di averlo forzato, e non sono neanche sicura del perché l'ho fatto. Forse credevo che in quel modo saremmo diventati una vera coppia, cosa che ora non siamo. Secondo lui dovremmo farci compagnia durante la vecchiaia. Non vuole sposarsi e ora non lo voglio più neanch'io. Non so cosa dire a mia madre. Questa relazione è stata un grosso errore fin dall'inizio. Credo che mi sentissi sola e volessi qualcuno con cui parlare, così ho sempre provveduto a tutte le spese. Probabilmente non ci siamo nemmeno mai piaciuti. Io mi sono sempre sentita in difetto rispetto a Felicity, che è meravigliosa, e perché mio padre mi ha abbandonato. Ora sto meglio con me stessa ed è come se a un tratto mi fossi svegliata e mi fossi chiesta: Che diavolo ci faccio qui? E, soprattutto: Che diavolo ci fa qui Jack?»

«Almeno ti sei svegliata» commentò John in tono pacato.

«Già, e ho buttato via quattro anni della mia vita. Ne ho trentasette e vivo con un tizio che non vuole nemmeno sposarmi.»

«Ringrazia il cielo per questo» disse lui.

«Non sono mai stata sicura di volermi sposare, ma all'improvviso è diventato importante, e mi sento vecchia, ed è ridicolo che lui sostenga che siamo fidanzati ma allo stesso tempo non voglia impegnarsi fino in fondo.»

Per prenderla un po' in giro, John fissò la sua mano sinistra per accertarsi che non ci fosse nessun anello. «Vedo che non è ancora passato da Tiffany.»

«Mi sento così stupida... Tutto questo avrebbe dovuto finire anni fa, o non cominciare nemmeno.»

«Mi sono sentito nello stesso modo riguardo a Caroline» ammise John.

«Ti ha cercato di nuovo?» indagò Kate, dopo che ebbero ordinato.

«Qualche messaggio antipatico ogni tanto. Almeno sono più brevi delle sue e-mail.»

Kate rise, poi cambiarono argomento.

Uscire con John la fece sentire meglio. Con lui era facile parlare e andavano molto d'accordo. Non era concentrato su sé stesso ed era interessato al libro che lei stava scrivendo.

Mentre mangiavano le chiese se sapesse cosa stava succedendo tra suo padre e sua madre.

«Non mi ha detto niente» rispose Kate. «Mi pare che siano come due bambini che hanno una cotta l'uno per l'altra.»

«Mio padre è molto riservato riguardo la sua vita privata» le disse John.

Parlarono del lavoro di lui, che era interessante e impegnativo dato che faceva investimenti per conto dei suoi clienti. Aveva una grossa responsabilità per essere poco più che trentenne; d'altra parte, sebbene fosse quattro anni più giovane di Kate, era molto maturo.

Le disse che suo padre era il suo migliore amico, cosa che Kate gli invidiò. Lei gli raccontò la storia del padre biologico, di quanto il fatto di essere stata abbandonata alla nascita avesse pesato su di lei e che averlo incontrato era stato interessante ma allo stesso tempo deludente. Aveva dedicato la vita a fare del bene ma non era una persona affettuosa, aveva ben pochi rimorsi – se non nessuno – per averla abbandonata e non si era mai fatto sentire. L'aver conosciuto il padre biologico le aveva fatto apprezzare di più quello adottivo, inoltre era legata alla madre, benché non quanto John lo fosse a Sam.

In quel momento Kate si rese conto che per quattro anni la sua vita aveva ruotato intorno a Jack. Si domandò se lui non l'avesse anche ostacolata nello scrivere, insistendo affinché partecipassero a tutti quei laboratori. Negli ultimi due anni lei si era stancata di andarci e il libro cui stava lavorando stava procedendo bene.

La serata passò fin troppo velocemente e al termine della cena John le chiese cosa avesse intenzione di fare riguardo Jack.

«Ieri sera lui è stato molto chiaro, e non è quello che voglio, sposati o meno. Devo dirglielo. Mi sento più la sua padrona di casa che la sua ragazza. Sono stufa di sostenerlo e rassicurarlo sul suo talento trascurando il mio, se ne ho. Devo scoprirlo. E tu cosa farai senza Caroline?»

«Ho qualche idea» rispose lui, vago. «Devo stare più attento, le donne come lei sono pericolose. Hanno aspettative alte e non realistiche e non si arrendono facilmente. Per la maggior parte del tempo che sono stato con lei mi sono sentito in trappola. L'ho scampata grazie al fatto di non averle permesso di venire a vivere da me. Credevo di poter tenere le cose sotto controllo, ma ho rischiato grosso.»

«Io devo parlare con Jack. È buffo, il nostro pseudo-fidanzamento è stato ciò che ha fatto finire la relazione.»

«Quindi non sei più fidanzata?» le domandò con un sorriso.

Per tutta risposta, lei alzò la mano sinistra. «A quanto pare non lo sono mai stata.»

«Questa è una bella notizia» dichiarò lui, e Kate si chiese cosa significasse. «E ora?»

«Ora respiro e scrivo. Felicity mi ha invitato ad andare a trovarli negli Hamptons. In agosto il figlio di Blake starà con loro.»

«Posso venire con te qualche volta?» chiese John con cautela. «In giornata, intendo» aggiunse subito.

«Mi piacerebbe. In giornata, certo» rispose lei ridendo. «Puoi portare la tua nuova ragazza, appena la trovi» gli disse, con la sensazione che non sarebbe servito troppo tempo, dato che John era molto attraente e simpatico.

«Vorresti uscire con me?» le chiese, sentendosi di colpo un ragazzino.

«Intendi per un appuntamento?» fece lei, confusa.

«Sì. Te l'avrei chiesto quando ci siamo conosciuti, se tu non fossi stata impegnata con Jack.»

«Non è vero» ribatté lei, divertita. «Avevi gli occhi fuori dalle orbite quando hai visto Felicity. Me ne sono accorta, sai?»

«È bellissima in effetti, ma è fidanzata davvero ed è innamorata pazza di Blake.»

«Sì. All'inizio pensavo che fosse troppo giovane per sposarsi, ma insieme stanno benissimo, inoltre Blake si prende cura di lei e la protegge.»

«L'età non c'entra, l'importante è come si sta insieme. Quel giorno sono stato bene con te» le confidò.

«Sono troppo vecchia per te» dichiarò lei, declinando il suo invito. Era molto attratta da lui, ma non lo considerava un'opzione possibile. «Ho quattro anni più di te, hai bisogno di una ragazza più giovane.»

«Non è vero. Le ragazze giovani mi annoiano, voglio accanto una persona adulta. Ma non una che cerchi di prendere il controllo della mia vita. Quattro anni non sono niente e, per inciso, siamo quasi parenti: i nostri genitori stanno insieme.»

«Non lo sappiamo per certo. Comunque si piacciono.»

«Anche tu mi piaci» le disse John apertamente. «Se ti sbarazzi di quell'essere vile con cui non sei fidanzata.»

«Buono a sapersi» replicò lei mentre uscivano dal ristorante.

Si incamminarono lentamente verso casa di Kate, che

era poco distante, e quando arrivarono si trattennero fuori qualche minuto. Riflettendo su ciò che aveva detto John, Kate si chiese se fosse serio.

«Sì» disse lui, come se le avesse letto nella mente. In realtà lo aveva capito dalla sua espressione. «Pensavo davvero quello che ho detto» confermò.

Le diede la buonanotte sfiorandole le labbra con le sue. Era quasi un bacio, ma non proprio.

Kate entrò nell'edificio e mentre chiudeva il portone lo salutò con la mano, confusa per quanto era appena successo. Gli aveva quasi permesso di baciarla: se fosse stata ancora innamorata di Jack non lo avrebbe mai fatto. Qualunque cosa fosse accaduta da quel momento in poi, sapeva di dover chiudere con lui. La loro relazione era finita da tempo, solo che non aveva ancora voluto ammetterlo.

Il pensiero della rottura non la rattristava.

Entrando nell'appartamento si sorprese di trovarlo seduto sul divano a guardare la televisione, con un drink in mano.

«Cosa ci fai qui?» gli chiese.

«Dov'eri?» replicò lui senza staccare gli occhi dalla tv.

«Fuori» si limitò a rispondere Kate. «Dobbiamo parlare.»

Si sedette sul divano accanto a lui, e Jack la guardò.

«L'ultimo studente ha annullato la lezione, quindi sono tornato a casa» le spiegò.

Kate si rese conto che da tempo lui non la baciava più.

Da un paio di mesi non facevano l'amore, lui scriveva fino a tardi e lei si alzava presto al mattino, perciò in genere quando erano a letto insieme dormivano entrambi.

«Devi trasferirti da qualche altra parte» gli disse con calma.

«Per quale motivo? Perché non voglio sposarti? È una strategia per forzarmi?» ribatté lui con aria divertita.

Non la stava prendendo sul serio, lei però non stava scherzando.

«No, non è una strategia. Non voglio forzarti. Credo che tra noi sia finita, tutto qui. Non c'è motivo per continuare a stare insieme.»

«Desideri così disperatamente sposarti?» Jack sembrava sorpreso, ma non turbato.

«No. Se voglio dei figli, però, dovrei pensarci. Tu detesti l'idea del matrimonio. Se non vuoi sposarti a quarantadue anni, è abbastanza sicuro che non lo vorrai mai. Non c'è nulla che ci tenga insieme, non possiamo frequentare laboratori di scrittura per sempre. Devi andartene» ripeté in tono pacato.

Lui la guardò e a un tratto comprese che parlava sul serio.

«Non posso andarmene, non posso permettermi un appartamento.»

«Non è una buona ragione per stare qui. Tu non mi ami e io credo di non amarti più.» Si sforzò di essere più calma possibile perché non voleva litigare.

«Ti amo invece; non puoi buttarmi fuori di casa perché non ti ho comprato un anello di fidanzamento.»

«Ieri sera mi hai detto che non vuoi sposarti e che ti ho

forzato. Non ti sto forzando. Quella è la porta: la nostra storia è finita, almeno per me è così.»

Lui l'aveva spinta oltre ogni limite e aveva dato tutto per scontato.

«D'accordo, ti sposerò» disse a denti stretti.

«Non è più possibile» ribatté lei senza esitare. «Trovati un posto, non puoi stare qui. Mi dispiace.» Si alzò dal divano e andò in camera da letto.

Jack rimase seduto a fissare il televisore, scioccato.

«Come farò a pagare l'affitto?» le gridò dietro.

«Lo pagavi prima di conoscere me, puoi farlo di nuovo. Trovati un lavoro, dai lezioni a più studenti, insegna a qualche workshop.»

«E cosa ne sarà della mia scrittura?» continuò, furente.

«Troverai una soluzione.»

Jack aveva preso senza dare nulla in cambio, e a Kate erano serviti quattro anni per accorgersi di quanto poco riceveva da lui. L'ultima goccia era stata il fatto che si fosse fidanzato controvoglia e che non la amasse abbastanza da volerla sposare.

Kate uscì dalla camera in pigiama. «Stanotte dormirò nello studio» gli disse. «Ma domani devi trovare un posto in cui andare. Puoi portare via le tue cose la prossima settimana mentre io sono fuori e in casa c'è la donna delle pulizie.»

Lui si alzò e la fissò. Kate non era stata aggressiva e non aveva alzato la voce, ma lui vedeva che era irremovibile.

«Perché mi tratti in questo modo?»

«Sono stanca del fatto che ti approfitti di me e non mi

apprezzi. Hai avuto tutto gratis per molto tempo. Ora basta, per me finisce qui.»

Andò nel suo studio e chiuse la porta a chiave. C'era un divanetto su cui poteva dormire, ma non era più disposta a condividere l'appartamento con Jack. Sapeva che qualcuno dei suoi amici lo avrebbe ospitato e non era dispiaciuta per lui.

Jack si avvicinò allo studio e le parlò attraverso la porta chiusa.

«Pagherai tu il mio affitto?»

«No.»

«Voglio ancora sposarti» replicò lui, ma scordò di aggiungere «Ti amo».

«Io non voglio sposarti. Buonanotte, Jack» tagliò corto lei.

Qualche istante dopo lo sentì allontanarsi e sbattere la porta della camera da letto.

Il mattino seguente, quando si alzò, Kate vide che Jack aveva preparato una delle sue valigie, ma preferiva perdere una valigia, piuttosto che la libertà o il controllo della propria vita. Sapeva di avere preso la decisione giusta, come John aveva fatto con Caroline. Certe persone non meritano di far parte della nostra esistenza, rifletté, sono troppo egoiste.

Fece un giro dell'appartamento per assicurarsi che non avesse portato via niente. La sua convinzione che tutto gli fosse dovuto non conosceva limiti. Per le undici se n'era andato. Non le aveva detto dove e lei non glielo aveva chiesto. Non l'aveva salutata, non le aveva detto che gli dispiaceva né che l'amava, e ormai Kate sapeva che non era così. Per lui, la loro era stata una relazione di comodo, niente di più.

Nel pomeriggio fece cambiare le serrature, in modo che Jack non potesse entrare quando lei non c'era. Poi andò a fare una lunga passeggiata, orgogliosa della decisione presa. Pensava che non avrebbe sentito la sua mancanza, ma se fosse successo era certa che lo avrebbe superato presto. Aveva sprecato quattro anni, ma era sempre meglio che dieci o venti, o il resto della vita.

Tredici

SAM aveva trovato un piccolo albergo a Long Island, accanto a una lunga spiaggia di sabbia bianca. C'erano soltanto quattro stanze e non venivano serviti i pasti. Aveva prenotato con il nome che usava quando viaggiava e si presentò alla reception con un berrettino da baseball e gli occhiali scuri. La privacy era totale e nell'albergo non videro nessun altro. Probabilmente gli ospiti erano fuori, ipotizzò Kezia. Nei dintorni c'erano molti ristoranti in cui potevano andare a mangiare. Non era un albergo di lusso, ma la priorità di Sam era stata quella di avere del tempo per stare da soli senza essere disturbati da un esercito di fan o dai paparazzi, ragione per cui aveva scelto un alberghetto isolato e poco conosciuto.

Mentre si registravano, Kezia indossava un cappello di paglia grande e floscio. Sam si scusò con lei per la modestia della sistemazione, d'altra parte era l'unico modo per rimanere anonimi. Anche se avesse affittato una casa, alla fine qualcuno l'avrebbe scoperto. Così, invece, nessuno sapeva, inoltre erano poco fuori New York e per arrivare avevano impiegato soltanto un'ora e mezza.

Appena posato il bagaglio nella stanza, andarono in spiaggia in auto e fecero una passeggiata sulla sabbia bianca.

Sotto i vestiti avevano il costume, così lasciarono gli shorts e le magliette sotto una pietra e andarono a nuotare. Sam aveva portato un telo da spiaggia e quando uscirono dall'acqua lo stese e si sdraiarono l'uno accanto all'altra, crogiolandosi al sole e coccolandosi. Lui si voltò e la baciò; era esattamente ciò che desideravano. Si appisolarono un po', poi si svegliarono e chiacchierarono.

Nel cielo azzurro c'era qualche soffice nuvola bianca.

«È perfetto» disse lui, e Kezia annuì.

Quando si furono stancati di stare in spiaggia tornarono nella loro stanza, con la pelle ancora calda per il sole.

La baciò di nuovo, stavolta con più passione. Si desideravano ardentemente. Come se fossero stati insieme da sempre, lui le fece scivolare giù il costume e si tolse il suo, andarono sul letto e fecero l'amore. Fu esattamente come avevano sperato che fosse, come se lo avessero sempre fatto, mentre il tempo e il passato svanivano. Sam era un amante appassionato e generoso, e Kezia era sopraffatta dai sentimenti che provava per lui. Poi, esausti, restarono sdraiati e si sorrisero.

«Ti amo» sussurrò lei.

Sam la desiderava ancora e lo fecero di nuovo.

«Non so dirti quanto ti amo» mormorò Sam, facendo scorrere le dita lungo il suo corpo.

Poco dopo si addormentarono.

Si svegliarono alle otto di sera e prima di alzarsi dal letto lui l'abbracciò ancora.

«Hai fame?» disse piano Kezia.

«Una fame da lupi» rispose lui.

Fecero la doccia insieme nel piccolo bagno, poi si vestirono. Kezia apprezzò molto che non avessero cercato di nascondersi in un albergo grande e lussuoso. Quello sarebbe stato il loro mondo privato per i successivi due giorni, una sorta di rito solenne tra loro due e l'inizio di una nuova avventura.

Il primo ristorante che trovarono era un localino in cui servivano hamburger, con il bar e un tavolo da biliardo. Gli hamburger erano squisiti e dopo mangiato Sam si sentì meglio.

«Cosa diremo ai ragazzi?» gli chiese lei mentre condividevano una porzione di patatine fritte.

«Dobbiamo dire qualcosa? Prima o poi lo capiranno da soli. A meno che tu voglia dirlo alle ragazze. Io non ho mai dovuto dire niente a John; finora non c'è stato nulla da dire. Parliamo delle sue storie sentimentali, non delle mie.» Le sorrise e si sporse per darle un bacio. «Sei meravigliosa» le sussurrò.

«Sei meraviglioso anche tu» sussurrò lei, un po' imbarazzata. Le faceva ancora uno strano effetto pensare che fosse innamorato di lei, mentre poteva avere qualunque donna sulla faccia della Terra.

Quella sera andarono a letto presto e il mattino seguente si alzarono di buon'ora. Dopo una camminata sulla spiaggia, fecero colazione in una caffetteria.

Passeggiando in quella cittadina si aveva l'impressione

di aver fatto un tuffo nel passato, negli anni Cinquanta, quando doveva essere stata una meta popolare per il turismo estivo; poi, con il passare del tempo, era stata dimenticata.

I due giorni che trascorsero lì furono magici, ed erano dispiaciuti di dover ripartire. Però avevano costruito dei ricordi preziosi insieme.

Quando tornarono a casa di Kezia, Sam le sorrise mentre le portava la borsa. «Perdona la domanda: da me o da te?»

«Dove preferisci» rispose lei ridendo. «Forse da te, tu hai i mobili, io no; però puoi rispedirmi a casa mia quando vuoi.»

«Voglio svegliarmi insieme a te la mattina» le disse e l'idea le piacque molto.

Fra i loro appartamenti c'era una porta chiusa a chiave, in corridoio. Era stata messa nel caso in cui qualcuno li avesse acquistati entrambi, trasformandoli in un unico attico.

Sam chiamò gli addetti alla manutenzione per sbloccarla, poi la aprì. «Ora possiamo andare avanti e indietro senza dover passare attraverso la siepe» disse, soddisfatto.

Trascorsero la serata a casa, nella confortevolissima camera di lui. C'era un megaschermo per guardare i film e comode poltrone per rilassarsi. Kezia si vestì nel proprio appartamento e lasciò là gli abiti. Ciascuno di loro aveva il doppio dello spazio di cui disponeva prima.

«Sarà divertente quando arriveranno i miei mobili» gli disse guardandosi intorno. «Possiamo davvero allargarci e ricevere ospiti da una parte o dall'altra.»

I suoi mobili erano più formali, quelli di Sam più casual; i due appartamenti uniti rispondevano a tutte le loro necessità, più ancora di una casa indipendente.

«Se un giorno, rientrando, trovo chiusa la porta in corridoio, saprò che sono nei guai» disse Sam.

Kezia però non riuscì a immaginare che potesse accadere.

Quella sera le telefonò Kate e lei rispose mentre era sdraiata sul letto di Sam; per fortuna, non era una videochiamata, pensò. Era appena uscita dalla doccia e indossava l'accappatoio di lui, sdraiato accanto a lei e sexy come non mai. Le piaceva l'idea di Sam di lasciare che la notizia della loro storia emergesse pian piano, anziché annunciare ufficialmente che stavano insieme e magari dover affrontare qualche reazione imprevista. Non avevano ancora programmi per il futuro, volevano vivere la loro relazione e vedere come si evolveva. Per entrambi era un'esperienza nuova, dopo i rispettivi lunghi matrimoni. Di certo sarebbero stati necessari degli aggiustamenti su cose che ancora non potevano prevedere, ma si auguravano che non fossero molte. Avevano un rapporto armonioso ed erano entrambi persone tranquille. Inoltre, insieme si divertivano e il fatto di essere diventati intimi anche sul piano fisico aveva migliorato ulteriormente le cose, più di quanto si fossero aspettati, rendendo più profonda la relazione.

«Volevo solo informarti che c'è stato un cambiamento, mamma» esordì Kate al telefono.

A quel punto, tutte le cose di Jack erano state portate via. Come d'accordo, Kate aveva fatto in modo di non essere presente quando le aveva imballate. Oltretutto, lui era ancora molto arrabbiato per essere stato mandato via. Le disse che dormiva sul divano di un amico, ma la cosa non le fece cambiare idea.

«Avete finalmente deciso la data o la location?» chiese Kezia.

Era rilassata sull'argomento, dopo i due giorni paradisiaci che lei e Sam avevano appena trascorso, perciò era determinata a non farsi turbare da qualunque cosa avesse da dirle Kate.

«Veramente no» replicò la figlia con calma. «Il matrimonio non ci sarà. Questa settimana ci siamo lasciati. Sto bene, volevo solo fartelo sapere, così non serve che ti stressi per i preparativi.»

Kezia si rabbuiò. «Tesoro, mi dispiace. Sei sicura di stare bene?»

Quattro anni era un tempo lungo, e per Kate sarebbe stato un grosso cambiamento. Kezia si domandò chi dei due avesse lasciato l'altro, ma evitò di chiederlo.

«Spero che non sia stata una cosa troppo traumatica...»

«No, non lo è stata, almeno per me. Mi sono resa conto che le cose non funzionavano da tempo, ma non avevo voluto prenderne atto. Credo che non volessi stare da sola, o ammettere di aver fatto uno sbaglio fin dall'inizio. Non abbiamo mai avuto gli stessi obiettivi. Credevo di sì, dato che abbiamo in comune la scrittura, ma per tutto il resto la pensavamo in maniera completamente diversa. Io ho dato tutta me stessa, lui no. E poi non vuole proprio sposarsi. Non era mia intenzione, ma l'ho forzato, ed è stato meglio saperlo adesso.»

Kezia era sorpresa di quanto fosse tranquilla Kate.

«Lui ti ha creato problemi? È stato violento?»

«Certo che no, mamma! Non era contento, perché non gli piace l'idea di pagare un affitto, ma non lo ha fatto per tre anni, mi pare che sia abbastanza.»

«Penso che tu abbia preso la decisione giusta» le disse Kezia, con grande sollievo.

«So che non ti è mai piaciuto. Forse avrei dovuto cogliere prima certi segnali, ma in questo momento è la decisione migliore per me.»

«Sei molto coraggiosa e molto intelligente. Certe persone perseverano nelle decisioni sbagliate per tutta la vita. Un giorno potrai incontrare l'uomo giusto, sposarti e avere figli, se è quello che vuoi. Oppure no, se non vuoi.»

«È un po' tardi ormai...»

«No, non lo è» ribatté Kezia con fermezza. «Hai il tempo di conoscere qualcuno e anche di crearti una famiglia. Non è mai troppo tardi per trovare la persona giusta e di sicuro non è tardi alla tua età.»

Kezia ripensò a Paige, che aveva aspettato ancora di più e continuava a stare insieme all'uomo sbagliato.

«In ogni caso sono orgogliosa di te. Non deve essere stato facile.»

«È stato più facile di quanto credessi. Se non ti dispiace, non dirlo a Felicity, lo farò io. Volevo che tu lo sapessi per prima, così smetti di preoccuparti per il matrimonio: devi organizzare soltanto il suo.»

«La prossima volta organizzerò il tuo. A proposito, devi

ancora scegliere l'abito da damigella d'onore. Mi spiace tirare fuori l'argomento adesso, se per te è doloroso.»

«Non lo è. Mi ritengo fortunata di avere scampato il pericolo» le disse Kate, ricordando le parole di John e convinta che avesse ragione. A lui ancora non lo aveva detto.

«Nei prossimi giorni informerò Felicity, così potrete spettegolare quanto volete» disse ridendo.

«Certamente» replicò Kezia. «Spetta a te dirglielo. Grazie per avermi avvertita.»

Quando si salutarono, Sam la guardò con aria perplessa. «Cos'è successo?»

«Kate ha lasciato Jack. Il fidanzamento è annullato e lui si è trasferito.»

«So che ne sei contenta» commentò lui con uno sguardo d'intesa.

Kezia era sempre stata molto critica nei confronti del compagno della figlia e Sam condivideva la sua opinione.

«Sono contenta che sia uscito dalla sua vita perché penso che fosse il tipo sbagliato, però mi dispiace per lei se soffre e se era innamorata di lui. Comunque mi pare che stia abbastanza bene e mi sorprende. Almeno non dobbiamo più avere a che fare con lui» concluse.

«Mi domando se mio figlio c'entri qualcosa in tutto questo» disse Sam con espressione enigmatica. «Ricordi che ho predetto che l'avrebbe soffiata al fidanzato entro il Labor Day? Forse avevo ragione.»

«Ne dubito. Kate e John si conoscono a malapena. Si sono incontrati soltanto da Felicity.»

«Non possiamo saperlo, da allora potrebbero essersi

rivisti. Quel giorno lui aveva una strana luce negli occhi, dopo la loro passeggiata sulla spiaggia.»

«Te lo direbbe se la stesse frequentando?» gli domandò Kezia, a quel punto incuriosita.

«Ne dubito. Se fosse un'avventura sì, ma se fosse una cosa seria lo terrebbe per sé finché ne è sicuro.»

«Penso che anche le mie figlie seguano questo criterio. Alla loro età non amano raccontarci troppe cose.» Gli sorrise. «È bello avere figli più o meno coetanei. Dobbiamo organizzare un'altra gita. Probabilmente Felicity ci inviterà di nuovo.»

«Se lo fa, sapranno di noi: non si può nascondere la felicità. Avranno obiezioni?» indagò.

«No, saranno contente per me. Però non credo di dirglielo subito, è ancora presto e dopotutto sono la loro madre.»

«Già, una madre molto sexy...» sussurrò lui, infilandole una mano sotto l'accappatoio.

La baciò e glielo sfilò con delicatezza, poi fecero l'amore di nuovo.

Dopo avere informato la madre della rottura, Kate decise di chiamare subito la sorella, che fu a sua volta sollevata nel sentire quella notizia.

«Spero che ora tu trovi l'uomo giusto» le disse in tono affettuoso.

Era piuttosto sconcertante che la sua famiglia fosse contenta dell'uscita di scena di Jack. Sia la madre sia la sorella riuscirono a stento a non far trapelare il sollievo e la soddisfazione.

Poi Kate scrisse un messaggio a John: «Fatto. Si è trasferito. Sono una donna libera». Non voleva essere un invito, soltanto un annuncio, e sapeva che John sarebbe stato felice per lei.

Due minuti dopo, lui le telefonò.

«Congratulazioni!» esclamò. «Vuoi uscire per festeggiare, o sei in preda alla disperazione?»

«Né l'uno né l'altro. È andata come doveva andare: avevo fatto un errore e adesso ho rimediato.»

«Complimenti, davvero. È stato molto brutto?»

«Mia madre mi ha chiesto se lui è stato violento» gli confidò.

«Lo è stato? Ha dato di matto?»

«No, tutto si è svolto in maniera civile. Era scocciato perché è finita l'era dell'affitto gratis. Ora dorme sul divano a casa di qualcuno.»

«Mi pare la sistemazione adeguata a lui.»

«Già. Tu mi hai aiutato a prendere la decisione. Ora devo ricominciare tutto da capo...»

«Cerca di non essere triste. Hai fatto la cosa giusta; sono orgoglioso di te, Kate.»

«Anch'io.»

Dopo che si furono salutati, Kate accese il televisore. Stava guardando una trasmissione quando suonò il citofono. Andò a rispondere e una voce disse che c'era un pacco per lei. Aprì il portone e, quando andò alla porta per ritirarlo, vide John che saliva le scale con una bottiglia di champagne in mano.

«Cosa ci fai qui?» gli chiese con un sorriso.

Lui entrò e le diede un bacio sulla guancia.

«Ho pensato che ti servisse lo champagne per tirarti su di morale» rispose lui.

Però non gli sembrò abbattuta, anzi trovò che stesse piuttosto bene.

«Posso sempre berlo io, se tu non lo vuoi.»

Andarono in cucina, lei tirò fuori due calici e lui li riempì. Kate bevve un sorso: era uno champagne raffinato e buonissimo.

Con espressione seria, John le disse: «So che è stato molto maleducato da parte mia presentarmi qui così, ma volevo assicurarmi che stessi bene. In effetti sembri in forma».

Gli scaffali della libreria erano mezzi vuoti perché Jack aveva portato via i suoi libri e sulla parete c'era uno spazio libero dove aveva tolto un quadro che gli apparteneva, che comunque a Kate non era mai piaciuto. Aveva l'aria rilassata ed era bella, in jeans e camicia bianca. John si sedette sul divano a sorseggiare lo champagne insieme a lei.

«Non mi tratterrò a lungo» le assicurò, felice di vederla.

Al secondo bicchiere, la fece ridere raccontandole le sue storie.

Lei gli confidò che trovava strano che, dopo quattro anni, non sentisse la mancanza di Jack e non avesse rimorsi.

«Mia madre e mia sorella faranno festa stasera, ci potrei giurare. È bizzarro: per tutta la vita ho voluto conoscere il mio vero padre, avevo un sacco di illusioni sul suo conto, su che persona straordinaria dovesse essere. Poi l'ho conosciuto e non lo era. È intelligente e dedito alla sua professione, fa del bene con il suo lavoro, ma sembra un tipo piuttosto egoista. Il fatto di averlo incontrato ha cambiato qualcosa per me. Quando sono tornata ho ricominciato a scrivere, meglio di quanto avessi mai fatto. Tutto quello che ho dovuto sopportare da parte di Jack non mi sembrava più tollerabile. Mi sono resa conto che merito di meglio, da mio padre, da Jack, da qualsiasi uomo nella mia vita. Sono felice di essere andata in Africa, mi ha liberato e mi ha dato la fiducia in me stessa necessaria per aspettarmi di più. È stata una sorta di rivelazione» gli spiegò, versando un terzo calice.

Anche John se ne versò un terzo, finendo la bottiglia.

«Mi sono sentito nello stesso modo riguardo a Caroline. Ero stanco di persone egoiste e cospiratrici, di donne che pretendevano di avere tutto senza dare nulla.»

Poi la guardò e si chinò a baciarla, come se fosse la cosa più naturale del mondo. Kate lo abbracciò e lui con delicatezza le mise la mano sotto la camicia. Dimenticarono lo champagne e si divorarono l'un l'altra come due affamati, alla disperata ricerca di un contatto, di tenerezza e amore. Lo fecero sul divano e poi nel letto, con una passione che nessuno dei due aveva provato prima. Poi rimasero stretti l'uno all'altra.

«Oddio» mormorò lui. «Kate, perdonami, ti ho desiderato così tanto dal giorno in cui ti ho conosciuto... Mi dispiace... Sei arrabbiata con me?» Ardeva di desiderio e nulla lo avrebbe placato se non averla di nuovo.

«Sono furiosa...»

Lo baciò, appassionata quanto lui. Poi, ancora abbracciati, sprofondarono nel sonno e rimasero avvinghiati fino al sorgere del sole. Il mattino seguente, quando John la guardò, i loro volti erano a pochi centimetri di distanza. Aveva mal di testa, ma non gliene importava. Era stata una notte indimenticabile, che giustificava qualunque sofferenza avesse dovuto patire. Non voleva però che lei avesse dei rimorsi.

«Mi scoppia la testa» mormorò Kate.

«Colpa dello champagne» sussurrò lui. «Non intendevo approfittare di te. Ero venuto soltanto per fare un brindisi e poi me sarei andato, ma una volta che ti ho vista non ce l'ho fatta.»

«In ogni caso non te lo avrei permesso. Anch'io ti volevo» gli confessò, poi fecero di nuovo l'amore.

«Credo di essere dipendente da te» le disse dopo John, affannato quanto lei.

Poi si alzarono e andarono in cucina, Kate preparò il caffè e mangiarono qualcosa per colazione. John, nudo in mezzo alla stanza, la fissò: era nuda anche lei, bellissima e completamente a suo agio con lui, che non riusciva a staccarle gli occhi di dosso.

«Sono proprio felice che tu lo abbia lasciato.»

«Anch'io» sorrise lei. «Odio questo appartamento; credo che mi trasferirò» aggiunse.

«Puoi venire a stare da me.»

«È un po' presto, non credi? Magari tra un po'.»

«Non ci alzeremmo mai dal letto. Dovrei lasciare il lavoro» scherzò John.

«Buona idea» commentò lei, e si baciarono ancora.

Trascorsero la giornata a esplorare l'uno il corpo dell'altra, era il fine settimana e non avevano alcuna fretta.

Poi andarono a fare una passeggiata a Central Park. Era troppo deprimente stare in centro città, con gli edifici straziati dall'attentato del Quattro Luglio. Nei quartieri residenziali, più a nord, tutto appariva normale, il parco era verde e i bambini giocavano sorvegliati dai genitori. Il mondo appariva luminoso e nuovo. Lui le mise un braccio intorno alle spalle e la baciò, sentendosi l'uomo più fortunato della Terra.

Kate, da parte sua, finalmente aveva tutto ciò che desiderava e un compagno che sapeva di poter amare.

Quattordici

SEI settimane dopo il feroce attacco degli Enforcers, fu celebrata una messa di mezzanotte in memoria dei defunti nella cattedrale di San Patrizio sulla Quinta Avenue. Tutta la strada era bloccata e si attendevano due milioni di persone. Coloro che non riuscirono a entrare nella cattedrale restarono fuori con in mano una candela. Le strade dalla Cinquantasettesima fino all'arco di Washington Square erano piene di gente. Non si era mai verificato niente di simile. Le persone cantavano e si abbracciavano, e tutto ciò sembrava avere il potere di guarire le ferite. Gli inni della messa venivano trasmessi all'esterno attraverso gli altoparlanti e due milioni di persone cantarono *Amazing Grace* e ascoltarono l'*Inno alla gioia* di Beethoven e *We Shall Overcome* cantata da un coro gospel di Harlem. Mariah Carey intonò l'inno nazionale, Barbra Streisand *America the Beautiful*. Un cast di Broadway cantò *New York, New York*.

Aggrappata alla mano di Sam, Kezia non era mai stata così commossa in vita sua. Lui le mise un braccio intorno alle spalle e la tenne stretta. Il loro amore era nato nella notte più buia che la nazione avesse vissuto, dalla quale però era sorto qualcosa di meraviglioso. Le persone piangevano e cantavano, poi furono letti i nomi delle vittime. Sulle strade erano schierate squadre di vigili del fuoco, agenti di polizia e altri operatori di primo soccorso. Tutti, nel proprio cuore, si ripromisero di ricostruire la città e di onorare la memoria di chi non c'era più. L'arcivescovo ricordò che l'amore era la risposta alla morte, al dolore e alla sofferenza, e che ogni persona che aveva perso la vita era tra le braccia del Signore e sorrideva guardando tutti loro, giù sulla Terra, la cui missione, ora, era quella di far guarire la città e riedificarla come un faro luminoso che nessuno avrebbe potuto distruggere. Parlò di resurrezione e rinascita nel momento del dolore. Quella notte ciascuno tornò a casa sollevato e pieno di rinnovata speranza in giorni migliori.

Mentre si tenevano la mano e ripensavano alla tragica notte dell'attentato, Sam e Kezia piangevano di commozione.

«Ti amo tanto» le disse stringendola.

«Ti amo anch'io» rispose lei, ricordando la prima volta che lo aveva visto sbucare attraverso la siepe.

Da allora erano successe tante cose, cose belle dopo quelle terribili. Entrambi avevano trovato una nuova vita che non si sarebbero mai aspettati di poter avere, e un nuovo amore, non per rimpiazzare quello passato, ma per incamminarsi su un nuovo sentiero e onorare quello vecchio.

Alle tre del mattino lasciarono la Quinta Avenue affollata e si incamminarono verso casa. Metà delle persone rimasero fino al sorgere del sole e visitarono la cattedrale in file ordinate per accendere una candela per le vittime e i feriti. Fu una notte straordinaria.

Sam e Kezia crollarono a letto, esausti ma sentendosi fortunati per l'esperienza vissuta.

Il mattino seguente si alzarono tardi e Kezia preparò la colazione mentre parlavano della notte precedente. Lei si augurava che qualcuno avesse registrato la musica. Non aveva mai sentito nulla di così bello.

«Stavo pensando una cosa» le disse Sam. «Quando John era piccolo, andavamo in un ranch in Wyoming. È un posto bellissimo, confortevole e pieno di pace; mi piacerebbe portarti. Non ci vado più da tanto tempo. Ti piace andare a cavallo?»

«Sì.»

«Si può anche pescare, fare escursioni o semplicemente rilassarsi. Si trova ai piedi del massiccio del Grand Teton. In settembre devo iniziare la preproduzione di un film e tu devi essere qui alla fine del mese quando ti arriveranno i mobili. Però mancano un paio di settimane: perché non andiamo a fare un giro? Potrebbe essere un buon antidoto a questa estate traumatica e ci permetterebbe di prepararci per l'autunno.»

«Sarebbe stupendo» disse Kezia, apprezzando la premura di Sam.

Sembrava proprio quello di cui avevano bisogno. Erano state sei settimane molto intense emotivamente e loro avevano la fortuna di poter andare via. Felicity, Blake e

Alex facevano una sana vita di mare negli Hamptons e Kate stava pianificando di trascorrere del tempo con loro.

«Domani chiederò alla mia assistente di organizzare» disse Sam.

A Kezia non pareva vero. New York si stava faticosamente rimettendo in piedi, ma vi si respirava ancora tensione e paura, inoltre molte persone soffrivano per la perdita dei loro cari, perciò rimanendo in città era impossibile sfuggire a quell'atmosfera. Quella del ranch sarebbe stata la pausa di riposo ideale prima dei loro impegni di settembre. Kezia aspettava da un giorno all'altro di sapere dall'università se era stata accettata al corso di aggiornamento per infermieri, che sarebbe partito all'inizio di ottobre.

Il giorno seguente, Sam le disse che era tutto organizzato. Sarebbero partiti due giorni più tardi e rimasti al ranch per nove, rientrando giusto in tempo per l'arrivo dei mobili e del nuovo materiale che Kezia aveva ordinato per la casa.

Quella sera preparò il bagaglio e l'indomani comprò alcune cose. La sera prima della partenza telefonò alle figlie. Non si era mai allontanata senza dire loro dove sarebbe andata e come contattarla in caso di emergenza se non fosse stata raggiungibile al cellulare.

Chiamò Felicity, che era appena rientrata dalla spiaggia con Blake e Alex, dove avevano costruito dei castelli di sabbia, e le disse semplicemente che stava per partire. Avrebbe potuto farlo via messaggio, però aveva pensato che stavolta sarebbe stata necessaria qualche spiegazione in più.

Sam disse che la sua assistente sapeva sempre come trovarlo nel caso in cui John avesse avuto un problema o gli fosse servito qualcosa.

«Un ranch?» domandò Felicity, sorpresa. «Sembra divertente. Come ti è venuta l'idea?»

«Ho pensato che una breve vacanza mi facesse bene prima di iniziare a sistemare la casa.»

«E come hai saputo di quel ranch?»

Felicity riusciva a immaginare la madre che andava a Parigi, a Londra o nel Sud della Francia, ma non in un ranch.

«Sam ci è stato in passato, vado con lui» le spiegò con tranquillità, aspettandosi qualche reazione, che invece non ci fu.

Felicity era una persona così aperta e di buon carattere che non le venne neanche in mente di criticare la madre, indagare o fare obiezioni. La rispettava troppo.

«È un programma fantastico, mamma, grazie per avermi informata.»

Kezia le disse che le avrebbe mandato i recapiti via messaggio.

«Sono contenta per te, mamma» aggiunse Felicity. «Divertitevi.»

«Grazie, tesoro. Abbi cura di te. Ci vediamo tra un paio di settimane.»

«Non dimenticarti di venire da noi nel weekend del Labor Day. Con Sam, ovviamente.»

Lo avevano accettato tra loro con naturalezza e Kezia

ne era grata. Sarebbe stato doloroso se per qualche ragione avessero messo in discussione la sua scelta.

Poi chiamò Kate e lo disse anche a lei.

La figlia esitò un attimo, poi replicò: «È una cosa bella, mamma, diversa per te. Con Sam è una storia seria?»

«Credo di sì. È stata una cosa meravigliosa per entrambi, un dono inaspettato. Dopotutto, penso che non sia mai troppo tardi per ritrovare la felicità.»

Kate rise; anche lei sembrava felice e Kezia ne fu contenta, dopo essersi preoccupata per lei a causa della rottura con Jack.

«Credo che tu abbia ragione» le disse la figlia. «Divertitevi, mamma. Ci vediamo da Felicity per il Labor Day.»

«Sarò rientrata prima di allora, per sistemare l'appartamento. Te lo dico nel caso tu sia nei paraggi.»

«Andrò in Vermont per un paio di giorni, metto in vendita la casa» la informò lei. «Ho sempre trovato deprimente quel posto, ed è troppo piccola. A Jack piaceva ma a me no, così ho deciso di liberarmene.»

«Buona idea. Ci vediamo negli Hamptons, allora.»

La conversazione era stata agevole e rilassata.

Aveva appena finito di parlare con Kate, piacevolmente sorpresa di quanto accoglienti si fossero dimostrate le figlie nei confronti di Sam, quando il portiere la chiamò per chiederle se poteva far salire Paige Robbins.

Kezia e Sam sarebbero partiti l'indomani all'alba e non aveva rivisto l'amica da quando avevano pranzato insieme.

«Sono venuta per salutarti» le disse Paige con un sorriso affettuoso, mentre Kezia la invitava a entrare.

Sam era nel suo appartamento a cercare un paio in più di stivali da cowboy che non trovava.

«Come sai che stiamo per partire?» le domandò Kezia, perplessa, dato che non era riuscita a informare del viaggio nemmeno a Louise, che era in India per un mese per un servizio fotografico. «Domani andiamo in Wyoming.»

Paige sembrò stupita.

«Veramente sono passata a salutarti perché domani mi trasferisco» le disse con uno sguardo d'intesa. «Quel giorno a pranzo mi hai convinto: è arrivato il momento.»

«Greg è ancora via?»

Paige fece cenno di sì. Aveva l'espressione seria, però era calma.

«Mi trasferisco mentre lui non c'è. Avrei dovuto farlo molto tempo fa. Ho preso in affitto un appartamentino in centro. Lo sistemerò quando torno, ora vado a Portofino e a Capri per un paio di settimane. Non ho mai fatto un viaggio così da sola ma, come hai detto tu, è tempo di iniziare un nuovo capitolo. Ci vediamo quando torno, pranziamo di nuovo insieme. Intanto divertitevi in Wyoming.»

Si abbracciarono. Kezia era orgogliosa dell'amica, consapevole di quanto dovesse essere difficile per lei, dopo cinque anni, lasciare Greg. Si augurò che al ritorno restasse ferma nella propria decisione. In ogni caso, traslocare era un passo importante e il viaggio in Italia le avrebbe fatto bene.

Qualche minuto più tardi Paige andò via e Kezia iniziò a preparare il beauty.

«Trovati!» esultò Sam presentandosi da lei con in mano

un paio di stivali da cowboy vecchi e consunti. «Li ho da quando, a diciannove anni, ho lavorato in un ranch per un'estate.»

«Sono favolosi» commentò Kezia.

Lei aveva degli stivali da equitazione, ma le sarebbero arrivati insieme alle altre cose, perciò aveva pensato di comprarne un paio in Wyoming.

Poi informò Sam sulla novità di Paige.

«È una cosa positiva» commentò il compagno. «Ha bisogno di allontanarsi da lui. A proposito, hai notizie di Louise?»

«Un paio di giorni fa ho ricevuto una sua cartolina. Pare che stia bene.»

Partirono il mattino seguente e arrivarono al ranch nel primo pomeriggio, data la differenza di fuso orario. Era meraviglioso come le aveva detto Sam, con il maestoso massiccio del Grand Teton che torreggiava su di loro. Il ranch era lussuoso ma sobrio, e manteneva un aspetto rustico che gli conferiva fascino. Sam e Kezia avevano il loro bungalow privato, e il personale di servizio era molto nutrito.

Il mattino successivo fecero una passeggiata a cavallo all'alba, montando due animali mansueti e dal passo sicuro. La guida li condusse su sentieri bellissimi, lungo laghi scintillanti e distese di fiori selvatici.

Era una parentesi romantica e una pausa di cui avevano bisogno; sembrava quasi una luna di miele. Trascorsero ore tranquille leggendo, andando a pesca, facendo escursioni e nuotando in un lago, inoltre andarono a cavallo ogni giorno. Nell'atmosfera sana del ranch, il trauma che avevano vissuto a New York sembrava lontano. Tutto rispondeva alle promesse di Sam, anzi addirittura le superava. Trascorsi i nove giorni, erano dispiaciuti di dover ripartire, ma entrambi avevano degli impegni, perciò dovevano rientrare per forza.

«Grazie per questa vacanza meravigliosa» gli disse Kezia mentre erano in aereo. «Mi piacerebbe molto tornarci.»

«Possiamo tornare tutte le volte che vuoi» le assicurò lui con un sorriso.

L'idea della porta aperta tra i due appartamenti funzionava alla perfezione. Kezia aveva tutte le sue cose nel proprio e Sam nel suo, però si spostavano liberamente tra i due come all'interno di un'unica, grande abitazione. A lei piaceva guardare i film sullo schermo gigante in camera di Sam e trascorrevano da lui la maggior parte delle notti.

Due giorni dopo che furono tornati dal Wyoming, arrivarono i camion con le cose di Kezia. Il guardaroba, i mobili, le opere d'arte e gli scatoloni contenenti gli oggetti con valore affettivo, i documenti e le carte. Furono consegnati i divani e le poltrone nuovi e tutto ciò che aveva comprato. Lampadari, applique, plafoniere, attrezzatura per la cucina, tappeti. Arrivò un esercito di installatori e l'arredatrice con una schiera di assistenti. L'appartamento si riempì di gente, scatoloni, trapani e scale a pioli. Furono appese anche le tende e Kezia si tenne in disparte per osservare l'attività frenetica. Sul pavimento erano già stati sistemati i tappeti quando Sam arrivò per ammirare insieme a lei il risultato. Nel complesso, l'arredamento era più sofisticato di quello dell'appartamento di lui, più casual, virile, con una prevalenza di bianco e nero e arredi in raffinato cuoio italiano. Il salotto di Sam era in stile moderno e quello di Kezia creava un gradevole contrappunto, più femminile e adatto a lei; con le tende appese appariva meraviglioso. Le opere d'arte furono sistemate per ultime e Sam ne apprezzò la maggior parte. I mobili e le tende della camera da letto provenivano dalla sua vecchia casa, erano pezzi antichi assai eleganti. Curiosamente, proprio come Kezia e Sam, i due appartamenti generavano un piacevole contrasto e si esaltavano a vicenda: insieme erano spettacolari, ancora di più che ciascuno dei due da solo.

Ai numerosi addetti servirono tre giorni per installare tutto. Il venerdì sera del weekend del Labor Day, Kezia ammirò entusiasta il risultato e Sam la raggiunse per condividere quel momento.

«Hai fatto un lavoro eccezionale» la lodò.

L'aveva vista mentre indicava dove appendere ogni singolo quadro, sistemava di persona ciascun oggetto, spostava mobili da un punto a un altro, modificava l'angolazione dei pezzi per rendere più armoniosa la disposizione d'insieme. Era portata per l'arredamento d'interni e la sua supervisione costante e il buon gusto avevano prodotto un ottimo risultato. Perfino l'arredatrice e gli installatori avevano ammirato la sua competenza.

«Non vedo l'ora di ricevere degli ospiti» disse con gioia. «In autunno faremo una cena di inaugurazione.»

Mentre erano in Wyoming aveva ricevuto la conferma dall'università: era stata accettata al corso per infermieri, che sarebbe cominciato ai primi di ottobre e durato sei mesi, al termine dei quali aveva intenzione di lavorare part-time in uno studio medico.

Sam era molto fiero di lei. Da parte sua, era impegnato nella supervisione di due nuove sceneggiature e stava per iniziare la preproduzione di un film. In settembre avrebbero avuto entrambi molto da fare, ma la loro vita in comune aggiungeva gioia a ogni progetto e a ogni momento.

Il sabato mattina partirono per Southampton; prima di lasciare l'appartamento, Kezia lo ammirò in silenzio ancora una volta. Sam le mise un braccio intorno alle spalle e sorrise nel vedere quanto fosse soddisfatta.

Durante il tragitto verso gli Hamptons, Sam e Kezia conversarono di arte. Anche lui era un collezionista e possedeva alcuni pezzi pregiati di artisti famosi, come Robert Indiana e Ed Ruscha.

Kezia era impaziente di trascorrere il weekend con le figlie e di assicurarsi di persona che Kate stesse bene.

Il giorno precedente, Kate aveva chiamato la sorella per chiederle se poteva portare una persona, e naturalmente Felicity aveva accettato con piacere, anche perché in quella casa enorme c'erano tantissime stanze. Kate non le aveva detto di chi si trattava e la sorella era curiosa: era evidente che non fosse Jack. Felicity non aveva avuto tempo di dirlo alla madre, ma non aveva importanza. Lo spazio c'era e per Kate era una cosa positiva.

Kezia e Sam arrivarono prima di Kate, così Kezia poté passare un po' di tempo con Felicity, che si stava divertendo in compagnia di Alex. Blake stava versando lo champagne e Felicity era occupata in cucina. Anche quella sera gli uomini avrebbero fatto il barbecue. Avevano sentito che in città c'erano misure di sicurezza rigidissime presso ogni monumento e edificio pubblico, davanti agli hotel e in altri luoghi simbolici come il Rockefeller Center e il Chrysler Building. Le forze di polizia erano dispiegate al completo ed era presente anche la Guardia Nazionale. Stavolta non volevano correre rischi durante una festività e anche il Quattro Luglio non sarebbe mai più stato quello di sempre.

Erano tutti seduti sotto il portico quando Kate arrivò a bordo di un grande suv argentato. A Felicity parve vagamente familiare, ma non riusciva a vedere chi c'era alla guida; solo quando si avvicinarono con una cassetta di vino, si rese conto che era il figlio di Sam. Quando il padre lo vide incrociò lo sguardo di Kezia.

Avvicinandosi a lei sussurrò: «Mi devi cento dollari! Ho vinto la scommessa. Guarda con chi è venuta Kate».

Kezia si voltò, vide John e rise. «Probabilmente Felicity lo ha invitato per il weekend e sono venuti insieme per non fare il viaggio da soli» ipotizzò.

«Non accampare scuse per non pagare. Jack è stato messo da parte e lei sta con mio figlio.»

«Molto divertente!»

Kezia stava scherzando con Sam quando i due li raggiunsero. John passò la cassetta di vino a Blake, che apprezzò molto. Poi, un po' imbarazzato, mise un braccio attorno alle spalle di Kate e sorrise guardando gli altri.

«È bello rivedervi» disse.

Kate, molto graziosa con un abitino rosa, ridacchiava. Aveva un aspetto giovane e felice, come lui, che continuava a tenerla abbracciata. Era evidente che non fossero soltanto amici ma stessero assieme: lo si capiva dall'atteggiamento intimo che c'era tra loro, tipico delle coppie innamorate.

Sorpresa, Kezia guardò la figlia, poi tornò a guardare Sam.

«Come facevi a saperlo?» bisbigliò meravigliata, felice che avesse avuto ragione lui.

«Conosco mio figlio e ho visto il modo in cui la guardava quando eravamo qui tutti insieme l'altra volta. E sono stracontento di non vederlo con qualche arrampicatrice che tenta di trascinarlo all'altare o di metterlo in trappola! Sono felice che stavolta non ci sia Caroline» le sussurrò Sam.

«Né Jack» aggiunse Kezia.

In breve tempo era cambiato tutto.

Quando andarono in cucina a prendere una caraffa di tè freddo, Felicity disse sottovoce alla sorella: «Stai con John adesso?»

«Sì» rispose Kate, sorridente.

«Com'è successo?»

«Dopo che ci si siamo conosciuti qui da te siamo diventati amici e confidenti. Poi, quando Jack se n'è andato, le cose si sono evolute. Non mi aspettavo proprio che sarebbe successo, sono sorpresa anch'io.»

«Sei felice?» le chiese la sorella.

Non poteva immaginare una conclusione migliore per entrambi, così come per la loro madre e Sam. Quella che era iniziata come un'estate tragica, segnata dalla catastrofe, era inaspettatamente cambiata per il meglio, e lei era contenta per loro.

«Sono divinamente felice» le rispose Kate.

Prima di pranzo, John e Kate fecero una breve passeggiata in spiaggia, mentre tutti gli altri commentavano con stupore il fatto che si fossero messi insieme. Loro, intanto, ne ridevano.

«È andata abbastanza bene, mi pare» disse John chinandosi a baciarla, mentre gli altri li osservavano dal portico.

Kezia prese dalla borsa cinque banconote da venti dollari e le diede a Sam.

«Grazie mille. Sei una persona onesta.»

«Pago sempre i miei debiti e questa è una scommessa che sono stata ben contenta di perdere. Non ho idea di come sia successo, ma ringrazio il cielo che sia andata così. Perciò adesso abbiamo due Stewart tra noi» gli disse raggiante.

«E non ve ne libererete facilmente» replicò Sam, poi la baciò.

«Non ho intenzione di cercare di liberarmi di te» mormorò Kezia accoccolandosi contro di lui.

Pochi minuti più tardi, Kate e John li raggiunsero di nuovo e Blake passò a ciascuno dei due una coppa di champagne.

«Alle straordinarie, meravigliose ed eccezionali donne Hobson» brindò sollevando la propria coppa. «E ai tre uomini così fortunati da averle nella propria vita e amarle. Auguro a tutti noi lunga vita, tanti anni di felicità e cose belle!»

Tutti brindarono, mentre John strinse a sé Kate, e Sam e Kezia si presero per mano sorridendo ai loro figli.

Era stata un'estate di cambiamento, guarigione e vittoria, un'estate in cui avevano scoperto che non è mai troppo tardi perché i sogni rinascano.

I libri di Danielle Steel

Fine dell'estate
Palomino
Una perfetta sconosciuta
Stagione di passione
Una volta nella vita
Un amore così raro
Due mondi due amori
Incontri
La tenuta
*Ritratto di famiglia**
Svolte
Promessa d'amore
Menzogne
Ora e per sempre
L'anello
Giramondo
Amarsi
Amare ancora
Cose belle
Il cerchio della vita
Il caleidoscopio
Zoya
Star
Daddy-Babbo
Messaggio dal Vietnam
Batte il cuore
Nessun amore più grande
Gioielli
Le sorprese del destino
Scomparso
Il regalo
Scontro fatale
Cielo aperto
Fulmini
La promessa
Cinque giorni a Parigi
Brilla una stella
Perfidia
Silenzio e onore
Il ranch
*Un dono speciale**
*Il fantasma**
*La lunga strada verso casa**
Immagine allo specchio
Dolceamaro
*Forze irresistibili**
*Le nozze**
*La casa di Hope Street**
*Il viaggio**
*Granny Dan-La ballerina dello zar**
*Aquila solitaria**
*Atto di fede**
*Un uomo quasi perfetto**
*Il bacio**
*Il Cottage**
*Tramonto a Saint-Tropez**
Una preghiera esaudita
*Un angelo che torna**
*Appuntamento al buio**
*Un porto sicuro**
*La casa**

*Di questi libri è disponibile la versione ebook

*Il miracolo**
La stagione delle emozioni (Scomparso, Forze irresistibili, Il bacio)
*Sua Altezza Reale**
*Sorelle**
*Ricominciare**
*Una grazia infinita**
*Una volta ancora**
*Irresistibile**
*Gli inganni del cuore**
*Una donna libera**
*Le luci del Sud**
*Una ragazza grande**
*Happy birthday**
*44 Charles Street**
*Legami di famiglia**
*Una notte da ricordare**
*Hotel Vendôme**
*I peccati di una madre**
*Un giorno per volta**
*Al primo sguardo**
Piccola Minnie a Parigi
*Fino alla fine dei giorni**
*Tradita**
*Pegaso - Le ali del destino**
*Gioco di potere**
*Ogni istante di felicità**
*Una vita perfetta**
*L'appartamento**
*L'eredità segreta**
*L'amante**
*Doni preziosi**
*Una magia a Parigi**
*La duchessa**
*Il momento giusto**
*Come una favola**
*Oltre ogni ostacolo**
*Lo spettacolo**
*Sulle orme di un padre**
*A ogni svolta**
*La spia**
*Una notte silenziosa**
*Il gioco della vita**
*Tesori di papà**
*La principessa perduta**
*L'abito da sposa**
*Tutto ciò che brilla**
*Vicini di casa**
*In cerca di Ashley**
*Una fortuna inattesa**
*Un passato perfetto**
*La relazione**
*Nove vite**
*Vite complicate**
*Il maggiordomo**
*Le note più alte**
*La scommessa più bella**
*Happiness**
*Una fortuna inattesa**
*Non è mai troppo tardi**

Printed in Poland
by Amazon Fulfillment
Poland Sp. z o.o., Wrocław

70129181R00108